スパイクを買いに

はらだみずき

角川文庫
18516

目次

Um　第一章　スパイクを買いに

金曜日、神田《かんだ》すずらん通りにある書店の営業を終え、ひさしぶりにあの店に向かうことにした。商談の最中は儀礼的に脱いでいたコートに身を包んで通りに出ると、風は案外冷たく、襟元からずるがしこく入ってきて喉仏《のどぼとけ》を凍えさせた。店に行く道すがら、焚火《たきび》の燃えかすをかき回したように、からだの芯《しん》から火照りだす兆しを感じた。胸の鼓動さえなぜだか高まっていく、そんな気がした。

営業の帰りに立ち寄った店は、息子が小さい頃、仕事帰りにサッカー用品をよく買ったスポーツショップだ。六歳の誕生日プレゼントに日本代表のレプリカユニフォームを選んだとき、サイズがはっきりしなくて、子供用品のフロアからケータイで妻に問い合わせたこともあった。

成長とともに、息子の使うサッカーシャツやシューズのサイズは、どんどん大きくなり、やがて自分で見て選びたいと地元の店に母親と行くようになった。中学生になると、家からけっこう距離のあるサッカー専門ショップまで、仲間と連れだって自転車で出かけていたようだ。だからもうかなり前から、私が仕事帰りにこの店に足を運ぶことはなくなっていた。

小型のエレベーターに乗り込み、扉の内側に貼られたポスターのクリスティアーノ・ロナウドと一緒に五階まで昇って、私だけ降りた。このフロアに足を踏み入れるのは初めてだ。同じく仕事帰りなのか、スーツ姿の茶髪の若い男がひとり、トレーニング・ウエアを熱心に選んでいた。ほかにはレジカウンターで腰を曲げて伝票の整理をしている店員の姿しか見当たらなかった。

目的の売り場はフロアの一番奥にあった。自分の黒い革靴が、コツコツとワックスのきいたリノリウムの床を鳴らす。その音がだれかのいたずらみたいに、やけに大きく響いているような気がした。途中にフィッティングルームがあり、カーテンの開いた奥の鏡に、自分の姿が一瞬だけ映った。

胸の鼓動が早鐘を打ち始めた。激しく動揺している自分を感じた。それは今となっては、サッカーの試合前の緊張とよく似ている、と表現できるかもしれない。この日も昔そうしたように、仕事の合間に店を訪れたわけだが、でも買いに来たのは、息子の物ではなかった。自分自身が使う道具だ。そのことだけでこんなにも胸がどきどきしている自分が、ひどく情けなくもあった。

「サッカー部をやめる」

と息子の陽平《ようへい》が言い出したのは、二月初めのことだった。年明けの成人の日には、地元の高校が上りつめた選手権の決勝戦を、部活の仲間と国立競技場まで観戦に行き、ひどく興奮して帰って来た、というのに。

「どうしてなんだ？」

私が訊《き》くと、「今年は三年だし、受験だからね。夏の総体が終われば、部活はそこまでだから、少し早いけれど引退する」と陽平は涼しい顔で答えた。それは賢明な判断で、とくに変わった発想ではない、そう言わんばかりの口調だった。

「引退する」

そんな言葉を、十四歳にすぎない息子の口から聞きたくはなかった。

たしかに今年は三年生。高校受験に備える、という必要はあるだろう。妻の話では、知り合いの中学生は早いうちから塾に通い、受験の準備を始めているという。そんな周囲の影響もあるかもしれない。だが、サッカーに熱中していると思っていた陽平が、サッカー部を退部する、と突然言い出したのは、意外を通り越して驚きですらあった。

小学一年生から地元の桜ヶ丘《さくらがおか》ＦＣ《フットボールクラブ》でボールを蹴《け》り始め、高学年になるとチームの主力選手として活躍し、中学校に入学してすぐに公式戦に出場した。あんなにサッカーがうまくて、好きだったくせに……。

サッカー部をやめた陽平は、ボールにさわることすらなくなってしまった。でもその後は、とくに受験勉強のために塾に通うでもなく、帰宅部になったにすぎないように思えた。受験に関しては、具体的な目標とする志望校があるわけでもないらしく、以前はサッカーの強豪校に進みたいと話していたが、そういう尺度すら失ってしまった様子だ。

陽平がサッカーをやめた理由は、その後も詳しく聞く機会がなかった。昔は夕飯のときに陽平の試合の話で盛り上がり、妻や娘から顰蹙《ひんしゅく》を買うほどだった。夢中になって観戦していたサッカーの試合のテレビ中継も陽平は観なくなり、妹とテレビのチャンネルを奪い合うこともなくなった。陽平がサッカーから離れてから、サッカーの話題自体を家族は避けるようになった気もする。

妻からは、サッカー部でいろいろあったらしい、という漠然とした情報だけをもらった。中学生になってぐんぐん伸びた身長のように、陽平の学校生活も順調に思えていた。それが最近では自分の部屋にこもる時間が多くなり、ろくに口もきかなくなった。「今は、そっとしておいたほうがいい」と妻は言う。そういうものだろうか。

ちょうどその頃だ。書籍の編集者として長年勤めている出版社で、部署の異動を命じられた。

「岡村《おかむら》君、しばらく営業に力を貸してほしいんだ」

ある日、営業部長の田辺《たなべ》から呼びだされ、唐突にそう切り出された。編集部から営業部へ移るように請われたのだ。異動は「来月から」という急な話だった。

ここ最近、目立って売れる書籍を私は作っていなかった。でも、それは編集部全体で見れば、私だけの問題ではなかった。会社が出版の柱としているコンピュータ書は、パソコンの個人への普及により、そのマニュアル書が飛ぶように売れた時代もあった。しかしこのジャンルへの参入出版社が増え、低価格競争を引き起こし、やがてインターネットの普及とともに読者離れが拡大していった。

本の売り上げが低迷するなか、先月の企画会議で、編集長を除けば編集部で最年長となる私が、会社の出版方針の不明確さを批判した。本が売れないのは、書籍の編集担当者だけの責任ではない、と以前から感じていた。その発言が、どうやら人事異動の引き金になったようだ。

私の直属の上司である編集長の相場《あいば》は、若い編集者にうとまれることが多かった。私よりわずか年上に過ぎない彼は、編集長という立場に就くと編集実務から離れ、できあがった本の批評や批判に終始する傾向が強くなったからだ。自然と若い編集者は、なにかあれば私にものを尋ねに来るようになった。それが面白くなかったのかもしれない。あるいは年齢のいちばん近い私を、遠ざけたかったのだろうか。

この業界で私のような年齢の編集者が「営業部に回れ」、と言われるのは、「辞めたら？」というメッセージが込められていることが少なくない。そういうケースを何度も見てきたし、実際に辞めていった同僚もいた。出版社の編集部と営業部とでは、まったくちがう業種の会社に再就職するようなものだ。それは編集者からの「引退勧告」に私には思えた。

心の奥に横たわる葦《あし》の原がざわめいた。

ざわざわ、と……。

編集長の相場に言われた。「岡村君、きみ、たしか厄年だったよな。環境が変わるから、体調にはじゅうぶん気をつけろよ」

――余計なお世話だ。

腹のなかでは、そうつぶやいた。

週末、私は昼間から酒を飲むようになった。新しく身につけた習慣だ。息子と同じように自分の部屋に引きこもり、自分で撮影した小学生時代の陽平のビデオや写真を眺めながら、煙草とアルコールで憂さを晴らす怠惰な時間をむさぼった。まだ目に焼き付いている明るい過去の時間に浸ることでしか、安息を得られなくなった。

あの頃、陽平の所属する地元の桜ヶ丘FCの試合観戦によく出かけた。最初のうちは頻繁にグラウンドを訪れたせいか、クラブの人間からコーチに誘われた。サッカーの経験もないわけで、あわてて距離を置いた。それ以来、物陰に隠れるようにして、息子の姿を追っていた。わざわざカメラの中古ショップで500ミリの望遠レンズを購入し、遠くから陽平の姿を探したりもした。

——あの頃は、息子がヒーローだった。

パソコンの画面に、望遠レンズでとらえたあずき色のユニフォーム姿の陽平が、自動再生機能によってスライドしていく。画面のほぼ中心にいる主役の少年は、いつまでもあの日のままでいてくれた。ミッドフィルダーの陽平は背が低かったけれど、チームの中心選手で、ドリブルが巧《うま》く、ゴールもよく決めていた。スポーツがそれほど得意ではなかった自分とちがって、そういう星の下に生まれた子なのだ、と妻に言ったりもした。

それなのに……。

——なぜ、息子はサッカーをやめたのか？

どうしても、その疑問は解けなかった。

現実を見つめ、ようやく将来について考えるようになった、と親としては喜ぶべきなのかもしれない。でも、吹っ切れなかった。自分は、とっくの昔にそれなしで生きていくことにしたのに、なぜだか息子には、まだそれを捨てないでほしい、と願っている。そんな矛盾している想いがあった。

陽平がサッカー部をやめて一カ月ほどたった日曜日、私は息子の通う中学校のグラウンドへ出かけた。サッカー部の練習を観てみよう、と思い立ったのだ。そこには、もう陽平の姿は当然ないのだけれど、自転車でふらふらと出かけていった。もちろん本人には内緒にしておいた。

中学校に着くと、グラウンドには先客がいた。サッカー部の練習を見下ろすのに都合のいい階段の脇に、黒のベンチコートを着た中年の男が腰を下ろしていた。私の気配を感じたのか振り向いたので、軽く頭を下げた。

男はまぶしそうにこちらを見てから口元に笑みを浮かべた。てっきりサッカー部員の父親かと思ったら、陽平が小学生時代にお世話になっていた桜ヶ丘FCのコーチだった。私の顔を覚えてくれていたらしい。たしか、真田《さなだ》というコーチだった。

真田は、挨拶《あいさつ》や練習に対する姿勢については厳しかったが、子供たちに慕われていた。それは同年代の自分にとって、驚くべき手腕といってよかった。自分には到底できない芸当だ。そもそも子供たちのためにボランティアで週末を捧《ささ》げるような発想を持てる人間では、自分はなかった。いつも休まずに練習や試合を見てくれるからこそ、子供たちも真田にある程度心を開いていたのだろう。卒団した子供たちを、今でもこうして中学校のグラウンドにまで観に来る真田は、おそらく私の息子についても、なにかしら知っているにちがいなかった。

「岡村です。その節は、息子がお世話になりました」

真田に近づくと声をかけた。

「こちらこそ、試合の送迎ではよく車を出してもらって、感謝してます」

口元を微《かす》かにゆるめた真田は、そう言ってくれた。

ああ、このコーチは覚えてくれていたのだな、と小さく感激した。

「陽平のやつ、サッカー部やめたんですってね」

いきなり言われ、どきりとした。その声色には、特別な感情は読み取れず、とくに残念そうには聞こえなかった。

「ええ、ご存じでしたか」

私の言葉に、黙ったままうなずいた。

真田は自分と同じくらいの年齢だったが、クラブの保護者の母親たちとも気さくに話をする印象があった。話しにくい相手ではなかった。

「もったいないな」

真田はつぶやいた。

「いやあ、根性ないんですよ」

そらぞらしい、おどけるような声になった。

「夏の総体まで、時間はまだじゅうぶんあるのに」

「出られないから、ですかね？」

思ってもいないことを口にした。陽平はチームの主力だと信じていたくせに。

「そんなことないでしょ、あいつは二年生の頃から先発メンバーだったわけですから」

私はそのことには触れようとしなかった。

すると真田は「よろしく言ってください」とあっさり話を締めくくろうとするではないか。だからあわてて言葉を継いだ。「バカみたいですよね、息子のいないサッカー部の練習を観に来る親なんて？」

「いえいえ、このグラウンドには、僕の息子もいませんから」

真田は平然と言った。

そういえば真田には子供はいるのだろうか。聞いたことがなかった。もっとも息子のサッカーのコーチに、それほど興味など持ってはいなかった。

「ありがたいですよ。小学生時代お世話になったコーチが、こうして今も見守ってくれていたりするのは」

わざとらしくも思えたが、そう言った。

真田は私の言葉には反応を示さず、静かにグラウンドを眺めていた。

グラウンドには、陽平と小学生時代にチームメイトだった五十嵐《いがらし》君や見覚えのある顔がいくつかあった。みんな、ぐんと背丈が伸びて、大人びていた。

小学生時代にサッカーをやっていた者で退部したのは、うちの陽平だけなのだろうか。陽平よりも下手糞《へたくそ》だった彼らがサッカーを続けているというのに。そういう気持ちに、どうしても囚われてしまった。

ブルーの練習着を身につけた選手たちから少し離れた場所に、背の低いずんぐりむっくりとした男がひとり立っていた。サッカー部顧問の体育教師は、背中に手を組んで練習を見つめていた。遠目には温厚そうな、私より少し年を重ねた中年に見えた。

「ちょっと、気になってましてね」

グラウンドに視線を置いたまま私は言ってみた。

「なにがですか？」

「陽平が、サッカーをやめた理由です」

私がそう言うと、真田は少し驚いたような表情になった。

「本人から、聞いてないんですか？」

「聞いてます。受験勉強を理由にしてましたけど、本当のところ、どうなのか」

「思春期ですからね、じきに陽平のほうから話すんじゃないですか」

「そうでしょうか？」

「どうかな……。どうでしたか、陽平と同じ年頃のとき、岡村さん、なにもかも親に話したりしました？」

視線を外して、私は返事をしなかった。ただ、この男は、やはりなにかを知っている気がした。

「サッカーを知れば、息子さんの気持ちもわかるかもしれませんよ」

私にとって興味のない提案を真田は口にした。

そんなやりとりのあと、見るべき者のいないグラウンドから早々に立ち去った。

私自身、中学生のときは帰宅部だった。入学してすぐに野球部に入ったもののしばらくして退部した。レギュラーになれそうもなかった。以来、あまりスポーツには縁がない。だから息子の陽平に自分にない素地を見出《みいだ》したとき、強く惹《ひ》かれたのかもしれない。自分とはちがう、自分の息子という分身をできる限り応援したくなった。


会社での私の立場は、ますます微妙になってきた。編集部には中途入社で編集者が補充され、以前私の使っていたデスクに座った。もどるべき場所を失った私は、担当編集をしていた書籍の引き継ぎを半ば強引に済ませた翌日、入社三年目の営業マンである斉藤《さいとう》君と一緒に、外回りの書店営業に出ることになった。私の肩書きはいちおう営業部課長で、斉藤君はヒラであるが、私が斉藤君に指導される立場だ。午前中から斉藤君と書店に同行し、少し離れた場所から実際の書店営業のやり方を見させてもらった。

「こんな感じです」

書店を数軒回ったあとで、斉藤君は注文をもらった新刊チラシをひらひらと私に見せびらかしながら言った。

「なるほど」

「それじゃあ、総武線《そうぶせん》、お願いしていいですか？」

うなずくしかなかった。

数軒だけのいわば営業研修で、私は書店回りを始めた。書店営業とはその程度の仕事なのか、と拍子抜けしてしまったほどだ。編集者とて人と会う仕事なわけで、書店の担当者と話すのは苦にはならないはずだ。社内にいるよりも、営業の外回りのほうが気兼ねなく時間を使えるような気すらした。

どうせなら自分の編集した高齢者向けのインターネット入門書の注文を取ってやれ、と思ったが、そんなに簡単なものではなかった。まさか私が編集した本とは思っていない書店担当者に、辛辣《しんらつ》な言葉を浴びせられる場面もあった。

「悪いけど、うちは縮小の方向なんで」

客のいない閑散としたコンピュータ書の棚の前で、そっけなく、店長に言われたりもした。

注文が斉藤君より取れない日が続いた。

帰りの通勤電車で隣り合わせた三十代くらいの会社員の二人連れが、夢中になって釣り談議を交わしていた。以前釣れたときの仕掛けや、週末には釣具屋でどんな竿《さお》を買うべきか、そんな話だ。夢中になっているせいか声が次第に大きくなっていた。吊《つ》り革にぶら下がりながら、なにかうらやましくさえ思う自分がいた。

——いつからだろうか。

そういう、ささやかだけれど、夢中になれるものを失ったのは……。

家に帰って自室で深夜まで酒を飲み、気づくとひとりで首を振っていた。このままでいいのだろうか、と自問してみる。まるで毎晩日曜日の夜で、まるで毎朝月曜日の朝のようだった。毎日仕事で書店を回っているのだが、本を読む時間はめっきり減ってしまった。

夜は眠れなくなり、軽い睡眠導入剤を薬局で購入した。初めのうちは薬がきつく感じ、朝起きてからしばらくからだがだるかったが、やがてそれにも慣れた。水割りにして飲んでいたウイスキーは、いつの間にかロックで飲むようになった。こんなことをしていては駄目だ、と思うのだが、止める術《すべ》は見つからない。そんなだらしない父親を、ユニフォーム姿の小学生の陽平が、机に置いた写真立てのなかで笑っていた。

日曜日、昼間から酒ばかり飲んでいてもと思い、近所の運動公園に隣接している図書館へ出かけることにした。途中で酒屋を見つけると、あたりを気にしながら店の前の自動販売機ですばやく缶ビールを買ってしまった。最近整備が進んだ公園には、野球場と球技用のグラウンドを取り囲むように、ジョギングコースができあがっていた。とくに図書館に用があるわけでもなく、人けのない日向《ひなた》のベンチに座り、老人のようにじっとしていた。

小高い土手の頂にあるベンチから、フェンス越しに枯れ芝のグラウンドが見えた。グラウンドでは、社会人らしきチームのサッカーの試合をやっている。けっこういい年の大人たちが走り回っていた。名前は忘れたがイタリアのチームのレプリカらしき白地に黒の縦縞《たてじま》のユニフォームを着た男たちと、ブルーのユニフォームを着た男たちが対戦していた。昔は、こんなふうにして陽平の試合を観戦したものだった。

——いい年をして、よくやるよ。

草サッカーを眺めながら思った。

足がもつれて、転んでいる男がいた。息も絶え絶えに走っている。太った男がシュートを大きく外して、頭を抱える。チームメイトからは、失望の声が上がった。その姿を観て、思わず失笑した。

そういえば、このグラウンドでも陽平の試合を観たことがある。グラウンドは整備される前で、まだ土だったはずだ。陽平は、その試合でシュートを決めた。あれは五年生のときだったろうか……。

不意に試合の場面が甦《よみがえ》った。左サイドでボールを受けた陽平は、寄せてくる相手のディフェンダーをひとり二人と抜き去り、内側に切り込むと、前に出ていたゴールキーパーの頭上を抜くループシュートでゴールを決めた。ゴールのあとで、チームメイトに祝福される陽平は、輝くように笑っていた。

その表情が脳裏に投影されると、目の奥が締めつけられるように痛み、親指と人差し指で鼻をつまんだ。

あんなにサッカーが好きだったのに……。

たしか試合は、そのあと逆転されて負けてしまった。私にだけは陽平が悔し涙を必死にこらえているのがわかった。小さい頃から負けず嫌いだった。

両膝《りょうひざ》のあいだに缶ビールを隠すようにして、プルトップを引いた。べつにだれが見ているというわけでもないが、まだ午後二時過ぎだったし、慎み深くアルコールを喉《のど》に流し込んだ。喉が渇いていたわけではない。必要以上に冷えた冬のビールは、からだの芯《しん》をぶるりと震わせた。

息子の小学生時代の夢は、サッカー選手だった。六年生のときはチームのキャプテン。貴重な左利きで、可能性はある、と信じていた。一緒にJリーグの下部組織のセレクションを受けに行ったこともあった。試合形式の二次テストに落ちて、うつむいてもどって来た息子に向かって、そのゲームのプレーぶりを非難した。「なんでもっと積極的にいかないんだ」「自分を出さないんだ」と責めた。わざわざこんな場所まで連れて来てやっているのに、という意味のことも口を滑らせた。

帰り道、陽平は黙ったまま後ろからついてきた。子供が小さい頃ほど、夢や可能性は大きく感じる。でも、やがて親にも本人にも、現実という乗り越えがたい高い高い壁が見えてくる。

「サッカー選手なんて、給料安いし、やめとけ」

そんな余計なことまで口にした。

無責任なものだ。自分では、やったことすらないくせに……。

「岡村さんじゃないですか？」

その声に驚いて顔を上げると、ユニフォーム姿の男がベンチのすぐ脇に立っていた。先日、中学校で会ったコーチの真田だった。

「ああ、どうも」

頭を下げて、思い出に浸っていた顔を見られたのではと、うろたえた。

「いいですね、昼間から。じつは僕も好きなんですよ」

真田は目だけで笑っていた。

あわてて両膝を閉じて、缶ビールを隠そうとしたが、余計滑稽《こっけい》に映ったはずだ。

「今の試合に、真田さん、出てたんですか？」

額に浮かんでいる汗に気づいて尋ねた。

「ええ、地元の仲間のチームです」

真田は白地に黒の縦縞のユニフォームを着ていた。胸には、陽平が小学生時代に世話になっていた桜ヶ丘FCのロゴがあった。

「コーチだけじゃなく、ご自身でもサッカーをしてるんですね」

真田は返事はせずに、口元に笑みを浮かべていた。


公園から家に帰り、真田に会ったことを妻に話すと、今は低学年のコーチらしい、と教えてくれた。陽平の通っていた桜ヶ丘FCでは、コーチは全員ボランティアでやっている。それなのに最近は非協力的な保護者が増えて、運営も大変なのだという話だった。

陽平が小学生の頃だって、クラブに協力する保護者はそれほど多くなかった。手伝う大人の顔ぶれは、いつも決まっていた。私は試合観たさもあって、子供たちの試合会場までの送迎の車をよく出した。それでもコーチたちと親しく付き合うような真似はしなかった。深入りすればコーチや事務局の仕事を頼まれ、なにかと面倒だから注意しろ、と妻から聞いていたからだ。

「でもあの人たち、まだ試合やってるのね」

妻はキッチンで夕飯の準備をしながら言った。

「それって、どういうチームなの？」

「コーチが中心なんじゃない。昔からやってたわよ。子供たちの練習のあとに集まったりして。でも桜ヶ丘FCは子供もコーチも今はかなり減ったんじゃないかな。近くに元Jリーガーが指導するクラブができたらしいから。大人のチームもよく続いてるわね」

じつはその日、真田から「今度、僕らのサッカーの試合に来ませんか」と誘われた。

「遊び程度ですから」と言われたが、もちろん聞き流した。

陽平はいつものように部屋にこもっていた。ドアをノックして薄く開け、偶然真田に会った話をし、「陽平に、よろしくって言ってたぞ」と嘘をついた。

本人はさも鬱陶《うっとう》しそうにうなずき、「ちょっと、コンビニに行ってくる」と言って部屋を出ていった。

サッカーに夢中になっていた頃の陽平の部屋には、机とベッドを取り囲むように、日本代表の選手や欧州のプロサッカー選手のポスターが画鋲《がびょう》でとめられていた。今ではそれらはすべて外され、のっぺりとした糊《のり》の浮いた白いクロスの壁に変わっている。西日の射し込む息子の部屋の色褪《いろあ》せたカーテンを、私は意味もなくしばらく見つめていた。

気持ちよく晴れた翌週の土曜日、遅い朝食をひとりで済ませ、自転車に乗って陽平の通っていた小学校へ向かった。サッカークラブの低学年の練習は、土曜日の午前中、と以前は決まっていた。ペダルをこぎながら学校の通りの金網越しにグラウンドを眺めると、子供たちと一緒にいるジャージ姿の真田を見つけた。そのまま自転車を走らせ、開け放たれた校門を通り抜けて校舎の脇にある駐輪場に乗り入れた。

校舎と木立のあいだの日当たりの悪い小道をグラウンドへ向かう途中、何人かの母親らしき人たちと軽く会釈をしてすれちがう。視界が開け、校庭が見渡せる場所へ出ると、思わず立ち止まった。陽平が小学生の頃は週末によく訪れていた場所が、ひどく懐かしく思え、気恥ずかしくなった。サッカークラブには、もう息子はいないわけで、自分は部外者にちがいなかった。

それでも昔と同じように遊具のある遠い位置から低学年の練習を観ることにした。両腕を鉄棒にかけてグラウンドを眺めていると、子供たちに囲まれた真田が、じつに楽しそうに笑っていた。子供たちとサッカーの練習をしている、というよりも、一緒に遊んでいる、そんなふうにも見えた。

私の姿に気づいていたのか、休憩時間に真田のほうから声をかけてくれた。

「こんにちは、いい天気ですね」

張りのある明るい声だった。

「こんにちは、先日はどうも」

私も小さな声で返した。以前から真田は、グラウンドでの挨拶《あいさつ》を大切にするよう、子供たちに教えていた。

「じつは、陽平がサッカーをやめた理由が、どうしてもわからないんですよ」

唐突に私は切り出していた。

真田はただ微笑んでいる。

「なにか、ご存じでしょうか？」

「まあ、いろいろあるでしょう。そういう年頃ですからね」

「そうですね」

「こないだもお誘いしましたが、今度一緒にサッカーをやりませんか？　グラウンドをとってあるんです。けど、困ったことに、メンバーが足りない。どうですか？」

「最近はスポーツなんて、まったくしてないですから」と私は断った。なぜ話をすり替えるのかと思ったが、もう少しこの男と親しくなれば、陽平がサッカーをやめた理由を聞き出せるかもしれないと、ふと思った。

「再来週の日曜日、こないだと同じ運動公園のグラウンドです」

「試合ですか？」

「いやあ、人数も集まらないと思うから」

「じゃあ、行けたら」

「メンバーを集める関係上、参加人数は、はっきりさせておきたいんです」

今までとはちがう、きっぱりとした口調になった。

戸惑いつつも、「わかりました、行きますよ」と答えてしまった。

「九時です。陽平も誘ってみたらいい」

「え、いいんですか、中学生でも？」

「ぜんぜん、かまわないですよ。ただの草サッカーですから」

そう言われた。

帰り道、ペダルをこぎながら、安易だったかな、と早くも後悔していた。


「行かないよ」

陽平はヘッドホンを片方だけ耳から外すと言った。

「サッカーは、やめたから」

そう言われてしまった。それは予想していた言葉でもあった。

「そうか……」

部屋に背中を向け、廊下を歩き出したとき、陽平の忠告が追いかけてきた。

「父さんも、やめときな。断ったほうがいいって」

その言葉の響きにはどこか軽い調子があった。嘲《あざけ》りとまではいかないまでも、無理だと決めつけられた気がした。なに馬鹿なことを、そんな言われようだった。

陽平の部屋からそのままキッチンに向かって、流し台の下からウイスキーのボトルを取り出した。キャップを外してあわててグラスに注ぐ。琥珀色《こはくいろ》の液体はいつもより多めになってしまった。冷蔵庫の一番上の扉を開き、手探りでトレイのなかの角氷をつかんで、乱暴にグラスに放り込んだ。満たしておいたウイスキーがまわりに散って匂い立った。

――おれは、おれじゃないか。

心のなかでつぶやき、自分の部屋に潜んだ。

ショップの一番奥の壁面には、最新モデルの色鮮やかなスパイクがメーカーごとに飾られていた。ホワイト、レッド、ブルー、オレンジなどずいぶんとカラフルなものが目立つ。それはまるで流線型をした小さなスポーツカーのように私の眼にはまぶしく映った。

恐る恐るそのなかのひとつを手にとってみる。そのあまりにも用途のはっきりしている道具は、まちがいなく自分には不釣り合いな気がした。スパイク売り場にたどり着く前にフィッティングルームを通り過ぎたとき、くたびれたコートを着た白髪まじりの自分が鏡に一瞬映った。その男は、まぎれもない四十一歳のおじさんにちがいなかった。

自分の足に合うかは冒険だが、買うならネットショップを利用すべきだ、と思ったそのとき、

「スパイクですか？」

若い店員がいつの間にか後ろに立っていた。

不意に浴びせられた言葉で、息が詰まった。まるで「だるまさんがころんだ」と言って振り向いたときのように、私はまともに店員の顔を見てしまった。

「ええ、まあ」

なんとか、そう言えた自分を褒めてやりたいくらいだった。手にしていた一万円を超える高価なスパイクをあわてて飾り棚にもどした。

「フットサルですか？」

若い店員の声は、不必要に大きく甲高かった。

「いや、あの、フットサルではないと思うんです」

「じゃあ、フルコートの芝や土のグラウンドでのサッカーですね」

「あっ、それは……」

「トレーニングシューズですか？」

「うっ？」

そんなにいろいろサッカーのシューズというのは、細分化されているのか。言葉が見つからず、「フツーのサッカースパイクです」と答えてしまった。

「ああ、なるほど」

店員の顔は、笑いをこらえているようにも見えた。

「もし初めてのご購入でしたら、このあたりの商品などいかがでしょうか？」

店員は通路の脇にあるワゴンまで案内してくれた。親切である。おそらくこの若者はサッカーの経験者であろう。だとすれば、自分の先輩に当たるわけだ。

「はい、初めてです」

素直に認めている自分がいた。

「もしよかったら、履いてみてください。ご希望のサイズがなければ、探しますので」

店員はそう言うと行ってしまった。

カラフルなスパイクはカッコよかった。でも、そんなものはとても似合いそうもなかった。からだが動かないのに、派手なスパイクだけ目立っても惨めなだけだ。だからスパイクは、昔ながらの黒いやつにした。値段は消費税込みで三九八〇円。靴底の突起も丸い普通のタイプ。購入したのはいわゆる型落ちというやつで、在庫処分で安売りをしているらしかった。それでも、胸がわくわくした。そんな気持ちになるのは、かなりひさしぶりのことでもあった。

その日、家に帰った私はコートを着たまま自分の部屋に直行し、膨らんだカバンを急いで開けた。初めて買ったサッカースパイクをショップの袋から取り出すと、さっそく靴紐《くつひも》を通す作業を始めた。

「おっ、悪くない」

足を入れる部分に右手を差し込んで、照明にかざしてみる。足の甲を覆う部分は合成皮革であるものの、立派に黒光りしている。においを嗅《か》いでみると、心なしかバター のようないい香りがする。

箱にも入っていない処分品といっても、元の値段は高いのだ。うれしくなって両足とも履いて、狭い部屋のなかを歩き回った。と、そのとき、不意にドアノブが回る音がした。

「メシだって」

陽平の声だった。

声に出さないものの、「あっ」という顔をして凍りついた。

ドアの隙間から陽平が顔をのぞかせていた。視線は、私の足元に注がれていた。が、何事もなかったように、ドアが閉まった。

　ばつが悪かった。けれど、うれしさのほうが勝っていた。

　夕飯のあとで陽平の部屋のドアをノックした。日曜日のサッカーの練習で使うウエアなどを借りるためだ。陽平は身長一六八センチの私より少しだけ背は低かったが、着るもののサイズは変わらなかった。ジャージの上下やシャツやパンツ、それにストッキングも要求した。

「おまえはどうせ、もう使わないんだろ」

　そう言ってドアの前に立って待った。

　陽平はめんどくさそうに自分の整理ダンスから言われたものを出してきた。

「シンガードは、いらないの？」

　陽平がぶすりとつけ加えた。

「シンガード？」

　訊《き》き返したところ、陽平はベッドの下から使い込んだエナメルの黒いサッカーバッグを引きずりだした。外側のファスナーを開け、そのシンガードとやらを差し出した。

「ああ、こいつか」

　使ったことはないが、見たことのある道具だった。たしかストッキングの下に入れて、脛《すね》に当てるプロテクターの役目をするものだ。小学生のとき、それを忘れた陽平は試合に出してもらえなかった、という話を妻から聞いた覚えがある。

「いらないよ、練習だもん」

知ったかぶりで言い放つと、怒ったような顔で言い返された。「練習のときだって使うものだよ。ぜったい持っていくべきだよ」

「じゃあ、もらっとくよ」

荷物を抱えて部屋を出ようとした背中に、陽平のねじるような声が撥《は》ねた。「べつに、あげたわけじゃねぇーし」

気にせずに部屋をあとにした。


日曜日、約束の時間に少し遅れて公園に到着した。白地に黒の縦縞《たてじま》のユニフォームを着た男たちが、グラウンドに入っていくところだった。みんな陽平が持っているのと同じタイプのサッカーバッグを肩から提げていた。それを見た私は、背負っているリュックサックをすばやく背中から外した。

遠慮がちに少し離れた場所に立っていると、気づいた真田が近づいてきた。陽平は用事があるらしく来られないと伝えるべきか迷ったが、そんなことは訊かれもしなかった。陽平が来ないことなど、初めから見抜いていたのかもしれない。普通にパールホワイトのスパイクを履いている真田が、とてもカッコよく見えた。

「対戦相手も来てますから、グラウンドにどうぞ」

真田は何気ない感じで言った。

「えっ、練習じゃなかったんですか？」

「試合です」

「ええっ」

私は一歩あとずさった。これでは話がちがう。できることなら、この場から逃げだしたかった。

「真田さん、試合じゃないって、言ったじゃないですか」

責めるような口調になった。

「よく言うじゃないですか、『サッカーでは、なにが起こるかわからない』って」

真田は涼しそうな顔をしていた。

おいおい、その言葉はそういうふうに使うんじゃないだろ、と思ったが、あとの祭りだった。グラウンドのなかにあるベンチに連れて行かれ、真田がチームメイトを集めて私を紹介した。ひとくくりにするならば、全員おじさんだった。三十代から四十代といったところだろう。

真田の指示があったようで、みんなに「ケイさん」と呼ばれている人からチームのユニフォームシャツを手渡された。どうやら真田はプレイングマネージャー的存在のようだ。

「あのう、私、サッカーは初めてなんですけど」

恐る恐るケイさんに言ってみた。

「ああ、だいじょうぶ。けっこう、そういう人、いるがら。最初は、だれでも初めてなわけだし」

雪国の訛《なまり》の残るやさしい言葉を聞いて、ホッとした。ケイさんは私と同じ四十代前半。髪をオールバックにしていて、口をとがらせてしゃべる癖があった。

「いいっすね、おニューのスパイク」

「思いきって、買っちゃいました」

新品のスパイクに履きかえながら白状した。

「いいんでねぇか、こういうごとは最初が大事だから。うちの親父が、よぐ言ってましたよ。なんがを始めるどぎは、最初がら、自分でちゃんと必要な道具を準備するもんだって。──大工だったんですけどね」

「そうですよね」

照れくさかったけれど、うれしくもあった。

「へば、怪我しないように、よぐアップしておいだほうがいいっすよ。十五分ぐらいで、試合始まるど思うがら」

「あのー、この試合って、もちろん練習試合ですよね？」

「おれらの試合は、みんな遊びですから。今日は練習試合ですけど、公式戦との区別なんか、あんま、ないがら」

ケイさんは、そう言うとグラウンドへ出ていき、ゆっくりと走り始めた。背後から見たふくらはぎの筋肉は、やはりそれなりに発達しているように見えた。

気づかれないように同じユニフォームの人数を数えた。自分を入れて、十三人しかいなかった。しかもベンチに座っているひとりは、かなり年配らしく、いっこうにアップを始める様子もない。両腕を組んで悠然と構えている。おそらく試合に出るつもりはないのだろう。

いきなり自分が試合に出るわけじゃないはずだ。よしてくれ、冗談じゃない。サッカーどころか、走るということなど、人生において放棄してしまったような人間なのだ。ただ、与えられたユニフォームに袖《そで》を通すと、なんだかちがう自分になったような気がした。同じ白地に黒の縦縞のユニフォームを身につけた人達のいるグラウンドへ視線を向けた。

午前九時過ぎの芝のグラウンドは、静けさに満ちていた。このあいだ来たときよりも芝はさらに枯れていた。グラウンドに出た大人たちは、はしゃぐことなく、寡黙な羊の群れが草を食《は》むように、うつむきがちに各自のペースで調整をしていた。自分のからだに調子を訊《たず》ねるようにストレッチをしている真田の姿もあった。

おろしたてのスパイクで、白線の内側のピッチに足を踏み入れた。チームメイトを真似てジョグをしてみる。芝生から朝露がはね、ストッキングにくるまれた踝《くるぶし》をしっとりと濡《ぬ》らした。意識的に鼻から強く息を吸うと、からだの奥深くから覚醒《かくせい》していく感じだ。昨夜も遅くまでウイスキーを飲んでいた。それでも今の気分は悪くなかった。芝を擦《こす》る新品のスパイクの音が、心地よく耳に届いた。

参加させてもらう味方や相手チームの選手のなかには、自分より年配らしき人もいる。ウォーミングアップのパス回しでインサイドキックを空振りしているのを見て、心強く思った。所詮《しょせん》は草サッカー、大したことはない。そう思うことにした。みんな自分と変わらないおじさんなのだから。


「じゃあ、先発メンバーを発表します」

真田が選手を集め、チームメイトの顔を確認しながらポジションと名前を告げていく。ポジションは、大方いつも決まっているのだろう。選手たちは「ウッス」などと返事はするものの、そこに驚きや異議を唱えるような反応は見られなかった。

「それじゃあ左のハーフ、先発は、岡村さんでいきましょう」

真田はたしかにそう言った。

「えっ、いきなりですか？」

思わず声を上げてしまった。

「デビュー戦だから、みんなフォローをお願いします」

真田はそう付け加えただけだった。

「だいじょうぶ、おれが後ろの左のサイドバックさ入るがら、カバーする」

ケイさんは言ってくれた。

審判の笛が鳴り、チームメイトがぞろぞろとグラウンドのセンターサークルへ向かう。これは大変なことになった、と思いつつ、急いでリュックサックから息子に借りたシンガードというやつを取り出した。生まれて初めてそれをストッキングの下の脛《すね》の位置にもぐり込ませた。なんだか足が突っ張る感じがした。

ハーフウェーラインを挟んで対戦する相手チームと対峙《たいじ》した。藤色のユニフォームを着た相手も見事なまでにおじさんが並んでいたが、それでも三十代前半くらいの人もいる。

チームメイトは全員白地に黒の縦縞のユニフォームシャツに白のパンツで、ストッキングも白。自分のパンツだけ、息子に借りた青色のパンツだった。和やかな雰囲気で、相手チームから出てくれた主審の仕切りにより、挨拶《あいさつ》を交わした。

ちょっとだけ期待していた試合前の円陣はなかった。左のハーフの位置についたとき、初めて気づかされた。自分の立っているこのポジションは、真田が小学生時代に陽平に与えた場所と同じだった。中学生になっても、陽平は左のハーフをやっていたはずだ。

——偶然だろうか。

「カバーするぞ！」

後ろからケイさんが声をかけてくれた。

我に返った私は振り返り、うわずった声で「そういえば、試合時間は？」と声をかけた。

「二十分ハーフ！」

ケイさんはその場で軽くジャンプをしながら言った。

プロの試合は四十五分ハーフ。陽平たち中学生はたしか三十分ハーフだ。おやじの草サッカーだから、それよりも短いのだろう。二十分なら、大して長くない。余裕、余裕——そう思った。

味方の選手二人が、センターサークルのキックオフの位置についていた。主審の笛が鳴り、いよいよ前半戦がキックオフされた。

しかし、もったのは五分だった。

たった五分で、私は終わっていた。

短いと思われたグラウンドでの二十分は、永遠のように感じた。ほとんど切れ目なくゲームは進んでいく。その流れにからだがついていかない。無理もない。最近は、町内会の運動会にすら出ていない自分なのだ。からだは終始重く、息が続かなかった。甲冑《かっちゅう》をまとっているように、自由がきかない。走ると胸が震えた。べつに感動したわけではない。脂肪がゆさゆさと揺れるのだ。

こんなにもサッカーとは過酷なスポーツなのか、と思い知らされた。

それでも自分と同じ年代のおじさんたちが、軽快に走り回っている。サイドの攻防で屈辱的に股《また》抜きをされた。相手を追いかけてスライディングで倒してやりたい衝動に駆られるが、追いかけることすらできない。自分のミスから失点した。

――終わってるな……。

そう、感じた。

自分はもうサッカーなどできるからだではない。年齢ではない。

いや、真田は、自分よりおそらく少しばかり年上なのに、反対側の右サイドをドリブルで駆け上がっていく。

こんなにも人は、息苦しくなるものなのか、と思った。

小学生の頃や中学生になっても、陽平の試合を観戦するたびに、アドバイスのつもりで言いたいことを言ってきた。「もっと走らなくちゃ」とか、「あの場面は、なぜ自分でいかなかった」とか、「昔はもっと勝負していたじゃないか」とか……。

お笑い種《ぐさ》だ。おまえに、なにがわかる。

走りながら鼻の付け根が痛くなった。自分は、こんなにも駄目なのに、サッカーを続けない息子を非難する気持ちをどこかに持っていた。自分では走れないのに。自分では勝負しないくせに。情けなくて、涙が突き上げてきた。

「おい、青パンツ、もっとまわりを見ろよ！」

試合の途中で怒鳴られた。

我慢の限界だったのだろう。味方チームのセンターバックの男が、鬼の形相でこちらを睨《にら》んでいた。当然だと思う。草サッカーといえども、このグラウンドに立つ資格など私にはない。胸が苦しくなり、吐き気をもよおす。懸命に後ろのケイさんが、カバーに入ってくれた。私にはボールを相手と競り合おうとする勇気さえないのだ。それでもケイさんは私に向かって、親指を立てて笑ってみせてくれた。

――なにも、できなかった……。

新しいスパイクは、なんの役にも立っていなかった。

前半終了の笛が、天使の口笛のように聞こえた。

ハーフタイム。真田に声をかけられた。当然の選手交代を私は告げられた。真田は、非難めいた言葉をなにひとつ使わなかった。

もう、このチームに呼ばれることはないだろう。ベンチに座り後半戦を見ていたが、膝頭《ひざがしら》がしばらくがくがく震えていた。寒かったからじゃない。気温は低いのに、からだの火照りがなかなか治まらなかった
「おたく、ずいぶんまいってたみたいだね？」

低い声がベンチの奥から聞こえた。試合に出場していない、チームで最年長らしき白髪頭の鬚《ひげ》を伸ばした男の声だった。

「駄目でした」

私はタオルを首にかけたまま、がっくりとうなずいて認めた。何度かボールにかすっただけの、おろしたての黒いスパイクを見つめた。

「しかたないよ、ひさしぶりなんでしょ。それより、ほら、あんたと交代して入った左ハーフの山崎《やまざき》さん。あの人もまったくの素人だった。でもセンターバックのミネの野郎に怒鳴られても、やめなかった。どうだい、今じゃあ、けっこうさまになってているだろ」

名前も知らない白髪のチームメイトの声は、やさしげだった。

「私も、怒鳴られました」

「ああ、気にしないことです。うるさく言うけど、根はすごくいいやつ。まあ、許し

てやってください。あいつはグラウンドに立つと、この年になっても真剣なんです。真剣でありたい、そう思ってるんです」

私は、私と交代してピッチに出た、頭頂部が薄くなった猫背の山崎という男のプレーを見守っていた。たしかにサッカー経験のない山崎は、うまくない。けれど私よりよっぽど走れていたし、ひたむきにプレーしていた。その姿は純粋に美しいとさえ思えるほどだった。

中年の男たちが夢中になってボールを追っていた。おやじたちひとりひとりのプレーには、草サッカーといえども、ボールへのたしかな執着があった。

「あの人たち、みんな、なにかしら忘れ物をしてきた連中。今さら、なにになろうってんでもないだろうけど、グラウンドに集まってくるんだよね。ただの草サッカー。でもね、続けるということは、草サッカーといえども、そう簡単なことではないんですよ」

そんな言葉を聞きながら、私はグラウンドを見つめていた。

草サッカーの試合の後半戦を長老のような男と観ながら、このピッチに立つ自分と同じおやじたちも、きっといろんなことを抱えながら走っているんだろうな、と想像した。

よい天気だった。春の予感を思わせるやわらかな陽光は、人々にわけへだてなく降り注いでいた。頬を撫《な》でる北風はまだまだ冷たかったけれど、受け入れがたい、とは思わなかった。

「まあ、また来なさいよ」

長老は目を細めると、最後にそう言ってくれた。


試合からボロボロになって帰宅した私を、陽平が「だから言ったこっちゃない」とでもいうような顔で迎えてくれた。アイスバッグと呼ばれる応急処置用の氷のうに、氷と水を入れて、「これで冷やしといたほうがいいよ」と持ってきてくれた。

黙って受け取ったあと、「ざまは、ないよな……」とつぶやいた。

陽平は少し頬を紅潮させていた。

「真田さんに、おまえと同じ左ハーフをやらされたよ」

それだけ伝えた。

息子は、なぜだか自分の部屋にもどらず、リビングのソファーに一緒にいてくれた。それ以上、余計なサッカーの話はしなかった。

筋肉痛というよりも、ほとんど怪我に近いダメージを両足に負ったようだ。ストッキングを皮膚から剝《は》がすようにうめきながら脱ぐと、両足の親指にぷっくりと大きな水ぶくれができていた。履き慣れないスパイクのせいかもしれない。なによりも運動不足のからだには、サッカーというスポーツは過酷すぎたようだ。

よろよろと冷蔵庫に向かい、冷えた缶ビールを取り出した。ソファーにからだを沈め、渇いた喉《のど》に注ぐと、これまでにないうまさだった。二本を空けたら、予想以上に早く酔いが回り、激しい眠気に襲われた。

疲れた。とても疲れた。たった二十分だけなのに、痺《しび》れるほどにからだが熱を帯びていた。

寝室へ行き、敷きっぱなしになっていた布団にもぐり込み、夕飯近くまでぐっすりと寝込んでしまった。夢さえ見なかった。ひさしぶりに深い眠りについた。


翌日の月曜日、出勤は大ごとになった。

足だけでなく、背中や肩やからだ中が軋《きし》むように痛んだ。足を引きずりながらようやく最寄り駅にたどり着き、いつもは階段を使っているのだが、年配者の背中に続いてエスカレーターの左側に乗った。満員電車では、つかまるものがなくて悲鳴を上げそうになった。自分を支えることにさえ苦労した。

——人生最低の月曜日。

正直に言えば、会社を休むことにして途中で家に引き返そうか、とさえ思ったくらいだ。

しかし、負けるわけにはいかなかった。電車に揺られながら、昨日の苦いデビュー戦を何度も振り返った。

「次は、二週間後です。今度は、きっともう少し動けるはずですよ」

試合が終わってチームが解散するときに、真田は言った。

「へば、また、グラウンドで会うべし」

ケイさんは口をとがらせて、そう声をかけてくれた。

Dois　第二章　サッカーパンツ

二週間後の月曜日の朝、定例の営業会議というやつが開かれた。

会議スペースには、メタボリックが気になりだした部長の田辺、七年目なのになぜか主任の関塚《せきづか》、缶コーヒー片手の斉藤君、それに編集部から転属してきた私の四名。ほかに三十代前半の水沼《みずぬま》さんが営業部にはいるのだが、彼女はパートであり、会議には参加しない。

田辺部長は四十七歳、身長はそれほど高くなく、堅肥《かたぶと》りのいかにも体育会系といったタイプ。動物でいえば、今や絶滅寸前のサイ、といったところだ。出版営業畑一筋の業界人で、その世界では少しは顔も売れているらしく、コンピュータ書の出版社仲間の飲み会では、幹事役を以前はよく買って出ていた。世話好きで豪快なやり手営業部長というイメージを抱いていたが、売り上げが減ったせいなのか、最近はどうも口数も減った気がする。書店の店長クラスまで顔がきくはずの田辺は、売り場から遠ざかり、今は書籍の売り上げや返品率などの数字を睨《にら》む日々を送っている。

書店、それから出版社と書店を繋《つな》ぐ取次会社などの現場を回るのが、関塚と斉藤君の仕事ということになる。編集部にいた私は、表向きは田辺部長から営業に請われたかたちをとっていたが、それはいってみればやらせのようなものだったのだと、ここにきて知った。歓迎会どころか、田辺は昼飯にさえ私を誘わない。おそらく私に対してなにかを期待してはいけない立場なのだろう。営業経験のない四十一歳の元編集者の私は、彼らにとって単なるお荷物でしかない。

「それじゃあ斉藤、新刊の受注状況を説明してくれ」

田辺は出入りの印刷屋からもらった手帳に目を落としたまま言った。毎年、年末になると、カレンダーと一緒に手帳を印刷屋に要求する野太い声を編集部の席で耳にしていたのを思い出した。説明を求められた斉藤君は、あわてて自分のデスクに資料を取りに行き、コピーをとり始める始末。関塚はパートの水沼さんに、「取次から電話です」と呼ばれて席を立つ。会議はいっこうに先に進みそうもない。

約一時間後、ようやく会議が終わり、デスクにもどろうとしたら、斉藤君に声をかけられた。

「岡村さん、どうかしたんですか?」

「えっ、なにが?」

「なんだか、月曜日になると足を引きずっているみたいなんで」

斉藤君は探るような口調だった。

きりっとした意志の強そうな眉《まゆ》にアーモンド形の目をした、見ようによっては男前の彼は、おそらく書店の女の子にモテるだろう。ちょっと悔しい。

そういえば、先々週の月曜日の朝も、斉藤君に足のことを指摘された。彼は私の同僚であり部下でもあるが、味方であるかは皆目わからない。社内では、私に対してなにかが起きようとしている雰囲気がある。長くサラリーマンをやってきたわけで、それくらいの空気は読める。軽率に本当のことを口にするべきではない。むざむざ、おとりになって塹壕《ざんごう》から飛び出し、蜂の巣にされるような真似だけはしたくなかった。

よって、ごまかすことにする。

「ああ、日曜日に、リビングの柱の角に蹴《け》つまずいちゃってさ……」

そう言うと、「また、ですか？」と斉藤君は呆《あき》れたような顔をした。先々週は、玄関の柱と言ったかもしれない。そういう斉藤君も仲良しコンビの関塚に、「ちょっと肋骨《ろっこつ》のあたりが痛くて」などと、さっき漏らしていたが、余計な詮索《せんさく》はやめることにした。

会議が終わって三十分もしないうちに、関塚と斉藤君は外回りに出かけた。今月三点出る新刊のコンピュータ書籍の受注状況が芳しくなく、初版部数に対して注文が足りないと会議で田辺から発破をかけられたばかりだ。それは当然同じ営業部に所属する、相変わらず書店の注文の取れない私の責任でもあるのだが、今日は「内勤」とすでに出社前から決めていた。

なぜなら、人生における二試合目となった昨日のサッカーの試合による筋肉痛がひどくて、とても何軒も書店を回れそうになかった。賢明な選択といえよう。ホワイトボードには、関塚　秋葉原《あきはばら》　帰社18：30。斉藤　取次回り　帰社18：00と書かれていた。

私が好きなのは「帰社」ではなく「直帰」だ。すなわちもう会社にもどらず家に帰ります、というやつだ。まあ、そうはいっても、そうそう「直帰」は使えない。田辺は会議スペースの椅子で業界新聞を広げて眺め始めた。

とりあえず、私はデスクのパソコンで電子メールソフトを立ち上げ、なぜか営業部宛てに届く読者感想メールのフォルダの掃除を始めた。斉藤君から受け継いだ数少ない内勤業務のひとつだ。フォルダに溜《た》まったスパムメールを削除していき、本物の読者メールだけを抽出する、といういわばザルですくった泥のなかから、ドジョウだけを選別するような作業だ。もちろん、読者がドジョウだと言っているわけではない。これは比喩《ひゆ》だ。多くは迷惑メールなので、なかなか根気のいる面倒な作業である。整理した読者メールは、編集部にも回覧することになっている。そうこうしているうちに、私の脳裏に情けない情景が甦《よみがえ》ってきた……。

そう、それは昨日のグラウンドでのことだ。

屈辱の初試合から二週間後の日曜日、私はのこのこと再びグラウンドへ足を運んだ。

それでも自分なりには準備をしたつもりだった。

直帰を決め込んで金曜日に立ち寄ったスポーツショップでは、白のサッカーパンツを買った。少しきつく感じたスパイクの新調はさすがにあきらめたものの、店員さんにわからない点を尋ねた。店員は若く、やはりサッカーをやるらしく、気さくにアドバイスをしてくれた。自分なりには筋トレや、試合前日の酒を控えるようなささやかな気配りもした。

しかしまたもや先発で出場すると、試合の前半が終わる頃には、口の内側が粘りつくような厚い粘膜に覆われ、息苦しくてしかたなかった。懸命に口から空気を吸うのだが、まるで濾過《ろか》装置のイカれた水槽であえぐ夜店の金魚のように顎《あご》が上がった。早くうがいをして、鼻水をチーン！　と力一杯かめたなら、どんなにせいせいするかと思った。そして、できればシュワッとした炭酸系の飲み物を喉に流し込みたかった。もちろん、冷えたビールなら最高なのだが。

前半戦終了の主審の笛が鳴り、ベンチにたどり着くと、チームの会費で用意されたスポーツ飲料水に真っ先に手を伸ばした。紙コップに命の水を注ぎ、腰をかがめて同じ色のユニフォームをかきわけるようにしてベンチの裏側に向かう。まずはスポーツ飲料水を口に含むと、もったいない気もしたが喉《のど》を鳴らしてうがいをし、粘ついたつばきを植え込みのなかに吐いた。長年の不摂生によりからだの奥底に積もったヘドロのようなつばきだった。ようやく鼻から新鮮な酸素を摂《と》り入れ、大きくため息をつく。それでも、まだ呼吸は乱れていた。

顔を上げると、グリーンのフェンスの向こうに広がる、枯れ芝の斜面の上に、それほど背の高くない立木が見えた。その立木の張りだした枝に、白っぽい花が、ぽつぽつと咲いている。桜かな、と一瞬思ったが、まだ早い。おそらく梅の花だ。公園の小道を歩いていく見知らぬ人たちが、その花を振り返るようにして眺めては、通り過ぎていった。散策する人々は、まだ冬の装いをしている。そんなのんびりとした光景をぼんやりと見ていた。

そして、ふと、視線をベンチ前の中年の男たちの群れに移した。皆、疲労の色は隠せない。なぜ、こんなにも辛《つら》いのに、この年になってまで、このおやじたちはグラウンドを駆けずり回っているのだろう。なぜ、その群れのなかに、自分も紛れ込んで、今ここに立っているのだろう。そう思った。

ポジションは最初の試合と同じ左のハーフを任された。後ろからケイさんが何度も声をかけてくれ、動くタイミングなども少しだけ取れるようになった。タッチラインを左に置いた動き方は、一八〇度と限定されているせいかもしれない。危険であれば安全にボールを前線に蹴り出すか、ラインの外に出してしまえばいい。なるべくはっきりしたプレーを心がけた。少しは自分なりにできた気がした。

前半で初戦と同じようにベンチに下がると、私が勝手に「長老」と名づけた白髪に髭《ひげ》を伸ばした蓮見《はすみ》さんは、「最初の試合のときより、いいじゃない」と褒めてくれた。それから、中年から始めるサッカーの秘策を授けてくれた。

「あいつらと、対等にやれるようになる方法があるよ」

長老は言った。

「そんなに早くうまくなるもんですか？」

半信半疑で尋ねた。

「すぐにうまくはならんわね。でも、サッカーはそれだけじゃない」

「と、いいますと？」

「みんなそこそこサッカーはうまいさ。基本的なテクニックもあるし、サッカーを知っている。でもね、悲しいかな、年なんだよ。ガタのきているやつも多い。サッカーの基本は、やっぱり走ること。走ることが人よりできれば、じゅうぶんに戦えるはずだよ。まずは、そこからだね」

「走れないから、苦労してるんですけど」

私は情けなくも正直に言った。

「そりゃあ、何事も努力しなければ上達はしない。でも、走ることからなら、やれるでしょ」

「まあ、そうですね……」

答えた私には、長老がイビチャ・オシムに見えた。「努力」なんて、なんだか懐かしい響きの言葉のような気がした。

「ベテランになれば、若い選手のスピードにはかなわない、と言ってもいい。でも、同じベテラン同士であれば、スピードで負けても言い訳はできない。だから逆に、それこそスピードや持久力を武器にするやり方もある」

とのことである。子供の頃の私は、足はそんなに遅いほうではなかった気がする。

「それからインサイドキックを覚えなさい。サッカーの試合でいちばん使うのは、インサイドキックだからね」と言われた。

そしてこの日、後半の残り十分から長老は試合に出場した。

試合前、長老は念入りに右足首に黄ばんだ布の包帯のようなものを巻いていた。私が見ていると、「こうして、バンデージで足首を固めておかないとね、踵《かかと》の骨が揺れちゃって、あとでひどく痛むんですよ」と言っていた。使い込んだ黒に白のラインのスタンダードなスパイクは、靴墨で磨いたらしく、白のラインの部分がくすんでいた。

「無理しないでくださいね」

私が白髪の小さな背中に声をかけると、長老は柔らかな笑みを浮かべ、グラウンドへゆっくり向かった。

長老こと蓮見さんは、センターバックの前、ボランチの位置に入った。すぐに私は自分のかけた言葉を深く悔いた。なんなんだろうこの人は、と思った。

蓮見さんは、まるでお箸《はし》を使うように両足で器用にボールを扱った。ボールを止めて、チョンと前に出して、足の裏を乗せて、今度は引いて、すかさずパス。相手も知っているのか、足元に飛び込んでいこうとはしない。飛び込んでいけば、簡単にボールを回されるか、あるいは軽くいなされてしまう。長老は長い距離を走ったりしない。足も速くはない。それでもボールは不思議と彼を経由していく。敵との一対一の攻防が、チャンバラの殺陣《たて》のようにさえ見えた。足の裏を使うのがすごくうまい。

「驚きだなぁ」

私はベンチで腕を組んで思わず唸《うな》ってしまった。五十歳を過ぎても、長老はサッカーを楽しんでいた。

「蓮見さんはね、僕も最初に見たとき、牛若丸《うしわかまる》かと思いましたよ」

同じく前半で交代した山崎さんの言葉だ。

「やっぱり、この年になるまでサッカーを続けている人というのは、ちがうんですね」

「そうですね。ベテランの味、というんでしょうか……」

汗を拭《ふ》きながらサッカー経験のない下手糞《へたくそ》同士で語り合った。

練習試合のあと、チームが解散すると、真田に声をかけられた。

「今後のチーム・スケジュールなんですけど」

「今後」という言葉に、私は少しだけ身構えた。

「来月から、いよいよ公式戦が始まります」

「公式戦、ですか……」

ますます身構えた。

「今年度のメンバー登録があるんですよ。岡村さんも参加しませんか？」

「それって？」

「草サッカーなんですけど、いちおう会費も集めているんで」

「登録をしないと、出られないわけですね」

「そうですね、そういうことになります」

市内の10チームが参加するリーグ戦が、四月下旬から始まる。リーグ戦に出場するには、チームで選手登録を行なわなくてはならず、その期日が迫っている、と真田は説明してくれた。登録には参加料や保険料、チーム年会費が必要になる、という話だった。

リーグ戦は上位3チームが入賞。持ち回りではあるが、立派な優勝カップも用意されているらしい。ローカル・ルールはいたってわかりやすく、ピッチに立っている選手の合計年齢が、四百歳以上であること。そうなると参加するチームの平均年齢は、三十七歳以上ということになる。自分は四歳も年齢超過になる計算だ。

「チームとしても、岡村さんが出場してくれれば、若手を起用することもできる。そういうメリットもあるわけです」と付け加えられた。なるほど下手糞でも役に立つのか、そう思うこともできた。

「ちょっと、考えさせてもらってもいいですか？」

「もちろんです」

真田は小さくうなずいた。

それから連絡先を知りたいと言われたので、ケータイの番号とメールアドレスを伝えた。地元の人間に教えるのは、初めてだった。

自分がサッカーを始めたのは、そもそも陽平がサッカーをなぜやめたのか知るためだ。でも今この場で、それを持ちだすことはしたくなかった。

そうだよな、と思った。スパイクを買い、このあいだ自前の白のサッカーパンツまで買った。少しでも前よりも動けるようにと、自分なりの運動も始めた。なにかが、自分のなかで動きだしていた。

――どうするかな……。

そんなことを会社のパソコンの画面を見ながら思った。結局、迷惑メールをすべて削除すると、営業部宛ての受信フォルダのなかには、ドジョウ、——いや、読者からのメールは一通も残らなかった。

……虚《むな》しい。

営業部と編集部を仕切っているパーティションの上から、社長が顔をのぞかせた。品のいいスーツ姿の社長は五十代後半、痩《や》せていて背が高く、やけに手足が長い。口の悪い社員には陰でキリンと呼ばれている。顎《あご》を突きだすようにして口パクで「メシニイカナイカ」と言っているその姿は、たしかに高い樹木の葉っぱを食《は》んでいるそれに似ていた。そのサインは、もちろん私にではなく、部長の田辺に送られたものだ。私の存在などまるでないもののように、キリンとサイは昼食に出かけていった。

午後一時過ぎ、今度は編集部の松浦《まつうら》がやって来た。松浦は、私のいなくなった五人だけの編集部では、今や編集長に次ぐベテランだ。私と松浦とのちがいと言えば、私が二人の子持ちであるのに対し、彼は独身。たしか三十五歳になると思うが、年齢以上にかなり額の髪の生え際は後退している。

「メシ、行きませんか？」

チノパンに黒のフリース姿の松浦は言った。

「ああ、いいよ」

似合っているとは到底思えないリクルートスーツのような紺の背広を着た私は答えた。営業部の留守は、弁当持参の水沼さんに任せることにした。

会社を出て、筋肉痛をこらえながら歩いていくと、ちょうど昼食からもどって来る社長と田辺部長、それに編集長の相場の三人に出くわした。軽く頭を下げたが、田辺以外の二人には、無視された。松浦は私と歩いていたのを見られたくなかったのか、いつの間にか微妙な距離をとってついてきていた。

おそらく「LEON」あたりを定期購読しているのだろう。変わった襟のかたちのシャツにダークブラウンのジャケット姿の編集長は、どこかにやついているようにも見えた。

沈んだ気分で、近くの中華料理屋「光楽飯店」の赤い暖簾《のれん》をくぐった。

「どうですか、営業部のほうは？」

中華丼を頼んだあと、すぐに予想していた質問を受けた。

「どうもなにも、まだよくわからない」

私はテーブルの下からスポーツ新聞を取り出して、サッカーの記事を探し始めた。

「まったく、上はなにを考えているのやら」

「そっちはどうなの、編集部は？」

Jリーグの週末の結果を眺めながら訊《き》いた。

「中途入社で若いのが入ってきましたけど、まあ、まだなんとも。ＡＶ関連に詳しいやつらしいんですけどね」

「えっ、そうなの、アダルトビデオ関係？」

「岡村さん、ＡＶって、オーディオヴィジュアルのほうですよ」

松浦は、ことさら「ヴィ」にこだわるように発音した。

「なんだ、アダルトヴィデオかと思ったよ」

悔しかったので、こっちも下唇を軽く嚙《か》むようにして「ヴィ」を強調してやった。

「まあ、今までにないタイプではありますけどね」

呆《あき》れた顔をしてから、松浦は週刊誌を読み始めた。

しばらくして、中華丼がテーブルに運ばれてくると、会話を再開した。

「そういえば、書籍の企画のほう、どうなの？」

私はつるつる滑る鶉《うずら》の卵をレンゲですくうと言った。

「岡村さんに紹介してもらった編集プロダクションからも、いくつかおもしろそうな企画書がきてますけど、なかなかね」

「まあそうだろうな。求められているのは、売れる企画なんだよな」

「そうっすね」

松浦はうなずいた。

お互い中途入社だが、松浦とはもうかれこれ十年くらいの付き合いになる。書籍編集者同士の付き合いなんて、たかが知れているけれど、こいつの髪の後退の進み具合から見ても、時間の経過を感じずにはいられなかった。

「だけど岡村さん、今後、どうするつもりですか？」

「どうするもなにも、営業の仕事を覚えていくしかないだろ」

「えっ、営業で、食っていくつもりなんですか？」

松浦は、驚きに目を見開いてみせた。

私は松浦の顔を正面から注意深く観察した。松浦は、なぜだか曇ったメガネの奥の上目遣いの視線をすっと外した。私もしかたなく、中華丼の飾り包丁の入ったイカに目をやった。私たちは言葉少なに中華丼を腹に収めていった。

――もしかしたらこいつは、相場の手先なのかもしれない。

悲しいけれど、勘ぐる自分がいた。


子供たちの通う学校は、いつの間にか春休みに入っていた。この休みが終われば、陽平もいよいよ三年生に進級する。真田に誘われたサッカーの試合のない週末、陽平に「インサイドキックを教えてくれないか」と声をかけてみたが、「図書館に行ってくる」と愛想のない返事だった。

しかたなくひとりジャージに着替え、運動公園の近くを流れる川沿いのジョギングロードまで足を運んだ。長老の言葉を試す気になっていた。無理せずにゆっくり走ることから始めて、徐々にスピードを加えていく。たった二試合を経験したにすぎないが、思った以上にからだは軽く感じられた。そういえば、サッカーチームへの登録の返事をしていなかった。

川べりに咲いた桜や、黄色い菜の花を眺めながらジョギングロードを走っている最中に、ケータイがポケットのなかで震えた。しょっちゅう送られてくる近所のレンタルビデオ屋からのご優待メールかと思ったら、真田からだった。

〈クラブの練習を午前中で切り上げ、これから運動公園で花見です。よろしかったら来てください。〉

自然と口元がゆるんでいた。

「なんだよ、それならそうと早く教えてくれよ」

そうつぶやいて、来た道を急いで引き返した。

運動公園の球技用グラウンドに隣接した芝生広場に、八畳はありそうなブルーシートを敷いて、真田たちが車座になっていた。

「お〜い、こっち、こっち」

長老が手を挙げて呼んでいる。そのほかにも面識のあるチームのメンバーたちの姿があった。

「おう、青パンツ。じゃなくて、岡村さん」

最初の試合で私を怒鳴ったミネさんこと、峰岸《みねぎし》さんもいた。試合のときとは別人のにこやかな表情をしている。ピッチに立つと人が変わる不思議な熱血おやじだ。

真田とケイさんの隙間に、私は腰を下ろした。すぐに買い出し組の山崎さんたちもやって来て、花見の宴会が始まった。天気がいいせいか、公園のいたるところの桜の下で花見をやっている。昼間から花を眺めながら公然と酒を飲める、というのは悪くない風習だ。

花見の席ではいろんな話を聞けた。

まずチーム名が「桜ヶ丘オジーズ」という、なんだか、かなりセンスのないネーミングであること。ただ、ほかの草サッカーチームもけっこうその手の名前が多いらしい。「ベテランズ」やら「パパサンズ」やら。

桜ヶ丘オジーズのメンバーは、小学生年代のサッカークラブである桜ヶ丘FCになんらかの形で関与する人が多い。登録メンバーは二十名を超えるらしいが、実際は幽霊部員もかなりいるという話だった。

「やっぱり、コーチの方が多いんですね」

「コーチのくせに、自分はサッカーしないで、偉そうに子供を怒鳴ってたらお終《しま》いだよ」

すぐにミネさんに返された。

その言葉に、「ミネさんだって、怒鳴るじゃないですか」とチームでは右サイドバックをやっている、髪を額ほぼ中央で分けた小笠原《おがさわら》さんが口を挟んだ。

「怒鳴るさ。怒鳴るけど、なっ、自分でわかっていて怒鳴るのと、そうでないのとでは大きくちがうだろ。サッカーやらんで、なんでサッカーわかんの？　昔やってたからって、サッカーは昔のままじゃないよ」

最近オジーズの試合に参加しないコーチが増えているらしく、ミネさんは嘆いていた。じつに率直な人だ。ミネさんには子供はおらず、長年ボランティアでコーチを続けているらしい。クラブ関係者が多いせいか、その後もサッカーの指導談議で盛り上がった。

「蓮見さんはさ、うちのクラブで指導してたから」

隣に座ったケイさんが教えてくれた。

「そうか、長老も元コーチなんですね」

私が言うと、「長老ってなに？　ああ、蓮見さんのことだべ」とケイさんに笑われてしまう。

「すいません、それは私が勝手につけたあだ名なんで」

「長老ってのは、いいね。そんな感じだよ」

ケイさんは口をとがらせた。

「さすがにお子さんは、もう小学生じゃないですよね？」

「ああ、もう大学生になるんでねぇが」

「やっぱり、桜ヶ丘FCに入ってたんですか？」

「そうらしい」

「そうか、長老の息子なら、さぞかし巧《うま》かったんでしょうね？」

「んだね、でも、途中でやめちゃったらしいから」

ケイさんは声を落とした。

「え、そうなんですか。また、どうして？」

自分と同じようにサッカーをやめた息子を持つ長老に興味を覚えた。

「おれは当時コーチでなかったし、よく知らねぇけど。ただ、いろいろあったみたいだね」

「たとえば？」

「まあ、ほら、難しいんだよね。親父がコーチで、チームに自分の息子がいるっちゅう関係性はさ」

「そうなんですか?」

「んだね。おれだって、そうだもん」

「ケイさんも?」

「そりゃあ、そうだべ。どうしたって自分の息子に目がいくでしょ。いろんなパターンがあるのかもしれねぇけど、どっちかといえば、自分の息子には、やっぱり厳しぐなるんでねぇかな」

「そういうもんですか」

ケイさんはビールの入った紙コップを傾けながら大きくうなずいた。

「じゃあ、長老は息子さんがやめてからも、コーチをやめなかったわけですか?」

「らしいよ……。そういうケースは、大抵は父親もいなくなるらしいけど」

今度は私が紙コップを傾けながら、うなずいた。風に白髪をなびかせながら笑っている長老の横顔が視界の隅に入った。サッカーをこよなく愛し続けているのであろう長老にも、そんな過去があったのか。

「長老の息子さんがやめたのは、何年生の頃なんですか?」

「さあ、おれも詳しいことは、知らねぇんでねぇ」

ケイさんの言葉《ことば》尻《じり》に、この話の潮時を嗅《か》ぎ取った。

ここは新入りの営業マンのようにビールでも注いで回るべきか、とも思った。しかし風が次第に強くなり、紙コップが飛ばされだし、みんな缶のまま飲むようになったので、その必要はなくなった。

そのあとで、真田から懐かしい陽平たちの小学生時代の話なども聞いた。

「陽平たちも去年の夏以降ですかね、難しくなったのは」

真田は、話の終わりにぽつりと言った。

「去年の夏に、なにかあったんですか?」

すかさず私は訊《き》いたが、真田はそれには答えずに、「ところでどうします。登録のほうは?」と切り返してきた。

「まだ迷ってんだが? 岡村さん」

隣にいたケイさんが口を挟んだ。

「一緒にやりましょうよ」

同じサッカー未経験者の山崎さんまで迫ってくる。

「いや、僕はいいんですけどね、ほら、家族がね」

そんな言葉で逃げてみた。

「なに言ってんだか。息子にだって、もう相手にされないべさ。うちだって上はそうだもんね」

ケイさんはすっかりいい気分になって、スルメをしゃぶりながら笑っている。

「再来週、公式戦の開幕ですから」

真田の言葉が心を揺らした。

長老が、こちらを見ながら静かな笑みを浮かべていた。

――どうしたものか。

自分はこれまで、家庭と職場というふたつの離れた島に架けられた橋を、毎日せっせと行ったり来たり渡り続けてきた。そのふたつの世界のバランスを、なんとか取りながらやってきたつもりだ。でも少し離れた小島には、こういう世界もあるということを知ってしまった。強い絆《きずな》でもともと結ばれているわけではなく、なんの利害もなく、それでいて同じ楽しみを共有する者たちの世界。笑い合い、叫び合い、助け合う仲間。こんなにも近くにそれは存在した。

――そうだ。自分はそれじゃあ、今日だってなんのために走ったりしていたというのか。それはやっぱりどこかで、この人たちと一緒にいたいと思ったからなんじゃないか。サッカーが好き、というよりも、この人たちが好きになり始めているのかもしれない。

「や、やりますよ、息子はやめてしまったけど」

缶ビールを握りしめた私の口が動いた。

「よし、よく言った！」

赤ら顔のミネさんの濁声《だみごえ》が響いた。「おまえに、真田の付けてる10番をやろう！」

桜の下で、どっと笑い声が広がった。

「むちゃくちゃだな、ミネさんは」

真田も苦笑している。

「今まで借りていた12番でいいですよ」

話題の中心になってしまった私は照れくさかった。

「ああ、あれは助っ人用のユニフォームなんですよ」

チームでは「マッチャン」と呼ばれている若手の松本《まつもと》さんが教えてくれた。

「まあ、ユニフォームのことは、おいおい考えていきましょう」

真田は言って、新しい缶ビールを差し出した。

「だいじょうぶ、岡村さんは始めだばかり。おれなんてこの年までやってんのに、こんなもんだ」

ケイさんも励ましてくれた。

「まったくな」

ミネさんが首を振りながら言った途端、「おいおいおい」とケイさんがおどけて、みんなから笑いを取った。

陣取った場所の桜の木は、まるで私の正式な桜ヶ丘オジーズへの入団を祝うように、いつもより花びらを多めに散らしてくれているようにさえ思えた。仕事柄、編集プロダクションやライターとの夜の花見しか経験のなかった自分には、昼間にやる花見がなにか新鮮に映った。ジャージ姿の男たちが輪になって笑っていた。彼らは私を歓迎してくれている。それがなんともうれしいじゃないか。薄紅色の花びらがひとひら、銀色に輝くようにも見える長老の頭に載っていた。

Tres　第三章　開幕戦

月曜日の朝、斉藤君が足を引きずっていた。

「どうかしたの？」

声をかけると、「いえ、べつに」とそっけない。おかしなやつだ。

会議の席では、先週、突然業務停止と社員の解雇通告がなされた中堅出版社の話題が上った。その出版社は、我が社と同じくコンピュータ書を主力としていた。

「そりゃあもう大変ですよ。書店さんなんて本を返品しようにもできないんですから。だから仕入れも慎重になっているみたいで、こうなると、なかなか既刊本の注文は取れませんよ」

斉藤君は得意そうに、仕入れてきた情報を披露してみせた。

田辺部長は沈痛な面持ちで、両手をテーブルの上で組んでいた。もしかしたら、その問題の出版社に知り合いでもいるのかもしれない。

営業担当者の報告を聞いたあと、田辺が口を開いた。「新刊書籍の件なんだが、今後は売り場という最前線に立っている営業からも、出版企画案を上げるよう、社長から求められた」

「それは――」

関塚が言いかけたとき、「それって編集の仕事でしょ」と斉藤君が口を出した。

「それは、そうなんだがな」

田辺が語尾に力を込め、額に角でも出てきそうな顔つきになった。「この若造が……」と思っているにちがいなかった。

「注文が取れないなら、情報を取ってこい、というわけですか」

関塚が冷ややかな口調になる。

「いや、両方とも取ってこい、ということだ」

「厳しいっすね」

斉藤君はボールペンを親指の上でくるりと器用に回してみせた。

「営業部も四名になったわけだし、求められるのは、当然だろ」

田辺の言葉に、ちらりと関塚がこちらを見たような気がした。

「今、コンピュータ書の棚でなにが求められているのか、ちゃんと報告をしてくれ」

「それなら、書店が集計している売り場ベストをもらってくればいいですか？」

とぼけた声で斉藤君が言う。

「そういうんじゃないんだよ。必要なのは生きた情報なんだ。うちにとって有益な情報。企画は、現場に落ちているんだぞ」

田辺はどこかで聞いたような台詞《せりふ》を口にした。

「はあ」

「ただし、うちができないようなテーマを見つけてきても、しかたない」

「よそができないものをやるから、売れるんじゃないですか」

斉藤君がまた遠慮のない物言いになる。

「岡村君、黙ってないで、なにかないのか？」

静観していた私に、田辺が初めて意見を求めた。どうやらサイは、斉藤君に手を焼いているようだ。

「すぐ隣が編集部ですから、言えばいいんじゃないですか。その通りに」

私が言うと、皆黙ってしまった。

「企画案は来月には提出だから、頼んだぞ」

その言葉で会議はお開きとなった。どこの出版社でも編集と営業はおおむね不仲だとされている。編集は本を作っているのは自分たちだと言い、営業は売っているのは自分たちだと言う。うちの会社も例外ではなかった。

午後は、外回りに出かけた。

御茶ノ水《おちゃのみず》駅前の書店を訪問したが、コンピュータ書の担当者はあいにく不在だった。十分くらい待ってみようかと思い、少し離れた実用書のスポーツの棚へと足を運んだ。

長老の言うように、たしかに走ることは大切だ。でも、サッカーについてもう少し自分自身知っておく必要がある気がした。たとえばルールや基本的な技術、それに戦術について。そこで、サッカーのプレーヤーのための本を探してみた。棚にはサッカーの基本が一から書かれたものもあれば、連続写真でフェイントなどのプレーを分解しているビジュアル系書籍などもあり、興味深かった。

しばらくして、手にしていた本を棚にもどしたとき、背後の男がコーナーキックでマークに付くようにやけにからだを寄せてくる。

振り向くと、斉藤君だった。

「あれっ?」

「なにやってんすか?」

斉藤君はいつもの営業用の黒いカバンを肩から提げていた。

「いやあ、君こそ、なにやってるの?」

一瞬、自分が尾行されていたのかと訝《いぶか》った。しかし斉藤君の無邪気な笑顔を見て、その疑いを打ち消した。けれど縄張りを荒らされたような気がして、ちょっと強気に出た。「この店は僕の担当のはずだよね」

「たしかにそうですけど、駅前の取次に行ったついでに、ちょっと寄っただけですよ」

「あっ、そうなんだ」

「なにを読んでたんですか?」

「いや、べつに」

しらばくれようとした。

「この棚、コンピュータ書じゃないですよね」

「あれ、そうだっけ」

「サボりですね。しかも自分が担当している店で立ち読みなんて」

にやにやしながら斉藤君は言った。

「いや、サボってたわけじゃないよ。――マーケティングだよ」

「またあ」

「ほら、今朝の会議で言われたろ、新刊書籍の企画の件」

思わず出まかせを口にした。

「へえ、そうなんですか……。そうか、岡村さんは元編集者だから、企画とかってフツーに考えられますよね」

「まあな、フツーにね」

おかしな表現だとは思ったがそう応《こた》えた。

「いいですね」

「べつに、よかないけど」

「けどさすがだな、目の付けどころがちがいますね」

「それ、どういう意味？」

「僕も思ってたんですよ。なにか新しいことを始めないと、うちの会社、やばいんじゃないかって」

斉藤君は不安げな顔になった。

口封じのために、喫茶店で飲み物でもおごろうか迷っていると、「お茶でもしませんか？」ときた。こいつもこれでサボりの同罪とほくそ笑んだ。

近くにあるセルフ式のカフェでは、二人分のカプチーノの料金を私が払い、ポイントカードのスタンプは斉藤君が押してもらった。日当たりの良い窓際の席に着くと、営業マン斉藤君は、やたらと企画出しや編集の仕事について聞きたがった。どうやらそっち方面にも興味があるらしい。

編集部にいた頃は、夜は家族が寝静まっている頃に帰り、朝は家族が家を出てから起き出すことが多かった。だから平日に家族と顔を合わせるのは、特別な日、自分の担当した書籍を責了した日や、休日出勤の代休を取った日くらいのものだった。それが最近では、毎日顔を合わせるようになった。まあ、それはそれで、ある意味正常な生活にもどった、ということなのだろうけれど……。

夕食を済ませ、六年生に進級した娘の栞《しおり》が眠りにつくと、リビングのテーブルで妻と少し話をした。異動した職場の話、週末の予定について、それに最近の陽平のこと。

「いったい、なにを考えているのかしらね」

妻はため息まじりに言った。

妻の話では、サッカー部をやめた陽平は、三年に進級してからも学校から帰るとすぐに外出をするか、自分の部屋にこもるかで、あまり会話もないらしい。勉強をしている様子はまったくないという。かといって、髪型や服装が乱れたり、なにか悪い仲間と付き合い始めたりしているわけでもなさそうだ。

「難しいわよね、思春期だから」

「反抗的なわけじゃないんだろ？」

「そりゃあ、気に入らないことがあれば、ドアを強く閉めたり、口をきかないのはしょっちゅうあるわよ。でもそんなこと、今に始まったわけじゃないしね。あなたはそういう陽平を知らないでしょうけど」

「じゃあ、いいじゃない」

話を終わらせようとした。

「でも、なんだか最近は元気ないしね」

妻は心配顔だ。

「あいつ、友達とかいるのかな？」

「そりゃあ、いるでしょうけど、今までずっとサッカーやってきたわけだから、やっぱり仲がよかったのは、部活の仲間でしょ」

「たとえば？」

「そうね、いちばん仲がよかったのは、小学生時代から付き合いのある五十嵐君かな」

「五十嵐君ね」

「そう、サッカー部のキャプテン」

「やめてからも、仲がいいの？」

「だと思うけど」

「そういうものかな」

私には疑問だった。

「陽平のやつ、サッカー部を続けたかったのかしら……」

妻は今になってそんなことを言い、深いため息をついた。

時計を見ると午後十時を回っていた。私は思い立ってそそくさとジャージに着替え始めた。

「どうしたの？」

「いや、ちょっと走ってくる」

私は準備を整えると玄関に向かった。靴脱ぎのすぐ脇にある陽平の部屋のドアは閉まっていた。ドアの向こう側に陽平はいるはずだが、声はかけなかった。もう何年も前に買ったニューバランスのランニングシューズを履き、マンションの重いドアを開いて階段を降りていった。

準備運動の屈伸をしながら見上げると、三階の陽平の部屋の明かりが漏れていた。カーテンが引かれていて、姿は見えなかった。


公式戦の開幕に向けて、いくつかのことを自分に課した。ひとつは時間を見つけてのジョギング。夜はマンションの周辺を、週末は川沿いのジョギングロードを走った。減量も心がけた。朝食は妻がネットで購入したダイエット・クッキーで済ませ、昼食は立ち食い蕎麦屋《そばや》でカロリーの低いメニューを選んで注文した。最近、営業先でひとりで食事をすることが増え、それはそれで都合がよかった。

さらに筋力トレーニング。なるべく階段を使う、という初歩的な心がけから、通勤電車で吊《つ》り革につかまって片足で立ち続けたり、自宅ではテレビを観ながらヒンズースクワットをやったりした。腕立て伏せをするのは、何年ぶりのことだろう。最初は十五回で辛《つら》くなったが、今では三十回はしっかり胸を着けてできるようになった。外回りが主な仕事である営業マンとしては、怪我をするわけにはいかない。だから風呂《ふろ》を出たあと、柔軟体操などにも取り組んでいる。

本を編集していた頃は、どうしてもデスクワークが多かった。外回りの営業に移ってからは、一日に歩く距離がとても長くなった。体重は編集者時代より三キロ減ったに過ぎないが、失われた筋力は日増しに付いてきている実感があった。

深夜放送の海外のサッカーの試合を録画予約しては観るようになった。かつては観客という視点で観ていたが、今はちがう。とくに中盤のサイドの選手の動きに注目するなど、プレーヤー視点で観るようになった。

これから始まる公式戦に自分が出場するチャンスがあるとすれば、おそらくは左サイドハーフで使われる気がした。気になったプレーは繰り返し再生してチェックした。自分がピッチに立ったイメージを描きながら、おさらいをした。

たった二ヵ月足らずのあいだで、息子はどんどんサッカーから離れていき、私はどんどんサッカーに近づいている気がした。


開幕戦当日の日曜日の朝は、よく晴れていた。

試合の集合時間に遅れそうになり、あわてていた。スーパーの袋に入れた汚れたままのスパイクをリュックサックに詰め込んでいたら、娘の栞がめずらしく玄関で見送ってくれた。起きたばかりの陽平は、リビングで朝食を食べ始めた頃だ。

「よく続いてるね、サッカー」

小学一年生からスイミングを続けている栞に褒められた。

「そう思うかい？」

背中を向けたまま言った。

「まあね」

「母さんは、今日は実家に行くらしいけど、栞は？」

「私も付いていく」

「おばあちゃんに、よろしくな」

栞はうなずいたあとで、「はりきりすぎないんだよ」と妻に似た口調になった。

「だいじょうぶ、ゴールを決めてくるよ」

立ち上がって振り返り、軽口を叩《たた》いて家を出た。


公園の桜はすっかり散ってしまった。サッカーグラウンドに隣接する野球場のフェンスの向こう側に、新緑をまとったソメイヨシノの大木が見えた。

「集合！」

真田が声をかけると、羊の群れのようにグラウンドに散開していた選手たちが、べンチ前にのろのろと集まってきた。いよいよ開幕戦の先発メンバーの発表だ。

公式戦のせいか、集まった選手の数は、いつもより少しだけ多いような気がした。おそらく私は前半だけか、あるいは後半からの出場になるだろう。もしかしたら人数の関係で、出番はそれほど長くないかもしれない。昨日の夜も、プレミアリーグの試合で左サイドハーフの選手の動きを研究しておいた。

ゴールキーパーから始まり、ディフェンダー、ミッドフィルダー、ポジションと選手の名前が呼ばれていく。真田は手にした黒のバインダーを見つめながら、時折視線を上げて選手の顔を確認し、名前を読み上げていった。左サイドハーフの先発に選ばれたのは、私ではなく、山崎さんだった。それはそれでしかたない。自分はまだ、このチームでは新参者なのだ。

と自分を納得させたとき、「……岡村さん、お願いします」と真田の声がした。

「えっ、なんですか？」

思わず先生の話を聞いていなかった小学生のように訊《き》き返した。

「私と一緒に、ツートップです」

背の高い西牧《にしまき》さんが笑顔で教えてくれた。

一瞬、わけがわからなかった。

「頼むぞ、青パンツ」

すでに試合モードに入ったミネさんが、自分の頬を両手で叩きながら言った。

「えっ、どういうことですか？」

「フォワードです」

真田の口調には、突き放すような響きがあった。

「えっ、どうして？　フォワードなんて、やったことないじゃないですか」

私は真田に泣きついた。なぜこの男は、こういう真似をするのだろう。

「岡村さん、それよりその青パンツ、まずいんじゃないかな」

教えてくれたのは、長老だった。「今日は公式戦だから、ユニフォームが揃ってないと試合に出られないかもよ」

「白いパンツは？」

「今日は、忘れちゃって」

私は顔をしかめた。

急いで家を出たせいで、リュックサックのなかをよく確認してこなかった。このあいだの練習試合でおろしたての白いパンツを使い、洗濯に出したままだった。チームメイトはたしかに全員白いパンツに、白いストッキングをはいている。ただ、白いパンツがなければ出られない、というなら、それはそれでいいと思った。

フォワードなんて、絶対に無理だ。

「試合時間までまだ少しあるから、家の人に持ってきてもらったら？」と山崎さんが言った。

「そうだね、取りに行ってたら、間に合わねぇよ」

ケイさんが白地に黒の縦縞《たてじま》の、いつもの12番のユニフォームを手渡してくれた。

「じゃあ、ちょっとケータイで連絡してみます」

そう言ってベンチから外れた。どうするか迷ったが、とりあえずケータイを手にした。真田がこちらの様子をうかがっていた。

家に電話をして呼びだし音が五回鳴ったとき、だれかが出た。

「はい、岡村です」

低い男の声だった。それは息子の陽平の声にちがいないのだが、ずいぶんと大人びて聞こえた。

真田が近くに寄ってくる。

「ああ、父さんだけど。じつはさ、これから試合なんだけど、白のパンツを忘れちゃってさ。こないだおまえから借りた青のパンツしか持ってきてないんだ。今日は公式戦だから、青じゃ駄目らしいんだ。無理ならいいんだけど、白いやつを持ってきてくれると助かるんだけどな……」

混雑した電車のなかでケータイを使うように、私は手をかざして声を隠そうとした。

あまり期待はしていなかったのだが、短い沈黙のあと、「いいよ」と陽平の声がした。グラウンドの場所を教えようとしたが、その前に切れてしまった。おそらく場所はわかっているのだろう。

「どうでした？」

待っていた真田に訊かれた。

「陽平のやつが、持ってきてくれるそうです」

「それはよかった。先発メンバー表を審判に提出してしまったんで」

「すいません」と頭を下げた。「でも、草サッカーにしては、いろいろと厳しいんですね」

「いちおう、市のサッカー協会の公式リーグなんでね。でも、そういう緊張感もなかなかいいものですよ」

真田はさらりと言った。

たしかに主審だけでなく、副審まで黒い審判服の上下に黒のストッキングを着用していた。

そんなことより、陽平が白のパンツをすんなり届けると言ったのが、少し意外な気がした。ただ到着するまでは、落ち着かない時間を過ごすことになった。

両チームとも、選手たちはグラウンドに入ってすでにアップを始めている。さっきまで気づかなかったけれど、ピッチの芝生には青い新芽がかなり交じっていた。場所によっては、シロツメクサが生えているところもある。

陽平を待つあいだ、自分もアップをこなそうとするのだが、どうしても到着が気になる。すぐに家を出てくれれば、自転車なら公園まで八分程度だ。初めてのフォワードという緊張、それに陽平は本当に来てくれるだろうかという不安で、下っ腹が痛くなってきた。

「サイドから上がって、センタリングで狙うんで、決めてよね」

ケイさんは呑気《のんき》にそんな非現実的な話を振ってくる。

私は準備運動をしながら、何度もグラウンドを囲む高台の斜面の上に注意を払った。するとー台の自転車が、公園の入り口のほうから猛スピードで入ってくるのが見えた。

――来た。陽平が来てくれた。

陽平は懸命にペダルをこいで、青いダンガリーシャツの背中をふくらませ、裾《すそ》を風になびかせていた。

「こっちだ、陽平！」

うれしくなって手を振った。

陽平はすぐに気がつき、自転車のスタンドを立て、芝生の斜面を降りてきた。肩で息をしている。

「早かったな」

そう言うと、少し笑ったような気がした。

「サンキュー」

白のパンツをフェンスの金網を通して受け取った。

「おれも昔」と言って陽平は息を整えた。「試合のときに忘れ物して、困ったことあったから」

片手をわずかに挙げ、背中を向けた。

「陽平、ひさしぶりだな」

どこからか真田の声がした。

振り返った陽平は、真田に手招きされると、グラウンドの入り口に回って、ベンチ前の元コーチの所へ顔を見せに行った。そんな素直な陽平の姿が不思議に映った。

「おう、陽平じゃないか、元気でやってるか？」

パンツの紐《ひも》を結び直しながらミネさんが声をかけた。

「でかくなったな」

なぜだか長老までが知っているようだ。

陽平は恥ずかしそうに首をすくめ、挨拶《あいさつ》をしていた。

「おまえ暇なら、ベンチで観てけよ」

ミネさんが言ったが、陽平は照れくさそうに頭を下げただけだった。

何事か真田と言葉を交わすと、陽平はグラウンドを囲んだフェンスの外へ歩いて出ていった。こんなふうに地元の大人たちが、息子のことを知ってくれているのは意外だった。

そのとき、主審の笛が短く鳴った。タッチライン沿いに両チームの先発メンバーを集合させる合図だ。

「開幕戦だからね、ケガしないよう、がんばりましょう！」

手を叩《たた》きながら真田が言った。

「よし、いくか！」

ミネさんのかすれた声が、春の空に響いた。

試合は0対0のまま前半が終了。ポジションがフォワードに変わった私は、チームになんら貢献することなくベンチに退いた。

一本のシュートどころか、チャンスらしいチャンスさえ皆無だった。そんな私が退いた後半、右サイドをパールホワイトのスパイクを履いた真田がドリブルで突破していった。ゴール前には西牧さんと、私に代わって入ったマッチャン。ゴールラインを割る寸前に蹴《け》った真田のクロスは、地面を這《は》うような速いグラウンダーのボールで、大きく彼らの後方に流れ、ミスキックかに見えた。

だが、そこには途中交代でボランチの位置に入っていた長老こと蓮見忠義《ただよし》が立っていた。長老はインサイドでピタリとボールを止めると、ペナルティーエリアの手前から、なんのためらいも見せずにミドルシュートを放った。美しい放物線を描いたボールは、ゴールキーパーの伸ばした右手をすり抜け、吸い込まれるようにしてゴールネットを揺らした。

ベンチでそのシュートを観ていた私は、思わず立ち上がり、自分が決めたようにガッツポーズを取った。センターサークル近くまで上がってきていたセンターバックのミネさんが、拳《こぶし》を握りしめて雄叫《おたけ》びを上げた。フィールドの選手たちが集まり、喜びを分かち合った。

桜ヶ丘オジーズは、五十一歳の草フットボーラーが決めた虎の子の一点を守りきり、開幕戦を1対0の勝利で飾った。


その夜は、桜ヶ丘FCのコーチたち行きつけの居酒屋「安《やす》」にて祝勝会となった。カウンターに座った勝利の立役者である蓮見さんは、「まあ、まだまだチームには、この老いぼれが必要ってことですかね」などと、店の主人と親しげに話していた。

宴もたけなわになった頃、長老に手招きをされて、私はカウンターの隣の席に移った。仕事で試合に来られなかった須藤《すどう》さんの差し入れの清酒「八海山《はっかいさん》」を飲みながら話をした。

「息子さん、中学校のサッカー部、やめちゃったらしいね」

長老が静かな口調で言った。

「ええ、じつはそうなんです」

「それで息子の代わりに、あんたがサッカーを始めたってわけだ」

長老は目尻《めじり》にしわを集めた。

「それは悪い冗談ですよ」

笑いながら私は片手をひらひらさせた。

「いや、すまん。私も昔、同じようなことがあった。私がコーチで、息子が選手でね。息子は五年生まで続けた桜ヶ丘FCをやめたけど、私は残った。なんで残ったのかは、自分でもよくわからないが、意地みたいなもんかな、たぶん自分の姿勢を見せたかったんだと思う。おまえがやめても、私はやめないってね。

でもね、悲しくてね……。なんでグラウンドに自分の息子がいないのに、自分はここにいるのか、そう思いながらコーチをやっていたときも正直あったよ。あんとき、どうしてもっとちがう言葉を、息子にかけてやれなかったのか、今でも思ったりさ」

長老はそんな話をしてくれた。

「いい機会なんじゃないの、息子と向かい合う。子供というのは、背負うこともない荷物を下ろしてやることも必要だけど、ときにはその荷物を背負ったまま、背中を押してやることだって必要なんじゃないかね」

そう言われた。

「蓮見さんにも、そんなことがあったんですか」

ケイさんから少しは話を聞いていたのだが、そう言った。

「そんなのみんな同じさ。いくらいいストッキングをはいて、丈夫な脛当《すねあ》てをしてたところで、脛に傷のひとつやふたつ持っているもんさ。そうじゃないか？」

「そうですね」

酒を口に含むと、うなずいた。

「ミネの野郎にしたって、真田のやつにしたってさ」

長老は後ろを向き、鼻で笑った。

「息子さん、大学生ですか？」

「ああ、そうだよ。中学、高校と、でかい図体《ずうたい》してふらふらしてたけど、大学は現役で合格した。でも不思議なもんでさ、息子のやつ、大学に入ったら、あのフットサルとかっていうやつを始めたわけだ。まあ、いつかまた、一緒にサッカーができれば、そんなふうに思って、私もサッカーを続けてきたわけですよ」

長老は少しばかり照れくさそうに、それでいて気分よさそうに語っていた。

「でもあの子、最後まで私らの試合を観てたよな」

思い出したように長老が言った。

「え、だれですか？」

「だれって、あんたの息子だよ」

「陽平が？　ほんとですか？」

「ああ、まちがいないよ。真田もわかっていたはずだ。サッカーが好きなんだな、きっと」

本日のヒーローは何度もうなずいた。

背中の座敷席で、どっと笑いが起きた。だれかがミネさんをからかい、それについてミネさんがなにかを言い返したようだ。みんな楽しそうに酔っていた。

「それにしても、今日の蓮見さんのミドルシュート、すげがったなー」

この居酒屋に来て何回聞いたかしれない言葉を、呂律《ろれつ》のあやしくなってきたケイさんがまた口にすると、だれかが思い出したように再び勝利を祝し、乾杯の音頭を取るのだった。

「今日は、おまえのおかげで助かった」

居酒屋から帰ると、写真立ての小学校時代の陽平に向かって言った。

今日の開幕戦。自分のプレーを振り返っては、苦い思いをアルコールの余韻とともに甦《よみがえ》らせた。いったい真田は、なぜあんな采配《さいはい》を振《ふ》ったのだろうか。与えられた初めてのフォワードというポジションで、自分はまるでなにもできなかった。左サイドハーフからフォワードへのいきなりのコンバート。それはまるで会社の人事で編集から営業に異動させられたのと同じように、見事に私を無力化した。ちっぽけな経験も、自信も、自分なりの努力も、なにもかも無駄に終わったような気にすらなった。ただ、すべてが意味のない一瞬一瞬だったとは、思いたくないけれど。

不思議なもので、少し前までの自分は、その頃の暮らしにそれなりに満足していたような気がする。この世の中の多くのサラリーマンと同じように、仕事や家族や自分にとっての現状と、うまく折り合いをつけていた。世間でいう常識という尺度で測れば、それなりの人生と言えなくもなかった。

深夜まで残業することもめずらしくなかった編集者の頃、早く帰れる営業の連中を尻目《しりめ》に、自分はものを作っている、という優越感に浸っていた。入稿の作業に追われ、帰りの遅い日が続き、会社に泊まるような事態の夜には、「なにか変わったことはないか？」と家に電話を入れて訊《き》くのだが、その答えがいつも同じであると信じて疑わなかった。

でも、どうだ？　少し立場がずれただけで、こんなにも憂鬱《ゆううつ》で不安で弱い自分になった。なにが変わったというのか？　それほどまでに自分は、自分の仕事になにかを注いできたと言えるのだろうか……。

その夜は、昼間のサッカーの試合のせいか、からだの火照りがなかなか抜けず、眠れる気がしなかった。また明日《あした》から一週間が始まるせいもあった。しかたなく、のそのそとキッチンに向かい、濃いめのウイスキーの水割りを作った。机の引き出しから睡眠導入剤を取り出し、アルコールと一緒に飲むなという注意書きを無視して口に含んだ。

自分の部屋でぐだぐだと酒を飲んでいると、どこからかなにかが擦《こす》れ合うような音が聞こえてきた。春になって、虫でも鳴き始めたのだろうか。目を瞑《つぶ》ると、少し離れた国道を走るトラックの音が耳鳴りのように響いた。救急車のサイレンの音が、負け犬の遠吠《とおぼ》えのように悲しく遠のいていく。それでもその音たちとはちがうなにかの音が、そう遠くない、どこからか聞こえていた。あるいは、自分のなかでなにかが壊れてしまったのだろうか。

部屋のドアをそっと開けて、暗い廊下の様子をうかがった。音が聞こえてくるのは、妻と娘が寝ている東側の部屋からではない。どうやらその音は、マンションの階段があるほうから聞こえてくる。廊下に出て、明かりは点《つ》けずにそろりそろりと歩いていく。西側の部屋の角を曲がると、狭い玄関に陽平が背中を向けて座り込んでいた。こんな深夜に、いったいなにをしているのかとよく見れば、すぐ脇にある靴箱の扉が片方だけ開いたままだった。

陽平の肩が小刻みに揺れていた。一瞬、すすり泣いているのかと思った。が、そうではなかった。息子は、使わなくなった自分のスパイクを磨いていた。

Quatro 第四章 サッカーバッグ

自宅のマンションはバブル景気の末期に購入した。マンションの価格はみるみるうちに下落し、今では半値以下でも買い手がつかないらしい。そんな我が家がある街に向かう私鉄電車に揺られながら、見覚えのある男の背中をぼんやり見つめていた。渋めのグレーのスーツに身を包んだ真田は、背番号10番のユニフォーム姿よりもなぜだか小柄に見えた。

午後八時過ぎ、下りのプラットホームに傾いて停車した銀色の箱に乗り込んだとき、彼だ、とすぐに気づいた。それなのに私は歩み寄ることはせず、逃れるように車両の奥へ、奥へと進んだ。なぜそんなふうに避けるような真似をしたのだろう。たぶん、それはこれまでの自分の生き方によるものだ。車内はいつものように混んでいて、座席の上の吊《つ》り革には、保護色のように似かよったスーツを着込んだサラリーマンたちが無言でぶら下がっていた。

「やあ、真田さん」

片手を挙げてそう声をかけられたなら、どんなに気が晴れたかと思う。

降車駅までの二十分足らずを、二人でサッカー談議でも交わしながら過ごせれば、それなりに楽しいひとときになったのではなかろうか。そうすればよかったような気もした。でも、そこまで親しい間柄ではないだろうと踏みとどまらせる、目に見えないハードルが存在した。今は仕事帰りの途上で、ここはグラウンドではないわけだし。

今住んでいる場所は、妻の実家に近いものの、人生最大のミステイクだった中古マンション購入まで、自分にとって無縁の土地だった。だから知り合いもいない。偶然、高校のクラスメイトと電車のなかで鉢合わせをする、そんな面映ゆい場面も一度も起こり得なかった。気が楽といえば、そうだし、味気ないといえば、そうでもあった。

真田は扉の脇に立って、曇った窓の外に流れる暗い街並みを眺めているようだった。少ししわの寄った上着。両耳を隠す程度に伸びている、後ろに自然に流した髪。腕を組んでこちらに向けたやや猫背の背中。そのたたずまいは、グラウンドで華麗なフェイントを操る男には、どこか結びつかなかった。いくぶん老けて見え、そしてどこか人を拒むようなオーラを感じた。口数はそれほど多くないが、温厚なコーチという評判の真田の雰囲気は、そこにはなかった。私は前に立つ人の肩越しに、そんな真田の背中に視線を送り続けた。

同じ街に住む真田とは、これまでにも同じ車両に乗り合わせたことがあったかもしれない。真田だけじゃない。オジーズのチームメイト、長老やケイさんやミネさんとも、駅のホームや夕暮れの公園ですれちがったりしていたのかもしれない。なんの関係もなかった人たちと、草サッカーが縁で繋《つな》がった。不思議なものだな。ふと、そんなふうに思った。

やがて電車が降車駅に停まり、吐きだされた乗客と一緒に真田が雑踏の向こうに消えていき、少し遅れて自分もホームに降り立った。真田の姿はもう見つけることはできなかった。改札への階段を上りながら、それでも私は彼の背中を探していたような気がする。どこかで憧《あこが》れのようなものを抱き始めたのかもしれない。

「真田さんはね、サッカーの名門高校出身なんだってね」

教えてくれたのは、この街で生まれ育った妻だった。

妻が口にした地元の公立高校の名前は、以前にも何度か耳にしたことがある。サッカーの冬の風物詩と呼ばれる全国高校サッカー選手権大会に何度も出場した、スポーツに力を入れている学校だ。サッカーで上を目指す中学生にとっては憧れの高校らしく、その学校名を初めて聞いたのは、息子の口からだったような気がする。

「やっぱりな」

真田のプレーぶりを思い出してうなずいた。

「まあ、真田さんがどこまでいったのかは、知らないけど」

「じゃあ、息子さんもサッカーやってるんだ？」

私が言うと、向かいに座った妻はなぜだか含み笑いを見せ、テーブルの果物籠《かご》から橙色《だいだいいろ》の球体を手にした。

「なんだよ？」

「真田さんはね、娘さんがひとりらしいよ」

手にした八朔《はっさく》の皮に、妻は果物ナイフで切れ目を入れていく。

「男の子じゃないんだ？」

そう訊いたのは、真田の子なら、当然サッカーをやっている男の子にちがいない、という単なる偏見にすぎなかった。子供たちを指導する真田のジャージ姿が目に浮かんだ。

「ちがうんだって」

「そうか、じゃあ女の子だけど、サッカーやってるとか？」

妻は首を横に振った。「やってないよ」

「そうなんだ」

「栞のひとつ上、中学一年生」

「それじゃあ、陽平と同じ桜ヶ丘中？」

「受験したらしい」

「へえー」

意外な気がした。東京では私立の中学受験率がとても高いと聞くが、このあたりではたかが知れている。クラスでせいぜい十人足らず、と以前耳にした。

「知らなかったんだけどさ、聞いてみると、いろいろあるみたい」

妻は顎《あご》に力を込めて八朔を剝《む》いていく。

「なにが？」

「知っている人は、知ってるんだよね、その手の噂って」

「どんな噂？」

「真田さんはサッカーが好きで、自分でプレーしてる分にはよかったんだろうけど、サッカークラブのコーチにまでなると、やっぱりいろいろあるでしょ。それこそボランティアでやっているといっても、家族には負担にもなるのよ。奥さんだけでなく、娘もほったらかしだと、そりゃあ家族の不満も溜まるでしょ」

「立派なことじゃないか」

「笑い話で済めばいいんだろうけど、そうでもないらしいよ」

妻は裸になった八朔の実を親指で上手に半分に割った。片方を差し出されたが、私は首を横に振った。口のなかは、食べてもいないのに、すでに酸っぱくなっていた。

ゴールデンウイークだというのに、二日目まで家の外に一歩も出ていなかった。桜ヶ丘オジーズの活動もなく、暇を持て余していた。社長の指令である書籍の出版企画について、この連休中に考えるつもりだったが、どうにもやる気が起きない。

連休の三日目、陽平はいつものように図書館へ。栞は朝から友達と清掃工場の余熱を利用した、地元の温水プールに出かけていった。

天気もよさそうなので、午前十時過ぎに、私も散歩がてらに桜ヶ丘小学校のグラウンドへ足を向けた。

真田が担当する低学年の練習でもやっていないかと期待したが、なにやらいつもの週末とは様子がちがっていた。通りから金網越しにグラウンドをのぞくと、大勢の大人や子供がいて、試合をやっている。試合といってもフルコートではなく、小さいコートでやるミニサッカーのようだ。校庭にはいくつものコートが作られており、いつになく騒々しかった。

クラブの卒団生の親だからいちおう関係者だ、と自分を勇気づけ、校門からグラウンドへ回ってみた。どうやら大会が開催されているようだ。朝礼台の近くに、運動会のときに見かけるテントが張られていた。ボールを追って子供たちが走り回るコートを取り囲むようにして、保護者であろう大人たちが人垣を作っていた。ビデオを構える人、声援を送る人、なぜだか祈るように両手を握りしめている人、みんな子供のゲームに夢中になっている。時折、コーチの叫ぶ声が響き、お母さんたちの黄色い歓声が上がった。

少し離れた場所にある鉄棒にもたれて見物していると、肩を叩《たた》かれた。振り返ると、ジャージ姿のケイさんが笑っていた。

「テントに来てくださいよ、みんないるから」

ケイさんが指差すテントには、なるほどオジーズのメンバーの姿があった。

「あれ、長老ですよね？」

「ああ、蓮見さんも元コーチだから、朝のテント張りの手伝いに今でも来てくれてる」

「そうなんですか」

「へば、顔出してくださいね」

ケイさんは笑って、試合コートのほうへ向かった。

しばらくして、ずうずうしくも大会本部のテントにお邪魔してみると、知った顔が歓迎してくれた。手作りの大会パンフレットを受け取り、申し訳ない気分で保護者のお母さんから熱いコーヒーを御馳走《ごちそう》になる。

本部席の一番前の長机には、大会のために用意されたトロフィーやメダルが並べられ、ミネさんら年配のコーチたちが座っていた。知らないコーチもいたが、多くはオジーズのメンバーだ。一番後ろの列のパイプ椅子に座って、一緒にゲームを観ながら他愛ない話を交わした。こういう日には、気のきいた人間なら、差し入れを持参するのだろうな、などと思いつつ。

真田の担当する二年生の試合が始まると聞き、テントから出て見物することにした。試合はほとんどすべての子供たちがボールにダンゴ状に群がる、いわゆるダンゴサッカー。そんなレベルなのにコートを囲んだ保護者の声援がすさまじい。興奮した父親がしきりに子供に指示を出していた。なんだかその情景は、思うに任せない夏のスイカ割りの応援に似ていた。相手チームのコーチも子供の名前を叫んでは、ポジションの修正をさせようと躍起になっていた。

「蹴《け》れーっ！」

「こっち、こっちー！」

「うてっー！」

「かたまるなって！」

大人の声が飛び交う。

そんななか真田は、静かにベンチに座ったまま腕組みしているだけ。時折、いいプレーがあると声をかけたが、別段指示らしいものは出していなかった。見ようによっては、なんだかやる気がないようにさえ映った。

残念ながら真田が受け持っていた二年生チームは、負けてしまった。真田はとくに残念がるわけでもなく、親ガモが子ガモを引き連れるようにして、別のコートへ移動していった。

悔しがったり、失望したりしているのは子供たちではなく、むしろ親たちのようだった。息子の陽平が小さかった頃を思い出した。自分にも親として似たような経験があった。

試合後、大会本部のテントにもどり、コーチたちに挨拶《あいさつ》をしてグラウンドをあとにした。

夕方、長老に聞いた時間に再びグラウンドを訪れ、大会のあと片付けの手伝いに参加した。コーチの多くがテントを仕舞う作業に取りかかっていたので、私はグラウンドに残されたラインカーや赤いコーンなどをクラブの倉庫まで運んだ。コーチからはありがたがられたけれど、大したことなどやってはいない。手伝おうという気持ちが、この人たちにはうれしいのだろうな、と感じた。

片付けが終わると、それが恒例らしく、昇降口の前にパイプ椅子や机が用意され、ミニサッカー大会の打ち上げが始まろうとしていた。固辞したのだが、「まあ、ちょっとだけ付き合いなさいよ」と長老に言われ、「お疲れさまでした」と差し出された缶ビールをありがたく頂戴《ちょうだい》した。

大会の実行委員長を務めたケイさんのぎこちない挨拶と乾杯が済むと、その日主催者側が用意した各学年の優勝トロフィーをすべて持ち帰ったという、近隣のあるクラブの話になった。

「今度、あのクラブの練習をだれか観に行ってこいよ」

そう言ったのはミネさんだった。どこか、爪の垢《あか》でも煎《せん》じて飲め、といった口ぶりだった。

「あそこは、昔からレベルの高いチームを毎年育ててきてたよ」

長老が懐かしそうな声になる。

「でも、あのチームだって、うちとなんら変わらない街クラブですよね。セレクションをしているわけでもないのに、どうしてですかね？」

ビール片手に小笠原さんが首をかしげた。

「やっぱり、そこには一貫したなにかが、きっとあるべさ」

ケイさんが髪を両手で後ろに撫《な》でつけながら、興奮気味に言った。

「偵察ですか？」

部外者である私は、隣に座った真田に訊《き》いてみた。

「まあ、偵察というか、視察というか、要は見学ですね」

「でも、隠れて観るんでしょ？」

「いや、そうとは限りませんよ。今はオープンな指導者も多くて、事前に練習の見学を申し込めば、話を聞かせてくれる人もいる」

真田は淡々と答えた。

「だれか、知り合いでもいないのか？」

ミネさんの言葉には、反応がなかった。

「彼らがどんな指導をしているのか、すごく興味があります。僕なんかサッカーの経験者でもないわけですからね」

斜め向かいに座った、コーチとしては新米らしいマッチャンの声が聞こえた。

サッカー経験がなくても子供を指導しているコーチもいるのだ。

「よそのクラブが、どんな練習をしてるがは、やっぱり気になるもんだよね」

ケイさんの顔にはいつになく笑いがない。

「まあ、でも、なかなか情報は入ってこない」

山崎さんは薄くなった頭頂部を気にするように撫でた。

「ところで、今日の桜ヶ丘FCの成績は、どうだったんですか？」

私の言葉に、みんなが顔を見合わせた。

「それは訊かねぇでおいてちょーだいよ」

ケイさんが渋い顔で口をすぼめる。

「それがよ」

高学年コーチのミネさんが、眉間《みけん》にわざとしわを刻むようにして口を挟んだ。「うちが主催してる大会だっていうのに、三学年で入賞すらナシだよ。用意したトロフィーもメダルもみんな持っていかれた。情けねぇ話だろ」

ミネさんは冗談半分のつもりなのだろうが、低学年のコーチたちは神妙な顔つきになった。背後ではお母さんたちがテーブルを囲んで談笑していたが、聞き耳を立てているような気配すらした。

「三年生は、一勝しましたよ」

ケイさんが誇らしげに胸を張る。

「うちは、引き分けがひとつ」

マッチャンが苦笑する。

「そんなの大して変わらないよ」

ミネさんがつまらなそうに言ってから、声をひそめた。「真田の学年は全敗だからな。やかましい親が、また騒ぎだすかもしれねぇぞ」

真田本人は、関心なさそうに黙って缶ビールを飲んでいた。

そんなミニサッカー大会の話の合間に、「こないだの試合は、失礼しました」と真田が話しかけてきた。

「え、なにがですか？」

訊き返すと、「フォワードですよ」と口元を隠すようにしてささやいた。

「ああ、こないだの試合のポジションですね。あれはいきなりで、かなり混乱しました」

私は封印していたその日の自分のプレーを思い出して、げんなりした。祝勝会でも真田はそれについて触れなかったくせに、なにを今さら、という気持ちにもなった。

「あれはね、コーチのあいだでよくやる、イタズラみたいなものなんですよ」

真田の表情がゆるんだ。

「え？」

「今日のグラウンドにもいたでしょ。サッカーをするのは子供なのに、自分が夢中になって叫んでいる親が。ここへ蹴れだの、あそこにポジションをとれだの、言ってる輩《やから》が。それを教えてしまったら子供のためにならない、というのが彼らにはわからない。母親の場合は難しいですけど、父親で叫んでいるようなのがいたら、サッカーに誘い込むんです。大抵そういう男は、自分も以前はスポーツをちょっと齧《かじ》っている場合が多い。でも今は遠く離れている。サッカーを経験していたとしても、時代がちがう。

グラウンドに立たせることができれば、しめたものです。その親の子供がやっているポジションにつかせて、あとは走らせる。厳しいパスを送ったり、ときには追いつけそうで追いつけないキツイやつをお見舞いする。そうすると大抵は気づくものです。

やるのは、見ているほど楽じゃないって、あたりまえのことにね」

真田はそう言うと、目元にしわを作って笑った。「ひとが悪いでしょ？」

「いやぁ、真田さんらしい」

そう答えると、真田は声に出して笑った。

私も一緒に笑った。

「本当ですよ。そのために桜ヶ丘オジーズは存在している。そう考えているやつさえいますから。だからサッカーのコーチから、サッカーに誘われたら気をつけたほうがいい。キラーパスで殺されますから。じわじわとね。月曜日の朝は、もうそれこそ大変ですよ。筋肉痛で会社に行きたくなくなるはずです」

「でも、私はそんなふうに叫んでない」

「だから謝ってる」

真田は開き直ったように言うと、紙皿のミックスナッツのなかからカシューナッツだけを選んで口に入れた。

「でも、最初のポジションは、息子と同じでした」

「そうでしたね、左サイドハーフ」

「偶然ですか？」

「いや」

真田は首を振った。

「それから、こないだは、突然フォワードと言われた」

「それも偶然ではありません」

「それじゃあ?」

「もうすぐ夏ですね……」

真田は夕暮れの迫る西の空を仰いで、懐かしい匂いでも嗅《か》ぐようにつぶやいた。

それから真田は、陽平が所属していた中学校のサッカー部で、去年の夏に起きたという話について語り始めた。ただ、これは人づてに知った部分もあり、そのつもりで聞いてほしい、と念を押された。

それは去年の七月の下旬にあった市の総合体育大会でのサッカーの試合に端を発する話だった。例年、夏の総体は、サッカー部の三年生たちにとって、中学時代最後の大会と位置づけられている。その大会が終われば、ほかの大会で勝ち進んでいない限り三年生の出場できる公式大会はなく、彼らはスパイクを脱ぎ、高校受験の準備に入るものらしい。その三年生にとって大切な最後の舞台に、陽平は二年生ながら出場した。

三年生以外で試合に出たのは、陽平、そして陽平が小学生から一緒にボールを蹴《け》っていた現キャプテンの五十嵐君だけだった。三年生は全員ベンチ入りを果たしたが、二年生の二人にポジションを奪われ、先発を外れた者もいた。最後の大会だから三年生を出す、という考えは監督にはなく、それについては選手たちも暗黙の了解をしていたらしい。

桜ヶ丘中サッカー部には、先輩後輩の必要以上に厳格な上下関係はなく、むしろグラウンドに出れば学年は関係ない、という方針がとられていた。しかし大会はトーナメント形式であり、負ければそこで終わり。三年生にとっては、試合終了の笛が、三年間の中学校サッカーの終わりを告げる笛になる厳しい現実があった。

桜ヶ丘中は初戦突破後、順調に勝ち進んでいった。最後の大会に賭《か》ける三年生たちは気迫に満ち、巧《うま》さだけでは勝ち残れない過酷な夏の大会で、チームは今までにない勢いを見せた。

そして迎えた市大会の準々決勝、強豪の黒川《くろかわ》中を相手に、桜ヶ丘中は0対0のまま後半戦を戦っていた。試合は終始押し込まれていたが、選手たちは声をかけ合い、ゴール前のボールを跳ね返し続けた。敵の攻撃を耐えに耐えた後半のロスタイム。一瞬の間隙《かんげき》を突いて、左サイドで先発した陽平にチャンスが訪れた。右から駆け上がったサイドバックの速いクロスに、敵の三枚のディフェンダーがかぶり、ボールは反対サイドの陽平の前のスペースに抜けてきた。ディフェンダーもゴールキーパーも完全に振られた形になった。その千載一遇ともいえる決定的なチャンスに、陽平はシュートを決めることができなかった。だれが見ても、インサイドでゴールに流し込めばいい決定的なチャンスだった。陽平は、頭を抱えてゴール前にしゃがみこんだ。

試合を見ていた真田の眼には、陽平の一瞬の迷いが映った。その直後に後半終了の笛が鳴り、試合はPK戦にもつれこんだ。PK戦では陽平は蹴らなかったけれど、チームは敗れた。三年生たちの最後の夏は終わった。

「それは、どうしたら外せるんだ、というくらい決定的な場面でした。外した本人は、さぞショックだったでしょうね」

「そうですか、そんなことが……」

私には肩を落とした陽平の後ろ姿が見えた。それが陽平のサッカー部をやめた真相だったのだと理解した。陽平は小さい頃から責任感が強く、それでいて傷つきやすい繊細さがあった。サッカーには自信を持っていたから、なおさらだったかもしれない。それに先輩たちのことをすごく慕っていた、と聞いている。

「三年生が引退して、すぐにチームは新体制になりました。キャプテンは五十嵐に決まった。三年生が抜けたあとの新たなポジションが、監督から発表されたそうです。チームにはフォワードを任せられる経験者がいなかった。その点が大きな問題でした。それで左サイドハーフの陽平が、フォワードにコンバートされることになった、というわけです。陽平は自分には無理だ、と拒んだらしいです。たった一度のシュートミスで、彼はひどく自信を失っていたのかもしれない。でもサッカーとは、そういうスポーツです」

真田は、そこまで言うと言葉を切った。

黙ったまま私はうなずいた。そういえば中学生になってからの陽平の試合を、私はあまり観ていなかった。その夏の大会の試合も記憶になかった。

「教えていただいて、ありがとうございます」

私は真田に頭を下げた。

「去年の夏の総体は、それは厳しい大会でした。炎天の下、陽平は精一杯戦ったはずです。でもその日は、サッカーの神様は彼に微笑まなかった。そういうことです」

話を終えると、真田は脱力するようにため息をついた。

その日の夜、真田から聞いた去年の夏の出来事を妻に話した。妻もその総体の試合について、詳しくは知らなかったらしい。ただ、新チームになって、ポジションに関するもめごとが起きたことは記憶していた。

先輩が引退したあと、洗濯したユニフォームの陽平の背番号が、7番から9番に変わった。それに気づいて妻が尋ねたとき、陽平は不満を漏らしたらしい。「9番だって、いい番号じゃない」と言った覚えが妻にはあった。それはそうだ。9番といったら、チームのエースストライカーのつける番号だ。

そのときの陽平の気持ちは、サッカーを始めたばかりの自分には、計り知れない領域だ。先輩の引退をかけた公式戦で決定的なミスを犯すことで、どのような精神状態に追い込まれたのか。与えられたポジションをなぜ陽平が拒んだのかは、本当のところわからない。そんなドラマがあったことさえ自分は知らなかった。自分の知らない世界で、すでに息子は生きているのだ。

今月、営業部では三点のコンピュータ書籍の見本出しが行なわれた。そのいずれの書籍についても、取次会社の反応は芳しいものではなかった。

書籍の見本出しとは、出版社が取次会社へ事前に見本を持ち込み、最初に書店に配本してもらう本の部数を決める大切な事前交渉だ。刷り上がった本と一緒に、営業マンが書店をまわって取った新刊委託注文書を持参し、出版社側として希望する配本部数を取次会社の仕入窓口で伝える。その際、持ち込んだ書籍がいかに売れるかアピールすることも大切になる。そこでは出版社の営業マンと取次会社の仕入担当者のあいだで、様々な言葉の応酬や、化かし合いさえ起きるらしい。ただ、百戦錬磨の仕入担当者は、ちょっとやそっとのことでいい顔はしてくれない。

その日、窓口で会話が途切れると、仕入担当者が見本につけた三枚綴《つづ》りの納品書に、バン、バン、バンと受領印をクールに押した。それを合図に、我々は早々に引き揚げてきた。

「厳しそうだな、今回の配本部数も」

浮かない顔で斉藤君がつぶやいた。

斉藤君に同行して初めて取次会社への見本出しを経験した私は、御茶ノ水駅近くのスターバックスでネクタイをゆるめた。

「最近は、こっちの希望部数が、そのまま通ったためしがないですからね」

斉藤君はコーヒーカップを載せたトレーをテーブルに置き、ぐったりした様子で椅子に腰かけた。

このところうちから出る新刊の売れ行きがぱっとしない。書籍は基本的には委託販売であり、出版社の営業マンがいくら注文を取っても、本が実際に売り場で売れてくれないことには返品されてしまう。営業マンとしてはなんとか売れるように仕掛けを練ったりもするのだが、やはり本自体に力がないと、営業の努力も水の泡になる。営業マンが「売れる」と自信を持てない本は、書店員にそのことを見透かされ、店頭に置いてさえもらえない。

「そういえば、先週の金曜日の夜は、相場さんに誘われて大変でしたよ」

斉藤君は首を大袈裟《おおげさ》に回しながら気だるそうに欠伸《あくび》をした。

「編集長に？」

驚いて訊《き》き返した。相場は営業部の、ましてや若手の人間と飲みに行くようなタイプではないはずだった。

「一軒目の居酒屋で終わるのかと思ったら、二軒目でしょ。関塚さんは途中で逃げちゃうし、結局僕が十二時過ぎまで付き合わされましたよ」

「ふうん」

「なんだか二軒目は、妙に気取ったバーでしたね。男同士で行くような場所でもない気がしたけど、その店であの人がいかにたくさんの本を作ってきたか、いかに偉大な編集者であったか、聞かされました。まあ、売れた本の自慢話なんでしょうけど」

「そうなんだ」

私は小さな器のエスプレッソをかきまわしながら、そこにできた暗い渦のなかに引き込まれそうな気分になった。

「『今さら聞けないMS‐DOS』でしょ、『ロータス1‐2‐3が4日で使える本』『ウソみたいにわかるウィンドウズ入門』とか、昔は売れた本が、けっこうあったらしいですね」と斉藤君が言った。

エスプレッソを口にした私は、危うくふき出しそうになった。それってずいぶんと昔の話じゃないか。

それから斉藤君の話を聞いていると、これまでに売れた書籍の企画や編集は、すべて相場自身の手柄になっている気がした。話に出てきた本のなかには、私が編集担当者として作った本もいくつかあったが、相場というのは、そういう男なのだ。編集長に昇進して、書籍の担当を持たなくなってからは、手持ち無沙汰《ぶさた》な様子で、編集部のデスクのまわりを意味もなく、ぐるぐると歩き回っていた。なにかケチをつける材料はないか、いつもうかがっているようで鬱陶《うっとう》しかった。

人の企画などは、「基本いいんだけどさ、もう少し僕のほうでひねってみるよ」などと言って取り上げ、企画書に勝手に手を入れて、知らぬ間に社長の決裁を仰いでいたりする。

相場は上空をゆっくり旋回しているトンビのごとく抜け目ない。以前、家族で海を訪れたとき、ちょっと目を離したすきに、トンビに子供のおやつのポテトチップスを袋ごと持って行かれた苦い経験がある。

「トンビのやつ」

思い出して、私はつぶやいていた。

「トンビ？」

「いやいや、そうじゃなくて」

両手を挙げて、自分はノーファウルだと主張する狡猾な南米の選手のように、その手を振った。

斉藤君は、いくらかの軽蔑《けいべつ》を滲《にじ》ませた目でこちらを見ていた。

「なんか、相場さん、気にしてましたね」

「なにを？」

「書籍の企画ですよ。営業部からは、どんな企画が出てくるのか」

「それで？」

「だから言ってやったんですよ。すごい秘密の企画があるって」

斉藤君は、カップの底に残ったアイスカフェモカをストローで音を立ててすすった。

「相場さん、こうなったら自分が企画を出すしかないか、なんてつぶやきながら、バーボンのグラスをブランデーみたく、揺らしてましたよ」

「けっ」と言いたかったが、やめておいた。

「そういえば、岡村さんの企画も気にしてたな。出すのか、出さないのか」

「ふうん」

社長直々の指令である書籍企画の提出期限が迫っていた。営業部では、まず部員の書籍企画案を集め、そのなかから厳選し、営業部の企画として社長に提出するらしかった。そろそろいろんな意味で、自分も真剣に考えるべき時期かもしれない。

五月中旬、開幕戦に勝利した桜ヶ丘オジーズは、公式戦の第二節を迎えた。

今回の試合会場は、臨海工業地帯の企業が保有するグラウンド。桜ヶ丘小学校に集合し、車三台に分乗して向かうことになった。私はケイさんの運転する草色のステップワゴンに山崎さんと一緒に乗り込んだ。

じつをいえば、その日の試合への参加は直前まで迷っていた。試合会場がいつもの近所の運動公園でない億劫《おっくう》さもあったが、息子がサッカーをやめた理由を自分なりに理解した今、サッカーを続ける意味があるのかわからなくなった。そんな自分の迷いが、試合中のプレーにも出たのかもしれない。

試合の後半の頭から、再び左のサイドハーフとして出場した私は、もともとそういう傾向はあったのだが、ピッチの上で無難なプレーばかりを選択していた。危ない場面ではとにかく前に蹴《け》り出すか、タッチラインの外に逃げるようなプレーに終始していた。そんな気のないプレーを見透かされたのだろう。

スコアレスドローのままでの試合終了間際、私はケイさんからパスでもらったボールを無造作に前へ蹴り出してしまった。ボールはあっけなく敵に奪われた。そこで試合終了の笛が鳴ってくれ、ことなきを得たのだが、ベンチにもどるとセンターバックのミネさんに言われた。

「なあ、岡村さんよ、さっきのプレーだけど、せっかくケイのやつが競り合って奪ったボールだろ、どうしてもっと大事にできないの、いい加減に前に蹴るなよ」

しわを寄せたミネさんの額には、汗の粒が浮いていた。

「——すいません」

険しい視線から目をそらして言った。

「たま蹴りじゃないんだよ、おれたちがやってるのは」

ミネさんの叱責《しっせき》は続いた。「わかるか、おれは勝てなかったから言ってるんじゃないんだよ」

「まあまあ」

ケイさんがあいだに入ってくれた。

「せっかくグラウンドに立ってるんだろ。なにがやりたいの。もっと自分で考えろよ」

右手で左手のひらをチョップするようにミネさんが叩《たた》いた。

ミネさんは真剣だった。だからこそ、反発する気分にはならなかった。ただ虚《むな》しく、その通りですと胸の内で恥じていた。

猛攻をしのいだディフェンスリーダーは、次は矛先を変えて、得点を奪えなかった攻撃陣に奮起を促していた。まわりにいたチームメイトは、「また始まったよ」という具合に首をすくめてみせたが、さすがに皆大人だ。くだらない冗談や突っ込みで、その場の雰囲気をなごませていく。

「次、がんばりましょう」

真田のひと声で、勝てなかった試合の話は終わりにした。

帰りも行きと同じメンバーでケイさんの車に乗り込んだ。

「面白いですね、ミネさんは」

助手席のシートで山崎さんが言うと、「おれも何度も怒鳴られたさ」と運転席のケイさんがバックミラーのなかで笑った。

「でも、ずいぶん変わったらしいよ。昔に比べれば丸くなったって、蓮見さん言ってた」

ケイさんのその言葉に三人で笑った。

「実際、あの人のセンターバックは効いてるよ。ラインの押し上げも、はええし、もたもたしてたら、怒鳴られるがらね。まちがってねぇんだよ」

「貴重なキャラですよ、チームには必要な人」

「言ってくれるんで、おれとしちゃあ、やりやすいんだよ。まあ、ミネさんなんかにすりゃあ、おれなんて、しょぼいディフェンダーにすぎねぇんだろうけどさ」

国道を走る車の窓から入ってくる、なまぬるい風に吹かれながら、後部座席で黙って聞いていた。二人がミネさんに怒鳴られた私を気遣ってくれているのを痛いほど感じた。

「おれもこないだね、じつをいえば、真田さんに叱られたんですよ。低学年のミニサッカー大会のあとで」

ケイさんは、ハンドルを握りながらフロントガラスに向かってしゃべっていた。

「真田さんも、怒ったりするんですか？」

「ああ、あの人は、めったなことでは言わないですよ。そういう人。でもこないだは、言いたくなったんだべな」

助手席の山崎さんも私も、その話の続きを待った。

「うちらの学年は三年生だけど、まだダンゴサッカーになるわけよ。見栄えも悪いし、なんとかボールに子供たちが集まるのをやめさせたくて、ついつい怒鳴っちゃう。『トモは左さ行け』とか、『ジュンはそこで止まっとけ』とか、『ボールから離れろ』とかさ。でもね、真田さんはダンゴサッカーの大切さをせつせつと説くわけですよ。今は我慢をしろと。いつか子供たちにも、空間認知能力がついて、気がつくときがくるんだって。コーチが我慢しなくて、だれが我慢するんだって」

「なんだかそれ、ミネさんみたいですね」

「ああ、んだね。言い方は、ちがうんだけどね、こだわりのある根っこのとこは、同じかもしれねぇな」

「そうですか」

「おれだっきゃ、青森の田舎の高校でボールを蹴ってたわけで、サッカー部の顧問はサッカーなんて知らんかった。ろくな指導も受けてねぇがら、コーチになったって、子供を指導するのもひと苦労だよ。だから自分なりに勉強してっけどね」

ケイさんは気分よさそうに話した。

「でも、今さら訊《き》けないこともありますよね」

「そうそう、ほら、なんだっけ、フランスの指導者がさ、言ってた言葉」

「ああ、あれでしょ、『学ぶことをやめたら、教えることをやめなければならない』」

山崎さんがそらんじる。

「そう、それそれ。そうなんだよなぁ」

桜ヶ丘小学校に到着して、お礼を言ってケイさんの車から降りようとしたとき、なにかを踏みつけてしまった。

「ああ、いいよいいよ、ほっといて」

そうケイさんは言ったが、足元に落ちていた本を拾い上げた。本屋のカバーが掛けられたA5判の書籍だった。商売柄、本を粗末に扱うことはしたくなかった。何気なくページをめくってから、後部座席にその本を置いて車から降りた。

——学ぶことをやめたら、教えることをやめなければならない。

なんだか、その言葉が、頭から離れなかった。

「書籍企画書のほうは、どうだ？」

月曜日定例の朝の営業会議で田辺は言ったが、まだだれも企画書を書き上げていなかった。期限は来週の月曜まで、という申し合わせがあった。

会議のあと、書店営業に出かけることにした。試合の次の日だったが、筋肉痛はあるものの、からだが慣れてきたのか、歩くのに支障をきたすほどではなかった。

しかし、相変わらず注文は取れなかった。

この日、最後に訪れた店は、コンピュータ書をよく売る大型店で、なんとか〝平積み〟の注文を確保しなければならない店といえた。〝平積み〟とは、とくに新刊の際に、お客さんの目につくように表紙を上向きにして重ねて本を陳列することで、斉藤君によれば、〝面出し〟〝面陳〟などとも呼ばれるそうだ。棚に一冊差しただけでは、お客さんの目にはどうしても留まりにくい。今日、案内する新刊のコンピュータ書については、ぜひとも二桁《ふたけた》の注文を取りたかった。

だが、発注の権限を持つフロアマネージャーの望月《もちづき》さんは、あいにく不在とのことだった。しかたなく書籍棚を巡《まわ》って、望月さんがもどって来るのを待つ作戦に切り替えた。

それにしても店の棚には、溢《あふ》れるほどの本が置かれている。この本の海から読者が一冊を選ぶわけだから、事前の情報でもなければ、恋愛でいう一目《ひとめ》惚《ぼ》れのような出会いは、そうそう起こりえないような気がした。

そうこうしていると、バックヤードの手前の棚で作業をしている望月さんの姿を発見した。さっき問い合わせた担当者には、休憩時間と言われたが、なにかのまちがいだったのだろうか。

「どうも、どうも……」

銃撃戦のさなかを進む衛生兵のように腰をかがめて、私は書棚のあいだの通路を前進した。本を抱えた望月さんは、忙しいと最初は難色を示したが、「一分だけ、お願いします」と頼み込んだ。私と同年代の痩《や》せたフロアマネージャーは嫌気が差したような態度で動きを止めた。なんとか手に入れた一分だけのアピールタイムで、私は新刊の説明に入った。望月さんは硬い表情ながら両腕を組んで聞いてくれた。

「……という最新の情報満載の新刊です」

私は書籍の内容をよどみなく説明できた満足感に浸りながら一分を終えた。「いかがでしょう、初回配本でご指定の数を入れますから、ぜひご注文をお願いします」

「最新情報ね」

望月さんは、顎《あご》の不精髭《ひげ》を撫《な》でながら新刊のチラシに視線を落としていた。

「来月下旬の発売です」

「悪いけど、うちは見計らいでいいよ」

チラシから顔を上げ、穏やかな口調で言われてしまった。望月さんの言う見計らいとは、取次会社の配本に任せる、という意味だ。

「そう言わず、なんとか数字をいただけませんか？」

めずらしく粘り腰をみせた。

「数字ねえ」

「最近は、取次さんも配本数を絞ってますんで、初回に入らないケースもありますから」

「うちはだいじょうぶ、この手の本なら、いつも五冊以上入ってくるし」

「そうおっしゃらずに」

「しかたないな」

望月さんの口元に微《かす》かに笑みが浮かんだような気がした。

「お願いします」

私はいくらでも頭を下げた。

「数字を入れればいいんだね」

「はい」

「じゃあ、必ず指定配本にしてね」

「もちろんです」

出版社が取次に対して配本数を指定する『指定配本』の確約をした。

紺のエプロンをした望月さんが店の奥へ入り、新刊チラシに店の注文用の番線と呼ばれる番号の付いたハンコを押してもどって来た。

「お忙しいところ、すいませんでした」

作業にもどった望月さんに、頭を下げて店の出口に急いだ。

安堵《あんど》のため息をつく。出口に向かいながら、三つ折りにされた注文書をそっと開いてみた。

さて、何冊だろうか。

出口に立つと、自動ドアが音もなく開いた。だが、私はそこで立ち止まってしまった。注文書には達筆で「指定配本願います」とあり、冊数の欄に「1冊」と記されていた。

――これって、馬鹿にされたのだろうか。

私は前へ進むことも、振り返ることもできなかった。

フロアマネージャーの望月さんの疲れた横顔が浮かんだ。もう一度売り場にもどって真意を聞き出す勇気は、自分にはなかった。

これまでも書店を回っていて、キツィ仕打ちは何度か受けていた。出版社名を名乗ると門前払いを食ったり、名刺を受け取ってもらえなかったり、営業の順番を待っていながら他社の営業マンと休憩に行ってしまわれたり……。でも、今回の「指定配本1冊」は、さすがに応《こた》えた。「いらないよ」と邪険にされたほうが、よほど気が楽だった気がする。

じわりと額に脂汗が浮かんだ。どうやら自分には、営業のセンスはないらしい。こちらが熱心になればなるほど、相手は引いていくような気すらした。

その夜、子供たちが寝静まったあと、自室にこもり、会社での現状について気に病んでいた。そこへ妻が顔を出したので、ぎょっとした。

「ちょっといいかな?」

妻はそう言うと、姿を消した。

しかたなくリビングへ場所を移した。

「こないだの話の続きなんだけど」

「なんの?」

私はキッチンでグラスに氷を入れ、ウイスキーを注いでテーブルに着いた。

「夏の試合のことが、陽平のサッカーをやめる原因になったって、言ってたじゃない？」

「ああ、それが？」

「でも陽平はその夏の試合のあとも、サッカーを続けていたでしょ」

「だから、それはきっかけだろ。そこから歯車が狂って、いろいろと陽平にとって辛《つら》いことがあったんじゃないのか」

私はそう答えた。たしかに、陽平がサッカーをやめると言い出したのは、今年になってからのことだった。

「ただね、不思議に思ってることがあるの」

「不思議？」

「こないだ、何気なく栞に言われたんだけど、陽平のやつ、なんだか妙なのよ」

「妙って、なにが？」

「最近、図書館に行ってくるって家を出るけど、どうも行き先は、図書館じゃない気がするの」

「え？」

それはゴールデンウイークのことだったらしい。帰って来た陽平に「どこへ行ってたの？」と妻が訊《き》くと、「図書館だよ」とすんなり答えた。すると栞が、「でもおにいちゃん、月曜日って図書館お休みだよね」と突っ込みを入れたらしい。その日はたしかに月曜日で図書館の休館日だった。「あれ、あれ～？」と栞がおかしな目つきで首をかしげてみせた。すると陽平はむきになって、「開いてたよ」と強い口調で栞を黙らせた。そのとき妻はあまり気にしなかったが、今になってみると奇妙だというのだ。

「ついに、彼女……か？」

私は早合点した。

「それでね、今日、陽平の部屋をちょっと掃除してみたの」

私の言葉を無視するように、妻は言った。

「やめたら？　そういう詮索《せんさく》をするのは」

「そうしたらね、ひどく臭うのよ」

妻は鼻をつまんでみせた。

「なんだそりゃ」

「洗ってないジャージとかが、ベッドの下からたくさん出てきた」

鼻をつまんでいるため、声がくぐもっている。

「だらしないな。ただ汗臭いのは、あの年頃はしかたないよ」

「そうじゃなくて、あの子、どこかでトレーニングでもしてるんじゃないの？」

妻は鼻をつまむのをやめたが、顔はしかめたままだ。

「て、なんの練習？」

私は言葉に詰まった。

二人同時に首をひねった。

「サッカーボールは、傘立ての横にいつも置いてあるだろ？」

「使った形跡もないわね」

今度は一緒に天井を見上げた。

私は妻には黙っていたあの夜のことを思い出した。「そういえば、こないださ、夜中に玄関で物音がするから、こっそり見に行ってみたんだ。そしたら陽平のやつ、サッカーのスパイクを磨いてたんだよ」

妻は「馬鹿だねぇー」と言って、うれしそうな顔をした。

私にはわからなかった。息子がいち早くサッカーに見切りをつけて、賢く将来への道を見据えて受験に打ち込むことがいいのか。それとも夏の総体までサッカーを続けて、悔いを残すべきではなかったのか。

「おまえは、どう思うんだよ？」

「そりゃあ私だって、陽平のあの頃の笑顔をまた見たいよ」

妻は顎《あご》を引くようにして言った。

陽平がだれにも打ち明けられずに、ひとり殻に閉じこもりトレーニングを続けているとしたら、言ってやりたかった。

——サッカーはひとりじゃ、できないぜ。

殴られるだろうか……。


金曜日だった。

駅の改札の時計は、午後八時を少し回っていた。狭いコンコースに敷き詰められた白と灰色のタイルは、乗客の傘から落ちた雫《しずく》のせいでひどく滑りやすくなっていた。荷物で両手をふさがれていた私は、目地に沿って慎重に足を運んだ。

切符の自動券売機の前を過ぎて、今川焼きの売店を横切ろうとしたとき、背中を押されたような気がした。右手には営業になってから買い替えた黒のビジネスバッグ、左手には大きな紙袋を提げていた私は、振り向こうとはしなかった。以前、人ごみのなかで靴の踵《かかと》を踏まれて振り返ったとき、若い男に絡まれそうになった経験がある。こちらは足を踏まれたから抗議の意味を込めて相手を見たのだが、踏んだ人間は謝るどころか、逆に睨《にら》みつけてきた。だから、人ごみのなかでは安易に振り返らないようにしている。

だが、銀行のATMボックスの横を通るとき、もう一度右肩を叩《たた》かれた。肩をすくめるようにして、後ろをうかがうと、グレーのスーツ姿の男が立っていた。

「真田さんじゃないですか」

思わず声に出した。

「今晩は、岡村さん」

口元に薄く笑みを浮かべたチームメイトは、「それじゃあ」と先に歩いていこうとした。

「真田さん！」

私は呼び止めた。

振り向いた真田に、「軽くいきませんか？」と私は誘っていた。オジーズの10番は、一瞬ためらったあとで、「いいですね」とうなずいてくれた。

店に着くまでの道すがら、だれかチームのメンバーでも呼ぼうかと真田は言ったが、「まあ、まずは二人で飲みましょうよ」と今夜の私は言えた。駅前に若い夫婦がやっている焼き鳥屋があると真田が言ったので、場所はそこに決まった。

縄暖簾《なわのれん》をくぐって引き戸を開ける。

「あら、いらっしゃい」

店の女性が明るい声で迎えてくれた。

私たちはカウンターに並んで腰かけた。

真田は胸ポケットからセブンスターを取り出して口にくわえた。

「真田さん、吸うんですね」

煙草を手にした真田を初めて目にした私は少々驚いた。

「ああ、これだけはやめられなくてね。サッカーのときは、一切持ち歩かないようにしてますけど」

ライターで火を点《つ》けると、甘いオイルの焼ける匂いが漂った。

「それじゃあ、僕も」とポケットをまさぐった。

「なんだ、岡村さんも吸うんじゃないですか」

真田は気持ちよさそうに煙を吐いた。

「けっこうね、オジーズの連中も吸いますよ」

「そうなんですか？」

「たとえば蓮見さんでしょ、西牧さんとか」

「そうなんだ、サッカーをする人は吸わないのかと」

「そんなことないですよ。ヨハン・クライフという偉大な選手は、試合のハーフタイムにさえ、煙草を吸っていたそうですから」

真田は顔の前の煙を右手で扇《あお》いだ。

「ほう」

「まあ、古い時代の話で、クライフも遂《つい》には心臓を病んで、禁煙してチュッパチャプスを舐《な》めていた、なんて話もありますけど」

そう言って笑い、煙たそうに目をしばたたかせた。

カウンターと、テーブル席がふたつあるだけの細長い店は、金曜日のせいか、あらかたの席が埋まっていた。奥の焼き場の前には、白い調理衣の主人らしき若い男が、首にタオルを巻いて炭火の上の網に目を凝らしていた。背の低い愛想のよい女が、どうやらかみさんらしい。さっきから忙しそうに客の注文を聞いて回っていた。カウンターの席には、会話の弾まない様子の老夫婦と、若いサラリーマンの二人組がいた。

「そういえば、あのあとミネさんが気にしていてね」

「え？」

「こないだの試合のあと、言いすぎたんじゃないかって」

真田は上着を着たままネクタイをシャツの襟からスルスルと抜き取った。それを丸めるようにしてスーツのポケットにしまった。

「ああ、あのときのこと」

「気にするくらいなら、最初から言わなきゃいいんだけど、あれでけっこう繊細なんですよ」

「気にしてないです。それに、言われて当然だし」

素直な気持ちで答えた。

真田は困ったような顔をしていたが、なんだかこれもチームワークのような気がして可笑《おか》しかった。本音でぶつかる人間がいて、それをたしなめる人がいて、さらにフォローする人がいる。チームのなかで連携が取れている。

生ビールがくると、いくつか焼き物を注文して、二人でジョッキを持ち上げるだけの乾杯をした。

「いえね、こないだ真田さんから陽平の話を聞いて、ああ、そういうことだったのかって思いましてね。ただ、それがわかるとおかしなもんで、なんだか今度は気が抜けちゃって」

真田は黙って、小皿に盛られたお通しの千切っただけの生のキャベツを齧《かじ》った。

「サッカーを始めた動機が、不純だったんですよ」と私は言った。

「不純？」

真田は動かしていた顎の動きを止めて、「女の子にモテようとでも？」と言った。

「いや、そうじゃなくて、息子がなんでサッカーをやめたのか知りたくて、オジーズに入ったようなもんですから」

「ああ、そういう意味ね」

「そうなんです」

「それで、わかりましたか？」

「真田さんから夏の試合の話を聞いて、なんとなく」

真田は返事をせずに、黙ったままキャベツの咀嚼《そしやく》を続けた。

「そういえば、真田さん、山吹《やまぶき》高校だそうですね」

「ええ、まあ」

気のない返事だった。

「山吹高校といえば、サッカーの名門校だ」

「人はそう言いますね」

「渋い黄色に、緑のパンツ。ストッキングも山吹色。あのユニフォームに憧《あこが》れる中学生は多いと聞きます。強かったんでしょ、当時も？」

「どうかな、初めて選手権に出場した翌年の入学でしたから、たしかにうまい選手が集まっていましたよね。部員が百人以上いましたから。新入生だけで五十人以上です」

「それはすごい」

「でもね、グラウンドは野球部でしょ、陸上部やソフトボール部なんかも使うわけで、そんな人数がボールを蹴《け》るスペースなんてないわけですよ。昔は今とちがって、チームを分けて活動するとか、学校の外のグラウンドを借りるなんて発想はなかったですしね」

私は黙ってうなずいた。

「だから、振るい落としですよ」

「と、いうと？」

「人減らしをするために、とくに一年生には走りを中心とした過酷なトレーニングが課せられる。すると脱落していくやつが出てくる。ついていけない、辛《つら》すぎる、故障する。最初から推薦で入ったような選手は、別メニューですけどね。自分の身を守るために、うまくごまかすような真似もしました」

「やっぱり、厳しいんですね」

「顧問にしてみれば、必要ない選手はやめてもらったほうが、ありがたいんですよ」

「でも、やめなかった？」

真田はその言葉に一瞬の戸惑いを見せた。

「いや、じつは僕も一度サッカーをやめているんです」

苦い時を思い出したのか、目を細めた。

「それって、いつ頃ですか？」

「高校のときです」

真田は両手を組んで、カウンターに肘《ひじ》をついた。「でも、すぐにもどりましたけどね」

「それって？」

「さっき話したヨハン・クライフという選手ですけどね、彼はたしかFCバルセロナを退団したあとに、引退宣言をしたんですよ。サッカーを一度やめた。でも、もう一度サッカー選手に復帰して、ファンを魅了するんです」

「真田さんは、どうやってもどったんですか?」

私は訊《き》き返した。真田は質問をはぐらかそうとしているような気がした。

「クライフは、復帰の理由をこう語ったそうです。『サッカーがつまらなくなったからやめた。でも、最近楽しくなってきたから、また始めることにした』」

真田は自分の経験では語ろうとはしなかった。

私はうなずくしかなかった。「日本人にはない発想かもしれませんね」

「僕らコーチの仕事はね、子供たちが小さい頃に、一度でも心の奥底にサッカーは楽しい、という楔《くさび》を深く打ち込めるかどうかだと思います。でもそれは、教えてどうなるものでもない。自分でつかんでこそなんですよ。その瞬間が訪れるのを、見守らなければならない。その瞬間に立ち会えたなら、強く認めてやる。それがコーチの仕事だと思うんです」

真田は唇の端に力を込め、ささやかな喜びを見つけたような顔をした。

炭火で焼き上げられた焼き鳥をつまみにして、ビールを飲んだ。ささみ、砂肝、レバー、皮。味付けは塩だけだったが、どれもおいしかった。柔らかく、ジューシーで、鶏そのものの味がした。

「最近、僕の指導はあまり評判がよくないらしい」

真田は香ばしくパリパリに焼けた皮を食べながら、意外な言葉を口にした。

「なんでまた？」

「最初はあのコーチはサッカーの名門高校出身だから大したものだ、とか言われました。でも僕の指導は、そこでの後悔から出発してるんで、見当ちがいなんですよ。今の保護者は自分の子供の応援だけはすごく熱心です。でもサッカーをするのは、自分ではなく子供だということが、わかっているのかどうか。すぐに結果を求めるし、今しか見てない気がするんです。

小さい頃に輝いていた子が伸び悩むと、大人はすぐに、それみたことかと言う。あの子は所詮《しょせん》早熟だっただけとか、言うわけですよ。うんざりします。いいじゃないかと思う。そのとき輝いたなら、それをいつまでも認めてあげればいい。過去の栄光と言うけど、生きている以上、すべては過去になるわけだし、それを誇りに生きたほうがいい」

真田の言葉が熱を帯びてきた。

「たしかにこないだの大会も、そうでしたね」

「正直言えば、少しわからなくなってきている。なにを目指したらいいのか。そんなふうに思ったりもします」

手羽先、それにプチトマトの豚バラ巻きの皿をカウンター越しに受け取った。ボランティアといえども、コーチも悩んでいるのだな、と感じた。

「自分はサッカーが嫌になって一度離れました。でも、もどって来られたのは、たぶん小さい頃にサッカーでいい思いをしたからなんだと思う。スポーツが好きになるのは、友達をつくるのに似ている。一度深く繫《つな》がり合えば、その絆《きずな》は消えるものじゃない」

真田と私は次々に焼き鳥を平らげていった。今日の真田はくつろいでいるのか、いつになく饒舌《じょうぜつ》な気がした。なにか鬱屈《うっくつ》したものでもありそうで、それはそれで共感が持てた。真田も言ってみれば、自分と同じ四十代のおやじにすぎないのだから。

「高校時代、結局レギュラーをとれなかった。僕らの代では、惜しいところまでいったけれど、一度も全国への扉を開けなかった。あれだけがんばったのに。あの頃のサッカーを否定はしませんよ。でもこれまでやってきたサッカーのなかで、今やっている草サッカーがいちばん好きかもしれない」

「そうですか？」

「ええ、そう思います」

「コーチも大変ですよね。やめたくなったりしません？」

私が水を向けると、真田は押し黙った。しばらくして首を横に振ると、「まあ、それは言いません。言うときは、やめるときですから」とかすれた声を出した。

「そういえば、陽平は元気ですか？」

「ええ、まあ」

少し迷ったけれど、陽平が夜中に自分のスパイクを磨いていた話をした。

真田は黙ったまま聞いてくれた。

それから話題を変えて、真田の娘さんの話でも聞こうかと思ったが、やめておいた。真田は自分の家族について、自分からはまったく語ろうとしなかった。

「陽平には、きっかけが必要なのかもしれないな」

真田がぽつりとつぶやいた。

生ビールを最後にもう一杯ずつ飲んで、カウンターから腰を上げた。勘定は二人で割り勘にすることにした。

帰り際に、不意に真田が店の男に声をかけた。「おい、ハツ、最近どうした？」

「いや、すいません、忙しくて」

男は立ちのぼる煙の向こうで、角刈りの頭をかきながら照れくさそうに笑った。

私があっけにとられていると、「こいつ、蓮見さんの教え子。いちおうオジーズのメンバーなんですよ」と真田が教えてくれた。

「え、そうだったんだ」

驚いて顔を見た。ひょろりと痩《や》せた男は、額に汗を浮かべ、笑うと目が線のように細くなった。

「悪かったらしいよ、中学あたりから」

真田がからかうように言うと、「勘弁してくださいよ」とハッと呼ばれた男は、手を振った。「また、みんなで来てください」

「じゃあ、御馳走《ごちそう》さん」

真田は先に店の外へ出た。

「おいしかった。また来ます」

私が言うと、「お待ちしてます」と夫婦で声を揃えた。

「蓮見さんに、よろしく伝えてください」

かみさんのほうがもう一度頭を深く下げた。

足元に置いてあった荷物を両手に提げて表に出た。外は雨がやんだようだ。

「なんだ、そうだったんですか。ちっとも、わからなかったな」

愉快な気分になって言った。

「繁盛しているようだから、なによりです」

真田は言って、星の見えない夜空を見上げた。

「週末は、雨らしいですね」

同じ方向に歩きだすと、私のふさがった両手を見た真田が、「荷物が多くて大変だ」と気の毒そうに言った。

「まあ、しかたないです。どうしても欲しくなっちゃって……」

私が言うと、真田は不思議そうな顔をした。

別れ際に少し照れくさかったが、自分の持っている紙袋の口を開いて真田に見せた。なかには、前から欲しかった黒のエナメルのサッカーバッグが入っていた。

「いつまでもリュックサックじゃ、さまにならないでしょ」

「やけに大きい荷物だと思ったら、サッカーバッグですか」

「店員さんに訊いたら、大きめがいいって言われて」

「そりゃあ、いい買い物をしましたね」

真田が見えないボールを蹴《け》る恰好《かっこう》をした。

「ええ、続けるつもりなんで」

私は無邪気な少年となって立っていた。

「それはよかった。明日グラウンドでミネさんに会うんです。岡村さんが、金曜日にサッカーバッグを買ったって報告しておきますよ」

真田が拳《こぶし》を握った右手を挙げた。

両手がふさがっていた私は大きくうなずき、濡《ぬ》れた舗道を彼とは反対の方向に歩きだした。

週末は予報通り雨になった。

その時間を使って、私はやるべきことをやった。土曜日の午前中から、うちの会社では今どんな書籍企画が求められているのか、自分なりに分析してみた。

夕方近くになって雨が小降りになったのに気づき、レインコートを着て近所を走った。

日曜日は午前中から、自分は今どんな書籍を作ってみたいのか考えた。集中力が切れると、腕立て伏せや腹筋のトレーニングをして気分転換を図った。そんなふうに自分の本作りについて長い時間考えたのは、ひさしぶりのことだ。

書籍の企画書をなんとか書き上げたのは、午前零時を回った頃だった。だれかに委ねるのではなく、自分の手で編集したい、と思える本の企画になった。売れるという自信が強くあるわけじゃない。でもなぜか猛烈にその本を作ってみたい、そう思えた。

我慢しようかと思ったが、ひと試合終えたあとのように、缶ビールを一本だけ飲むことを自分に許すことにした。

Cinco　第五章　フレンドリーマッチ

月曜日、営業会議の席で書籍の企画書が集められた。

営業部長のサイこと田辺は、会議の終わりに、関塚、斉藤君、そして私から企画書を預かると、そそくさと自分のデスクにもどり、難しい顔つきで睨《にら》み始めた。

まあ、企画書といっても、この段階では詳細な構成案などは書き込んでおらず、私の場合はプリント二枚にまとめた簡単なものにすぎなかった。本のタイトル、体裁、企画内容、構成、読者対象などを簡潔に書いた程度だ。体裁とは、本のサイズ、ページ数、印刷の色数などのこと。うちの会社では企画書のフォーマットが決まっているわけではなく、各自に任されている。著者の候補なども空白にしておいた。

いずれにしても、企画内容が編集長や社長のお眼鏡に適《かな》わなければ、企画はボツになる。あるいはサイの判断により、編集長や社長の目にさえ届かずに、デスクの脇に置いてあるゴミ箱行きに終わる。どのような判断が下されるかは、待つしかなかった。

水曜日、ケータイにメールが入った。

〈桜ヶ丘オジーズ各位

真田です。

今週の土曜日、桜ヶ丘FC高学年の練習終了次第、オジーズの練習を行ないます。参加できる人は、午後五時に桜ヶ丘小学校校庭に集合してください。〉

どうやら翌週のリーグ戦・第三節に向けてのトレーニングらしい。オジーズは現在リーグ戦一勝一分け。勝ち点4。私は前回の試合で消極的なプレーぶりをミネさんに叱咤《しった》された身であり、当然足を運ぶことにした。

土曜日、小学校の校門を入ると、練習を終えた高学年の子供たちが、グラウンドから帰り始めたところだった。校舎の時計の針は集合時間の午後五時を少し回っていたが、保護者と話をしているコーチはいるものの、オジーズのメンバーは集まっている様子はない。真田の姿も見当たらなかった。

練習に参加するのは初めてであり、期待と不安が入り混じった。しごかれたらどうしよう、などと思ったわけではないが、それなりに緊張もしていた。

私は買ったばかりのエナメルの黒のサッカーバッグを肩にかけていた。そのことをだれかに気づかれやしないかと落ち着かなかったが、期待外れに終わった。顔を合わせたミネさんには、「オッス！」と普段通り声をかけられただけだった。

ゴール裏にあるベンチに座って待っていると、長老がゆっくりとした歩調で現れた。

「どうですか、調子のほうは？」

長老は使い込んだ白いバッグと一緒にベンチに腰を下ろした。

「ええ、まあ、なんとか」

我ながら頼りない返事だ。

長老はサンダルを脱いで、いつものようにバンデージを足首に巻き始めた。そういえばオジーズのメンバーの多くは、サンダル履きで試合にやって来る。試合前になるとストッキングをはいて、スパイクに履き替える。試合が終わればスパイクを脱いで、サンダルで帰っていく。そのほうが楽かもしれない。これからは自分も真似しようと思った。

自分もトレシューをスパイクに履き替え、脛当《すねあ》てを着けた。最後まで残っていた子供たちが、鳥小屋の隣にある倉庫に、トレーニングで使った赤いコーンを片付けていた。

「今日の練習って、なにをやるんですかね？」

「いや、大したことはやりませんよ。それじゃあ、準備でもしますか」

そう言うと長老はすくっと立ち上がり、校庭の奥のほうへ歩きだした。あとについていくと、グラウンドの隅にある太い桜の木の近くに、ミニサッカー用のゴールが積まれていた。鼠色の塩ビのパイプで組まれた枠にネットを張ったゴールだった。

そのゴールについて長老に訊《き》いてみると、教えてくれた。

「もちろん、これはボランティアコーチによる手作り。塩ビの配管用のパイプをホームセンターで買ってきて、ゴルフ練習場からもらってきた古いネットを縫い付けて作ったミニゴールです。使ってれば傷むからね。こないだもコーチが集まって、補修作業をしたところです」

「コーチには、そういう仕事もあるんですか」

私にはそんな言葉しか思いつかなかった。

なにか自分でも手伝えないか、と思うのだが、その一言が口に出せない。出がけに妻から言われた言葉も気になる。「もう、コーチの一歩手前まで来てるね」

「貧乏クラブだからね。なぁーに、みんなでやるから、わけはないよ。ただ、コーチがそういうことまでしていることを、子供も親たちも知らないのかもしれないね」

長老が腰を曲げてゴールの片側を軽々と持ち上げた。

「おっと」と声を上げ、私はあわてて反対側を両手で支えた。

「今じゃサッカークラブも学習塾と同じだよ。お金を払って、あとはコーチにお任せ。そういう親が増えた。いくらうちはボランティアクラブだと叫んでも、運営に協力しようとする人は少ない。昔のような理解は得られない時代なのかもしれない。人との付き合いをめんどくさがる人ばかりさ」

長老と私がミニゴールを運んでいると、真田やケイさんもやって来てゴールをもうひとつ運んだ。

「じゃあ、今日はミニゲームですか？」

「まあ、そんなとこでしょう」と長老は答えた。

さすがにみんなコーチだけのことはある。ミニゲーム用のコートはすぐにできあがった。手作りのミニゴールが向かい合って配置され、コートの線はラインカーを使って引くのではなく、円錐《えんすい》の先をカットした手のひら大のマーカーと呼ばれるビニール製の目印を並べて描かれた。ボールは大人用よりひとまわり小さい4号球が用意された。

「では始めましょう。九人なんで、自分を除いた四対四に分かれてください。最初からゲーム形式でやりますけど、途中で僕のほうで気づいたことがあれば、ゲームを止めますんで、よろしくお願いします」

じゃんけんでチーム分けをして、私の参加するチームがオレンジ色のビブスを着ることになった。ビブスというのは、チームの色分けをするために身に着けるゼッケン付きのチョッキのようなものだ。真田は審判役らしかった。私は、長老、ミネさん、ケイさんと同じチーム。最初は遠慮してゴールキーパーでもやろうかと思ったが、ミネさんが前に行くよう指で合図した。キーパーはゴールを守るだけでなく、フィールドプレーヤーとしての役割も必要らしい。だからなのか、ミネさんがゴールキーパーの位置に入った。

初めてやるミニサッカーもまた簡単ではなかった。なにしろコートが狭く、スペースがない。相手との距離が近くて、どうしても十一人制よりもプレッシャーを感じてしまう。そうなるとトラップからして、うまくいかず、続けてミスをしてしまう。後ろからミネさんに怒鳴られそうで、気が気ではない。

ゲームが始まってしばらく経つと、突然コートに声がかかった。

「フリーズ！」

真田の声がした。

ちょうど私がボールをもらった場面だった。あたふたしていると、ほかのプレーヤーはみんなその場で動きを止めていた。

「岡村さんも、ちょっと止まってください」

真田は落ち着いた声で言いながら、コートのなかに入ってきた。「今、岡村さんがボールをもらった場面ですけど、岡村さんは、仲間の位置が見えてましたか？」

「いや、トラップで精一杯で……」

私は頭を掻《か》いた。

「では、まずトラップしたら、顔を上げましょう。敵にボールを取られてもいいから必ず上げる。いいですか？」

私はうなずいた。ボールを奪われてもいいのであれば、できる気がした。

「じゃあもう一度、ケイさんから岡村さんにパスを出すところから、始めてください」

真田の指示によってプレーが録画のように巻きもどされた。

「はい、ケイさんからパス――岡村さん、トラップ――はい、顔を上げた――オーケーです」

真田のはっきりした声が響いた。

私はフリーの長老にパスを出した。

「そうそう。それから、ボールをもらう前に首を振って、まわりをよく見ておいてください。そのまま続けましょう」

サッカーの難しさは、まさにここにあるように思う。相手のプレッシャーを感じて顔を上げられないと、いい判断をすることはできない。まさしく自分がこの前の試合のときに犯したミスと同じパターンに陥る。顔を上げる、という一見なんでもなさそうな動作が、サッカーにおいては非常に難しかった。練習ということもあり、私は失敗を怖れずに顔を上げるよう努めた。

ボールが私に渡ると、真田の声が響いた。「ルックアップ!」

顔を上げて前に出て、サイドに開いたケイさんにパスを通した。

そこでふと気がついた。今日の練習は、もしかすると私のためなのではないかと。

けなのだが。

おかげで私はなんとかルックアップ＝顔を上げる、という意識を持つようになったわ

真田はその後も同じようにミニゲームを見守りながら、なにか気づいた点があると「フリーズ」と声をかけてゲームを止めた。そしてプレーヤーの意図を尋ね、チームメイトと呼吸が合わなかったプレーなどの問題点を聞き出して修正させた。なるほどそういうコーチングの手法なのかと納得した。

真田はこうしろ、ああしろ、と言うのではなくて、まず問題のあった選手にどうしたかったのか尋ねた。それから問題のあった選手と関係のある選手にも意見を求めた。たとえば、なぜ今のパスを選択したのか。ではなぜ、受け手は今のパスに反応できなかったのか。両者の意見を聞き出し、そこからお互いの修正点を考えさせ、問題をクリアにしていった。

「フリーズ」といえば、コンピュータ書籍の編集者だった私には、コンピュータやソフトウェアがなんらかの原因で応答しなくなる、いわゆる固まる状態、という意味が思い浮かぶ。そして以前起きた、米国での日本人留学生射殺事件の痛ましい記憶が甦《よみがえ》った。日本人の高校生がハロウィンの日に訪問する家をまちがえて、不審な侵入者とかんちがいされ44マグナムを突き付けられ「フリーズ！」と警告されたあの事件だ。止まらなかったという理由で、高校生は射殺されてしまった。

後日知ったのだが、サッカーのコーチングでは、まさに真田がやっていたようにゲームを中断して指導する方法が、よく使われるらしい。

そのトレーニング後、真田も入っての五人対四人のゲームになった。すでに息が上がっていたが、ミネさんがビールを賭《か》けて勝負しようと言い出し、俄然《がぜん》盛り上がってしまった。そのゲームで、私は人生で初めてのゴールを決めた。たかが中年おやじの集まりのミニサッカーなのだが、跳び上がりたいくらいうれしかった。ケイさんのシュートが塩ビのパイプに跳ね返ったところを、私がインサイドで押し込んで決めたゴール。スパイクを買って、初めてのゴールだ。

「ナイスシュート！」

ミネさんが後ろから声をかけてくれた。

ケイさんと山崎さんも祝福してくれた。

照れくささもあってあまり喜びを表さなかったけれど、なんともいい気分だ。

日が暮れてボールが見づらくなってくると、練習は終わりになった。もうからだもへとへとになっていた。すでに上着は脱ぎ捨ててあったが、顔中汗だらけ。首筋から流れた汗が、みぞおちに溜《た》まっていた。

「やっぱ、こういう練習せねば、駄目ですよ」

ケイさんが暗くなった空を仰いだ。

「ちょっくら、公園に寄って行くか？」

ミネさんが言って、犬のように舌を出した。

「いいですね」

山崎さんはうなずくのがやっと。

「じゃあ、お先に失礼します。来週の公式戦、がんばりましょう」

片付けを済ませた真田は先に帰っていった。今日はあまり話ができず残念だった。

「よし、行こうぜ」

「じゃあ、僕がコンビニ行きますよ」

自転車で来ている山崎さんが、買い出しを引き受けてくれた。

帰宅組は真田と一緒に帰り、近所の公園に有志が集まることになった。いつもその場所で飲むらしく、藤棚の下のベンチにサッカー中年団が自然に腰を下ろした。すでに水銀灯の明かりが点《つ》いた公園には、私たちのほかにだれもいなかった。山崎さんが酒とつまみを買ってくるあいだに、風邪を引かないように汗で濡《ぬ》れたシャツを着替えた。ここらへんの行動がみんな手慣れている。ミネさんは公園の水道で豪快に顔を洗っている。

公園に集まったのは、私を含めて五人。長老に、ミネさん、ケイさん。そして自転車のブレーキの音がして、山崎さんがコンビニの白い袋を提げて到着した。

配られたビールのロング缶のプルトップを開けると、さっさと乾杯をした。

「それじゃあ、お疲れさまでした！」

ミネさんの声に、全員が「どーもー！」などと応《こた》えながらビールを高く持ち上げた。

「つまみは乾き物だけだから、会費はワンコイン、五〇〇円です。余ったお金は次回の分に回します」

山崎さんが慣れた調子で告げた。ひとくち目を飲んだミネさんが、ぶあつい唇をゆがめて「あーっ」と身もだえた。

「今年のリーグ戦、がんばりどころだよね」

ケイさんが口をとがらせるようにして言った。

「まあな」

手ぬぐいを頭に巻いたミネさんがうなずく。

「オジーズは、これまで最高で何位だったんですか？」

私が口を挟んだ。

「三位だったな、たしか三年前。それが最高の成績。去年はびりに近かった」

長老が答えてくれた。

「次節から、木暮《こぐれ》がもどって来る」

ミネさんの表情がゆるんだ。

「木暮さん、ですか？」

「ええ、桜ヶ丘FCの元コーチです。膝《ひざ》を痛めちゃって、それに息子とか教え子とかの応援に、なにかと忙しい人なんですよ」

「なかなかやるわけですね、その人は？」

「そうだな、あんま認めたくねぇけど」

ミネさんは下唇を突きだすようにした。

私が不思議に思っていると、山崎さんの解説が入る。「木暮さんとミネさんは、地元の同じ高校のサッカー部だったんですよ。お互いしょっちゅう試合のときに言い合ってるけど、まあ仲がいいのか悪いのか、そういう関係ですよね」

「そうそう」

ケイさんが柿の種の小袋をみんなに配る。

「今年は、特別な年だからなぁ」

どこかしみじみとミネさんが言うと、なんだかみんな黙ってしまった。

「特別な年って？」

その沈黙を私が破った。

「だってよ、蓮見さんも今年一杯でオジーズを引退するって言ってるし」

ミネさんが長老のほうをちらりと見た。

「ええー、そうなんですか？」

「まあ、それは前から決めていたことだから」

蓮見さんは目尻《めじり》に細いしわを何本も寄せ、穏やかな笑みを浮かべた。

「それにほら、真田さんのことが、あるべぇ」

ケイさんが言って、ゲップをした。

「ケイ、それはまだ、まずいだろ」

ミネさんがたしなめた。

みんなの顔色をうかがうと、どうやら「真田さんのこと」について知らないのは、自分だけのようだった。

「まだ、コーチをやめると決まったわけじゃないですよね？」

元コーチである山崎さんが語尾を上げた。

「まあ、ちょっとね、あいつも考えるところが、あるみたいなんでね」

ミネさんが寂しそうな顔をした。

「えっ、それじゃあ、長老も真田さんも、いなくなるっていうんですか？」

私は思わず訊《き》き返したが、だれも答えてくれなかった。

「桜ヶ丘オジーズの存続も、危ういよ」

いつになくミネさんは弱気だった。

「そういえば、こないだ真田さんと駅で偶然会って、駅前の焼き鳥屋さんに行きましたよ。店の人がオジーズのメンバーだって、聞きましたけど」

「ああ、ハツの店ね」

長老が微笑む。

「あいつ、ハツなんかも呼びもどそうとして、ますます自分がやめたあとのこと、考えてる気がするな」

ミネさんの声が低くなった。

「私なんか、どうでもいいんだけどね」

長老は言った。「真田がやめてしまうのは、じつに惜しい」

「熱意もあるし、勉強もしてるし、なんせ技術を持っていて、子供たちにそれば見せられますからね」

ケイさんは弱くため息をついた。

「じつはさ、こないだの試合のあとで、岡村さんにおれが強く言っただろ」

ミネさんが言った。「そしたらコーチ会議の席で、岡村さんのプレーに対して、コーチならばどのような対処をすべきか、ということが話題になったんだよ。ただ、『なにやってんだ!』と怒鳴ったところで、修正できないでしょう、とね。まったくその通りなんだよ。自分たちはコーチなんだから。じゃあ、プレーヤーにいかに伝えるべきなのか、とあいつは言うわけ。真面目なんだよ。誠実なの。それで真田は今日、それをほかのコーチに実演してみせた、というわけよ」

　ミネさんは手相でも見るように、広げた自分の手のひらに視線を落とした。

「そうだったんですか」

　腑《ふ》に落ちた気がした。

「いや、有意義だったもんね」

　ケイさんが膝を打った。

「岡村さんにはすまなかったけど、我々コーチも、いい勉強になったと思うよ」

　ミネさんは指先で自分の下唇を引っ張った。

「いや、僕もありがたかったですけど、でもどうしてそんな優秀なコーチが」

　その答えは、聞くことができなかった。だれも知らないのかもしれない。

「そうは言っても、真田さんはやっぱりコーチというより、まだ現役って感じが強いですけどね」

　山崎さんの意見だった。

「今はオジーズの監督なんで抑えてるけど、本当は勝ちたい気持ちが強い人なんだよね」

ケイさんも同調するように言った。

五〇〇ミリのロング缶は、すぐに軽くなってしまった。

「もう一本、買ってきましょうか?」

私は言ったが、賛同は得られなかった。

「今日のところは、これでお開きにしよう」

長老が静かに幕引きを宣言した。

ビールの缶をコンクリートの上で踏み潰《つぶ》してレジ袋に集め、残ったつまみを分け合った。

「一勝一分け、まだ負けなしかぁ」

そう言ってケイさんは笑った。

「じゃあ、また来週な!」

公園の暗がりにミネさんの濁声《だみごえ》が響いた。


日曜日の晩に妻と話をした。陽平のことだ。

妻は部屋から出てきた汚れたジャージのことや、いつもどこに出かけているのか、陽平を問い質《ただ》したらしい。

「白状したわよ」

勝ち誇ったように言って、妻はリビングのテーブルに着いた。

「なんだって？」

「どうやらスポーツジムに入り浸ってるらしい」

「スポーツジム？ だってそんな金、あいつ持ってないだろ？」

「運動公園のスポーツセンターのなかに、トレーニングルームがあるのよ。聞いたら、公共の施設だから、中学生は一回七〇円で使えるらしいの。開き直って、べつにいいじゃんって態度だった」

「そんなに安いの？」

私はそちらのほうに興味を持った。大人はいったいいくらなんだろう。ぜひ一度自分も行ってみようと思った。

「父親に、触発されたのかしら？」

「なにが？」とごまかしたけれど、まさか、それはない。自分はグラウンドで無様な姿しか見せてない。

「どうやら、もどるつもりらしいね」

「もどる？ いったいどこへ？」

テーブルの新聞紙の上に置かれたオーブンの黒い角皿に目をやった。妻と娘の栞が焼いたいびつなクッキーが、半透明の白いクッキングシートの上に張り付いていた。

「スポーツジムに通っているのも、そのためでしょ」

「もどるって、サッカー部に？」

「あの子に、ほかにもどれる場所なんてないよ」

「それはさすがにどうかな、もう五月も終わるんだよ。七月の総体の試合に負ければ、そこで終わりだろ。あと二ヵ月足らずだ」

「わからないけど」

妻の声が小さくなった。

クッキーを一枚つまみ食いした。陽平は自分に似て不器用なんだな、と思った。でも中学時代なんて、そんなものかもしれない。バランスなんてうまく取れるわけがない。小さなことに躓《つまず》いたり、こだわったり、怖れたりする。自分もそうだったはずだ。だとしてもサッカー部への復帰は、たぶん難しいだろう。自分から飛び出したサッカー部に、再びもどるというのは。

この先、高校に入ってもう一度サッカーをやる、というほうが現実的ではなかろうか。

「馬鹿だよね、レギュラーだったのに」

額に手を当てた妻が、ため息まじりにつぶやいた。

書籍の出版企画を提出した一週間後の月曜日。朝の定例会議の席で、サイから企画に関する簡単な経過説明があった。その話によれば、営業部員三名から提出された企画書は、社長にそのまま手渡すということだった。部長の独断で、あるいは営業部内で話し合って、提出企画を絞ることはしないらしい。

「なぜですか？」

斉藤君が問うと、「まず企画がたった三本しかなかったからだ」と憮然《ぶぜん》とした答えが返ってきた。「それに、せっかく書いてもらった企画書だからな」とつけ加えた。

企画の是非については、その後、社長と編集長と営業部長で協議して、さらに詰めるべきかどうか判断する。要するに第一次審査から上層部で行なうということらしい。会議の終わりに、営業部員が提出した三本の企画書のコピーが、三人に配られた。「同じ部内の人間が、出版企画に対してどのような視点を持っているか、確認してくれ」

サイは言って、大きなお尻《しり》を椅子から持ち上げた。

午後七時過ぎまで残業していると、斉藤君が「たまには、飲みに行きませんか？」とめずらしく声をかけてきた。すでにサイは退社していた。しかしその言葉は、まだ残っていた関塚に向けられたのか、私に向けられたのか定かではなかった。だから黙っていた。

「おれは遠慮しておく、まだ月曜日だから」

酒好きではない関塚が答えた。

「岡村さんは？」

斉藤君が寂しそうな視線をこちらに向けた。

「あっ、僕、……べつにいいけど」

私まで断ったらへこむかなと思い、曖昧《あいまい》な態度をとってしまった。

「じゃあ、行きましょうよ」

そういうわけで斉藤君と飲むことになった。

斉藤君と二人で飲みに行くのは初めてだった。というか、営業部に入ってから、営業部の人間と飲むこと自体、これまでなかった。おそらく話題は出版企画についてだろう。

昼間の書店営業の合間に、朝の会議で渡された企画書に目を通しておいた。若手二人の企画書は、だれに教わったのか、ちゃんと企画書の体裁を整えていた。ただ、さすがに七年目の関塚の企画書は現実をわきまえていたが、斉藤君の企画書には夢が溢《あふ》れていた。

まず著者は今をときめくブログのカリスマ女優に設定され、初版は破格の二万部。

オールカラー、ハードカバーで定価は一八〇〇円。内容はブログの再録を柱にしているらしいが、ウケるブログのテクニックとやらも盛り込むらしい。単なるアイドル本ではないのか、と首をかしげたくなった。

御茶ノ水駅近くにある、昼は喫茶店、夜はバーになる店に二人で入り、ビールと簡単なつまみをいくつか注文した。店にはひとりか二人連れの客しかおらず、比較的静かだった。

ビールが運ばれてくるや、斉藤君はさっそく自分の企画について意見を求めてきた。だから正直に駄目出しをしてやった。その理由を私は思いつくままに説明していった。少々話は長くなったが、斉藤君は黙って聞いていた。かなり落ち込んだはずだ。

「相場さんと、先週昼飯を一緒に食べたんです」

私の話が終わると、斉藤君は言った。

「編集長と仲がいいんだな」

そう言ってケッパーベリーのピクルスをつまんだ。ケッパーベリーのピクルスには、当たりと外れがある。実のなかの種子が生長しすぎていると、うまくない。……外れた。

「皮肉ですか？」

「いや、そうじゃないけど」

「相場さんは、営業部の企画には、すべて目を通したと言ってました」

「そうなんだ」

「僕の企画については、いい線いってるって、そう言ってもらいました」

「それはよかったね」

斉藤君に視線を向けると、よっぽど悔しかったのか、眼を赤くしている。

「そうじゃないですよね」

斉藤君は私を見た。「僕の企画は、岡村さんが指摘したように、へぼくて、ださくて、どうしようもない」

「そこまで言ってないでしょ」

「いえ、言ってましたよ。でも、その通りだと思います」

斉藤君は両肩を沈め、ため息を漏らした。

なんだか妙な展開になってきた。お互いのグラスが空になっていたが、注文のタイミングがつかめなかった。

「それで、岡村さんの企画ですけど」

いよいよ斉藤君の逆襲が始まるのか、と身構えた。

「個人的には面白い、と思いました。悔しいけど」

斉藤君は、そこまで言うと黙り込んだ。このタイミングを逃さずに同じ飲み物を二人分注文した。

「でもうちの会社は、コンピュータ関連書籍の出版社ですよ。雇われている人間もみんな理工系の人間ばかりだし」

「それもそうだな」

「じゃあ、なんでサッカーの本なんですか？」

斉藤君は首を右にねじるようにして、こちらを見た。

「なんでなんだろうな」

私はつぶやくと、笑いを漏らしてしまった。べつに斉藤君を笑ったわけではない。笑ったとすれば、自分自身を嘲笑《ちょうしょう》したのだ。職業的に追いつめられた自分のすがるものが、今、サッカーしかないことを。

「斬新《ざんしん》ですよ」

斉藤君はそう言ってくれた。

だが、斉藤君の話では、営業部の企画はすべてボツになったらしい。トランプゲームの「51」でいえば、総流し、というやつだ。そういう情報が漏れてくる、というのもいかがなものかと思ったが、所詮《しょせん》零細出版社、致し方ないとあきらめた。ただ企画なんて、そんなものだ。たった三本の企画から、簡単にGOサインの出るものが見つかるほど甘くない。

――そうだよな。

斉藤君に偉そうなことを言ったところで、今の自分は半人前の営業マンにすぎない。いくら自分が本を作りたいと思ったところで、簡単に認められるはずもなかった。

金曜日、ケータイにメールが着信した。
〈桜ヶ丘オジーズ各位
真田です。
第三節は、残念ながら相手チームのメンバーが集まらず、不戦勝となりました。これで今シーズンは二勝一分けです。ただし、試合はフレンドリーマッチとして行ないます。日曜日は、予定通り運動公園グラウンド十時キックオフです。〉

土曜日の夜、めずらしく息子が私の部屋にやって来た。

「返してほしいんだけど」

陽平はドアの前に突っ立ったまま言った。

「返す？　なにを？」

「シンガード」

「シンガードって、脛当《すねあ》てのこと？」

「そう。明日の試合、おれも誘われたんだ」

「明日の試合？」

「オジーズの試合だよ。十時からなんでしょ。それに来いって、真田コーチから連絡があった」

「そうなの？」

そんな話は聞いていなかった。いったいどういうことだ。

「だから、シンガードを返してほしいんだ」

「そんなこと突然言われても、こっちだって使うんだよ」

「もともとおれのものだし、あげたわけじゃないから」

「おまえ」

──サッカーをやめたんじゃないのか
と言いそうになったが、言葉を呑《の》み込んだ。余計なことは言うまい、と口をつぐんだ。

「じゃあ、貸してやる」

しかたなく、そう言って、真新しい自分のサッカーバッグからシンガードを取り出した。

「あれ、そのバッグ」

陽平が訝《いぶか》しげにつぶやいた。そういえば陽平のバッグも黒だった。癪《しゃく》だったので、「色は同じでも、これはマイバッグだから」と言って、バッグと自分を交互に指さしてみせた。

入梅を前にした六月最初の日曜日、空は晴れていた。両チームともすでにグラウンドに集まっていたが、キックオフの予定時刻になっても試合は始まらなかった。監督の真田は、相手チームの責任者らしき男と話し合いを続けていた。

その時間を使って、小笠原さんがベンチ前で今日一緒にプレーする仲間の紹介をしてくれた。

「オジーズのメンバーでひさしぶりに参加する人を紹介します。まず桜ヶ丘FC元コーチの木暮さん。まあ、みんなご存じだと思うけど、膝《ひざ》を痛めて休んでました。今日から復帰です」

「木暮です。またもどって来ちゃいました」

左足の膝に黒いサポーターを装着した男が、一歩前に出て頭を下げた。同級生といっていたが、ミネさんより若く見えた。どちらかといえば小柄だが、からだは締まっていて、笑顔がやさしげだった。顔見知りが多いらしく、チームメイトが復帰を祝うように、笑いながら手を叩《たた》いた。

「それからもうひとり、ご無沙汰《ぶさた》の若手ホープを紹介します。桜ヶ丘FC出身の中村《なかむら》匠《たくみ》君。駅から徒歩五分、焼き鳥屋『鳥匠《とりしょう》』の若店主。先日、真田監督が店に夜襲をかけたそうです。あだ名は『ハッ』」

「おひさしぶりです。ぜひ、お店のほうにも来てください」

ハツは鶏のように何度も頭をひょこひょことさせた。

「失点0に抑えたら、行ってやる」

ミネさんがぶっきらぼうに言うと、みんなが笑った。

「それからもうひとりね。こっちは本当に若いよ。今日はフレンドリーマッチなんで呼びました。悩み多き十代の岡村陽平君。岡村ジュニアです」

「よろしくお願いします」

陽平は大人の輪のなかで、照れくさそうに頭を下げた。

どう反応してよいものか、戸惑うような大人たちの声が漏れた。私が誘ったときには、来なかったくせに。

「それじゃあ、各自アップのほう、よろしくお願いします」

そこへ真田がやって来た。

「試合開始、何分？」

小笠原さんが訊《き》いた。

「ちょっと待って」と真田は遮って、ミネさんを呼んだ。そしてまた二人で相手チームのベンチのほうへ歩いていってしまった。ケイさんも首をかしげていた。

それからしばらく経って、二人はベンチにもどって来た。「試合は、五分後に始まります」と真田が大きな声を出した。慌ただしく先発メンバーが真田の口から発表されていく。左サイドハーフのポジションで名前を呼ばれた私は、先発から外れた陽平にシンガードを借りることにした。

「まったくよっ」

ミネさんが苛立《いらだ》たしげに舌打ちをして、白のストッキングを直していた。

どうやら試合前に相手チームとひと悶着《もんちゃく》あったらしい。この日は、相手チームの参加選手のトータル年齢がルールの四百歳以上に満たない、という理由で棄権扱いになった。よって相手チームの不戦敗が事前に決まっていた。そのため試合はフレンドリーマッチになったわけだが、試合前にオジーズも若い選手を使うと告げたところ、それは認めないと言い出したらしい。

「あんたらさ、そういうつまんないこと言うなよ。フレンドリーマッチなら、年齢制限なんて関係ないわけだろ。せっかくグラウンドまで来た若いのを、出すなって言うのか？」

真田と一緒に交渉に当たったミネさんが怒り出した。

すると相手は、お互い若いのを出すなら、それで公平だから公式戦としてやろう、と持ちかけてきたという。本来、不戦敗であればスコアは5対0でオジーズの勝利となる。だが、昨年上位に食い込んでいる相手チームは、土壇場で勝負に固執しだした、というのがことの真相らしい。

「わかったよ。そんなにこだわるなら、好きにしろよ」

最後にミネさんは、捨て台詞《ぜりふ》を吐いて踵《きびす》を返した。

この日の第一試合はフレンドリーマッチとなったため、大会運営事務局の人間はまだ来ていなかった。次の試合の両チームから審判が出ること以外は、対戦するチーム同士に任されていた。話し合いの結果、とりあえず公式戦扱いで試合を行ない、あとは事務局の判断を仰ぐ、という話に収まった。

試合前、審判を挟んで、センターサークルに両チームが対峙《たいじ》した。相手チームには、若そうなのが二人入っていた。ひとりは長髪の茶髪。もうひとりは短い髪を銀色に染め、耳にはピアスをしていた。二十代前半くらいだろうか。二人ともサックスブルーのユニフォームをだらしなくパンツの外に垂らしていた。ほかのメンバーは、うちと変わらない中年のおじさんたちだったので、人数が足りないために呼ばれた〝助っ人〟なのだろう。

挨拶《あいさつ》のあと、真田が先発の十一人を集めて円陣を組んだ。円陣を組むのは、私がこのチームに入って初めてのことだ。いやがうえにも緊張が高まり、気分は高揚してくる。

「今日の試合は、とりあえず公式戦だと思ってください。相手は若いのがいるけど、後半うちも使います。まあ、あまり気にしないでやりましょう」

真田は落ち着いた口調だったが、円陣にはなにかしらの意図を感じた。

「なんだ、不戦勝でねぇんだ」

肩を組んだケイさんの声には、軽い落胆の色があった。

「試合、荒れるかもしんねぇから、注意しろよ」

ミネさんが不穏な発言を漏らす。

「だいじょうぶ、荒れないようにやりましょう」

真田はあくまで冷静な態度を崩さなかった。

先発メンバーは、ほぼいつも通りだった。若いハッと息子の陽平、それに長老はベンチスタート。変わったといえば中盤に入った木暮さんくらいであり、こちらのチームは「ピッチに立っている選手の合計年齢が四百歳以上」というルールをクリアしていた。

「じゃあ、せっかく円陣組んだから、声でもかけますか?」と真田が言った。

「そりゃあ、そうだ」

ひとりだけユニフォームの色がちがうゴールキーパーのタクさんが答えた。

「じゃあ、『いくぜ、おう』でお願いします」

真田が言うと、みんなはうなずいた。

肩を組んだまま息をひそめた。

「いくぜっ！」

真田の声が十一人の輪のなかで響いた。

「おう！」

中年の男たちがその声に応《こた》え、組んだ肩を揺らす。

そして、グラウンドに散っていった。

なんだかすごく気持ちがよかった。この年になって円陣を組んでこんなふうに声を上げるなんて、思ってもいなかった。一緒に叫べる仲間がいることが、誇らしかった。

前半戦は相手チームのキックオフ。

ツートップは若い二人組。茶髪と銀髪はキックオフの位置に立ち、頬をゆるめながら何事か話していた。その笑みを修飾するなら、不敵な、という言葉がいちばん似合いそうな気がした。

私は中盤の左サイドの位置で、この試合での自分自身のテーマを呪文《じゅもん》のように繰り返した。

――ルックアップ……ルックアップ……ルックアップ……。

主審の笛が鳴った――。

試合開始五分。敵のツートップは、得点という最もわかりやすい形で自分たちの実力を示した。中盤まで引いてボールを奪った銀髪が、左サイド深くに速いグラウンダーのボールを通した。とても中年のおやじには追いつけそうもないそのボールに、左サイドに流れた茶髪は軽々と追いついてみせた。この日は右サイドバックで先発出場した山崎さんが対応したが、キックフェイントで二度振られ、腰を抜かすように尻餅《しりもち》をついてしまった。

右の中盤の真田が懸命にもどったが、茶髪は余裕を持って中央に走り込んだ銀髪に折り返す。銀髪の前にはオジーズの二人の門番、ベテランのミネさんと須藤さんが立ちはだかった。

銀髪は一瞬、躊躇《ちゅうちょ》したようなふりを見せた。だが、二人のベテランセンターバックの間にドリブルで突っかけていく。銀髪を挟むようにして門が閉じる。ミネさんと須藤さんが寄せた瞬間、銀髪は右足裏でボールを引き、コツンとつま先で前に突いた。「あっ」という、凍りつくミネさんの表情が見て取れた。ボールはミネさんの股間《こかん》を抜けて、ゴール前へ転がった。

そのボールをケイさんがカバーしに行くが、一歩早く銀髪がボールに足を伸ばした。

最後の砦《とりで》のゴールキーパーのタクさんが飛び出す。が、今度は左サイドにいた茶髪に横パスを通され、完全に振られてしまった。茶髪はスパイクの甲にボールを載せると、ふわりと浮かせてゴールに送り込んだ。なんだかミニゲームをやっているような感じだった。若者に人気のあるフットサル、と言うべきかもしれない。

主審の長い笛が鳴る。ゴールの笛だ。

若いツートップはゴールを決めたあと、キックオフのときと同じような薄い笑いを浮かべて、自陣に帰っていった。そういうゴールの喜び方もあるんだな、と思った。

「はえぇなぁ」

追いつけなかったケイさんが、顔をしかめた。

「オッケー、オッケー。まだ、始まったばかりだから！」

真田は叫び、チームを鼓舞した。

だが、私にしてみれば、前半だけであと十五分もこんなやつらと戦うのかよ、という気持ちになった。まだ一度もボールにさわっていなかった。

ゴールが決まってしまったあと、よせばいいのに復帰した木暮さんが、ミネさんに声をかけた。

「見事に股《また》抜かれちゃったな、おい」

ミネさんは黙ったままだった。

たぶんこの言葉でミネさんのハートに火が点《つ》いたのだと思われる。

オジーズのボールで試合が再開されたが、前半は終始相手チームに押し込まれた。茶髪と銀髪を起点に、ボールを回された。ミネさんが敵のツートップをゴールから遠ざけ、なるべく相手ゴールに近づこうとディフェンスラインを上げるが、その裏を突かれた。どうしてもスピード勝負の一対一になると厳しい。でも、ミネさんはそのやり方を変えなかった。なんだか意地になっているようにさえ思えた。

「若くて、敵《かな》わんよ」

私の後ろでは、それに付き合わされるケイさんが、肩で荒い息をしていた。

相手はさすがに毎回上位に入ってくるチームだけあって、ほかのメンバーもすべてサッカー経験者らしく、プレーにそつがなかった。その後、立て続けにオジーズは二点を奪われてしまった。

三点のリードを奪ったせいなのか、相手チームは時折冗談などを交わしながらプレーをしていた。体格のいい中年のミッドフィルダーが、私の前でわざとお尻《しり》でトラップをしてみせた。悔しくてなんとかボールを奪い取りたかったが、もてあそばれるだけだった。

前半終了間際、木暮さんからパスを受けた。その瞬間、真田の「ルックアップ！」の叫び声。そして「いいぞ！」と声がかかる。たぶんミネさんの声だ。自分でも「できた！」と思った矢先に、敵のアプローチを受けてボールを奪われた。あと少しだった。真田へのパスコースは見えていたのに。

左サイドで私が失ったボールは、今度は右に流れていた銀髪に渡った。銀髪はケイさんを元フランス代表のジダンが得意とした足裏のフェイント、マルセイユルーレットで抜き去ると、サイドを駆け上がった。ミネさんが真っ赤な顔でアプローチをかける。銀髪はそれでも強引にシュートを放った。と同時に、ミネさんが突然飛び跳ねるようにしてブレーキをかけた。まるで片足でケンケンするようにして顔をしかめた。

「やっちゃったかな」

トップ下の位置から下がってきた木暮さんが、つぶやいた。

ミネさんが追った分、銀髪はサイドに追い込まれてシュートをゴールの右上に外した。

右足の太腿《ふともも》の裏を押さえたミネさんは、審判に声をかけた。そして足を引きずりながらピッチの外に出ていき、芝生の上に倒れ込んだ。

タクさんがゴールキックを蹴《け》ったとき、前半終了の笛が鳴った。

前半を終わって0対3。オジーズのイレブンはうなだれてベンチにもどった。私は後半から出場するであろう陽平に、汗で濡《ぬ》れたシンガードを無言で渡した。

た。

「厳しいな」

ボールにほとんどさわっていないトップのマッチャンがつぶやいた。

ミネさんが足を引きずってベンチにもどって来ると、「すまん」と言って頭を下げた。

「ミネさんのせいでねぇよ。しょうがねぇって」

ケイさんが口をとがらせたが、それもまた虚《むな》しく聞こえた。

額に汗を浮かべた真田は、腕を組んだまま黙っている。

ゴールキーパーのタクさんも腰に手を当てて、下唇の下に梅干しの種を作っていた。

「不戦勝で5対0のはずが、前半だけで0対3かよ」

紙コップのスポーツドリンクを飲み干した小笠原さんが、悔しげにつぶやいた。

「まだ、終わったわけじゃないですから」

そう言ったのは、前半出場していないハツだった。ハツは、へらへらと緊張感のない笑みを浮かべていた。

「まあ、しょうがないよ。怪我しないように無理せずいこう。所詮《しょせん》、遊びなんだからさ」

年配の須藤さんの冷めた声が聞こえた。

後半、当然のごとく私はベンチに下がった。私と山崎さんがアウト、若手のハッと中学三年生の陽平が、オジーズのユニフォームに着替えた。

陽平頼むぞ、という気持ちと、相手は大人だから無理するな、という気持ちがない交ぜになった。

そして、交代はもうひとり。

ミネさんは出場する、と言い張ったが、真田が認めなかった。どうやら右足の太腿裏の肉離れらしい。ミネさんのことだから、おそらく股間を抜かれた心の傷のほうが痛かったはずだ。

「年寄りの出る幕じゃないよ」

試合前にそう言っていた長老が、黙って準備をしていた。

真田の指示で、陽平は私の抜けた中盤の左に、ハッは、ミネさんの代わりにセンターバックに入ることになった。

「真田さん、おれ、トップに入っていいかな？」

木暮さんが言った。

「わかりました。じゃあ、西牧さんに中盤の右に下がってもらって、蓮見さんはいつも通りボランチでお願いします」

「オッケー」

西牧さんが親指を立てた。

このままでは終われない。そういう雰囲気がチームにはたしかにあった。

後半開始の主審の笛が鳴った。

相手チームは、若手のひとり、銀髪を下げてきた。三点リードのせいか、サックスブルーのユニフォームの男たちは、どこか余裕の表情をしていた。ベンチに座った私の視線の先には、息子の陽平の姿があった。サッカーから一度離れた陽平が、大人相手にどこまでやれるものなのか、興味があった。

「あれは、やっちゃいけないですよね」

ベンチで隣に座った山崎さんが言った。

「あれって？」

「ああ、あれだろ」と後ろからミネさんがつぶやいた。

「中盤の8番の選手が、試合中にわざとお尻でトラップしてみせたでしょ。ああいう、人をおちょくったプレーはよくない」

山崎さんは強い調子で言った。温厚な山崎さんが怒っていた。

「ああ、私の前でもやってましたね」

「ええ、二度やりました」

「そういうのは、真田や木暮はちゃんと見てるよ。蓮見さんもな。だから、おそらくあいつら怒ってる。若いやつにやられたことより、そのことをな」

ミネさんはいつになく落ち着いた口調だった。おそらくミネさんも怒っているのだろう。

陽平は試合が始まってすぐに、ボランチの蓮見さんからボールを受けて左サイドを駆け上がっていった。左利きのどこか引っかかるようなドリブルに、小学生時代の面影が残っている。オジーズの白地に黒の縦縞《たてじま》のユニフォームを着た陽平は、サックスブルーの選手たちを果敢に抜いていった。

それはひさしぶりに見る陽平の左足のセンタリングだった。遠いサイドを狙ったしっかりした速いクロスボール。フォワードのマッチャンがジャンプしてヘディングで折り返す。もしかするとそれはシュートだったのかもしれない。そのボールの落下点にオジーズの選手が飛び込んできた。膝《ひざ》に黒いサポーターを巻いた選手だ。

「うおっ!」

ベンチがわいた。

木暮さんは滑り込むようにして、ボールが落ちる前にスパイクの甲でとらえた。ドンピシャのボレーシュートはゴールネットに突き刺さり、ネットを波立たせた。相手のゴールキーパーは一歩も動けず。

あまりに鮮やかな展開だったせいか、敵の選手たちは呆然《ぼうぜん》としていた。

「よっしゃーあ！」

すぐ後ろで発せられたミネさんの叫びに、思わず前のめりになるほどだった。

「ナイスシュート！」

タオルを首にかけた山崎さんと私もベンチで大声を上げた。

木暮さんはマッチャンと片手を合わせたあと、わざわざ陽平のいる左サイドまで足を運び、何事か声をかけながら陽平の頭を軽くはたくようにした。陽平は首をすくめ、くすぐったそうな笑顔を見せた。

まさに溜飲《りゅういん》が下がるゴールとはこのことだった。

私はそのとき知った。どんなゴールでも一点は一点なのだが、素晴らしいゴールには、チームを生き返らせる力があるのだ、と。そう、すべてのゴールは、同じではない。

たぶん、このゴールで試合が動いた。

その後もオジーズは陽平のいる左サイドから仕掛けた。からだの大きくない細身の陽平が、面白いように大人たちを抜いていく。でもそれはあたりまえのことなのだろう。足の速さがちがう。切れがちがう。年齢がちがうのだから。

そして驚かされたのは、真田のプレーだった。後半から中盤の真ん中に入った真田は、ことごとく敵のパスをカットした。奪ったボールはすばやくボランチの長老に渡され、空いたスペースへと展開されていった。時折、真田は今まで見せなかった激しさをプレーのなかにのぞかせた。まるで自ら封印を解いたかのように、思うがままにピッチを駆け回っていた。とても自分と同じ世代とは思えなかった。

「真田のやつ、本気になったぞ」

ミネさんが言った。やはりなにかが真田に火を点《つ》けたのかもしれない。

そうこうしているうちに、ラッキーな二点目が生まれた。センターバックのハッからの正確なロングフィードを受けた真田が、今度は右サイドを使って駆け上がった。真田は敵のディフェンスの準備が整わないうちに、速いクロスをゴール前に放り込んだ。アーリークロスというやつだ。ニアに飛び込んできた木暮さんに合わせようとしたのかもしれない。しかしボールは速すぎて、木暮さんの伸ばしたスパイクの先を通過し、敵のディフェンダーの足に当たった。たぶんクリアしようとしたのだろう。そのボールがゴールに飛び込んだ。オウンゴール。これで一点差になった。

あわてた相手チームは、再び髪を銀色に染めた若きストライカーをピッチに呼びもどした。ルールでは選手交代は何人でもオーケー。出入りは何回でも可能だった。

オジーズのベンチも、がぜん盛り上がった。

「うまいですね、うちの若手の二人」

山崎さんが左サイドの陽平とセンターバックのハツを称《たた》えた。「あたりまえだろ、二人ともうちのクラブの出身なんだから」

太い両腕を組んだミネさんは誇らしげに言った。

試合の残り時間が五分ほどになって、相手チームがカウンターのチャンスを迎えた。サイドから再び茶髪が上がってきた。小笠原さんが振り切られ、引き出された須藤さんがあっけなく抜かれてしまう。シュートの角度はあまりなかったが、茶髪はとどめを刺すために右足を振り抜いた。ゴールキーパーのタクさんが銃で撃たれたスタントマンのように倒れこんだが、反応しきれていなかった。

カーン！

乾いた音が響く。ボールがポストを叩《たた》いた。

跳ね返ったそのボールにいち早く反応したのは、敵のフォワードの銀髪だった。だが、銀髪の足元のボールにまるで焼き鳥の串《くし》でも刺すように、深いスライディングが入った。ハツだった。ひょろりと背の高いハツは、ミネさんの仇《かたき》を取ってやる、とでもいうように厳しくいった。ハツも敵の銀髪もペナルティーエリア内で倒れた。

「うわぁおー！」

ベンチでは危ない、という意味の叫び声が上がった。

「ファウル！　ファウル！」

敵の選手が怒鳴る。

しかし、笛は鳴らない。

こぼれたボールをケイさんが拾ってルックアップ。ドリブルで前に出る。

そして「陽平！」と叫び、ボールを強く蹴《け》った。

センターラインを少し越えた左サイドに大きく開いて、陽平は待ち受けていた。

「いけーっ、陽平！」

ミネさんが、今までいちばん大きな声を上げた。

舞い上がったボールの落下点目指して、陽平は走った。ケイさんの右足インフロントで蹴り出されたボールに追いつくと、ボールに触れることなく、ボールと一緒にサイドを駆け上がる。そしてこの試合で初めて、ゴールに向かって切れ込んでいった。

敵の選手が摑みかからんばかりに、背後から陽平を追いかける。スピードを上げた陽平はすぐに追っ手を振り切ってみせた。立ちはだかる長身のセンターバックを切れのいいサイドステップで抜き去ると、ペナルティーエリア内でゴールキーパーとの一対一に持ち込んだ。

「打てよ！」

だれかが叫んだ。

だが、陽平は打たなかった。

私も「打てっ！」と叫びたかった。

すると陽平は肩の力を抜くようにして、アウトサイドでちょこんと横にパスを出した。ボールの軌道には、同じユニフォームを着た背番号10番が走り込んでいた。完全に振られたキーパーは構えた両手をぶらりと下げてあきらめた。真田は正確にボールをトラップした。そしてつま先でふわりと浮かせてゴールに送り込み、小さくガッツポーズをしてみせた。前半、敵にやられた一点目のゴールを、まるで再現しているかのようだった。

試合終了間際、同点ゴールが決まった。

相手チームは、その前のペナルティーエリア内でのハツのスライディングに対して、ファウルだろと主審に詰め寄った。が、判定は覆らなかった。最後まで執拗《しつよう》に抗議した、前半にお尻トラップを見せた8番の選手が、イエローカードを提示された。

そして試合再開後、試合終了の長い笛が鳴った。

試合後、相手チームの選手がオジーズのベンチ前にやってきた。オジーズのイレブンもまた、対戦相手のベンチ前に挨拶《あいさつ》をしに足を運んでいた。

ベンチ前での挨拶が終わると、銀髪の男が一歩前に歩み出て、ミネさんに声をかけた。

「足、だいじょうぶですか？」

「だいじょうぶじゃないよー」

ミネさんはそっけなく言ってから、口元をゆるめた。「あんたのおかげで、きりきり舞いだよ。マイッタ。やられたよ」右手を差し出し、ミネさんは銀髪の若者と握手を交わした。銀髪は照れくさそうに笑っていた。

戦い抜いたイレブンがもどって来た。

「よし！　よし！　よし！」

ミネさんが「よし」を連呼してチームメイトを迎えた。

「ナイスゲーム、ナイスゲーム！」

山崎さんも私もさかんに手を叩いた。

試合結果は引き分けなのに、まるで逆転勝利したような喜びようだ。

「陽平、よかったぞ」

長老は言って、そのまだ華奢《きゃしゃ》な肩を叩いた。

「ハツ、ナイスタックル！」

ミネさんが両手を広げた。

「毎日、立ち仕事で鍛えてますから」

ハツはひょこひょこと首を動かした。

「行ぐ。おれ、ハツの店、行ってまるど！」

　ケイさんが叫んで、みんなを笑わせた。

　陽平はチームメイトから声をかけられ、握手を求められていた。同点の立役者、といったところだろうか。紅潮した母親似の童顔に、汗と一緒に、ひさしぶりのゲームに高揚した笑みがこぼれている。クラブと中学校の先輩でもあるハッから店へ招待されていた。最後のゴールの起点となったパスを陽平に送ったケイさんは、「パスしたの、おれだから」と自慢げに繰り返した。

「なあ、陽平」

　ミネさんが足を引きずりながらベンチから出てきた。

　陽平は上気した顔で振り向いた。

「おまえは、たしかに素晴らしかったよ。何度も左サイドを崩したし、ゴールを呼び込むパスを送った。みんな、おまえとサッカーができて、よかったと思ってる。さすがおれたちのクラブの出身者だ、そうおれも思った」

　チームメイトが二人に視線を集めた。

「でもな」とミネさんは言った。「ここは、本当のおまえの場所じゃないよ。おまえだって、おれたちのようなおやじたちを抜いたところで、点を奪ったところで、心の底から喜べやしないだろ」

　ベンチ前で陽平を囲んだチームメイトの輪が、静かになった。

「まあまあ、ミネさん」

ケイさんが割って入ろうとした。

「ちょっと待て、これは大切な問題なんだ」

ミネさんは話を続けた。「いいか、今しかできないサッカーってものがある。それは、おれたちのような年にならなきゃ、気づかないのかもしれない。でも、あるんだよ。おまえは、本気のサッカーをやれ。マジのサッカーをやれよ。おまえなら、やれるさ。——だから、ここへはもう来るな」

陽平は、黙ってミネさんの言葉を聞いていた。

「おまえがそれなりの年になったら、いつでもまた一緒にボールを蹴ろう。でも、それは今じゃない。おまえには、おまえのサッカーがあるはずだよ」

ミネさんは穏やかに、でも、その瞳《ひとみ》は睨《にら》むように陽平をとらえていた。

陽平はうなずき、コクリと頭を下げた。

「余計なことかもしれないけど、言わずにはおれなかった」

ミネさんはそう言うと、止めに入ったケイさんの肩を叩いた。

ケイさんはうなずき、試合で乱れた髪の毛を両手で後ろに撫《な》でつけた。

ミネさんは静かになったベンチ前から、ひとり足を引きずりながら、ピッチのほうに歩いていった。なんだかその背中は、なにかを隠しているように見えた。

私はミネさんに頭を下げた。私には、到底言える言葉ではなかった。陽平を呼んだ張本人の真田は、我関せずといった様子でベンチに座り、ストッキングを下ろしていた。でも、おそらくは真田が今日陽平を呼んだ真意も、同じことを気づかせるためだったのだと思う。長老は、まぶしそうに目を細めながらグラウンドを眺めていた。

「じゃあ、そろそろ次の試合が始まるんで、ベンチを空けましょう」

小笠原さんの甲高い声が響いた。

「それじゃあ、公園で一杯いきますか！」

ケイさんが叫んだ。

「今日もかよ！」

振り返ったミネさんが大声で答えると、みんながどっと笑った。

自分はほとんどボールにさわれなかったけれど、いいゲームだった。でも、こんなに楽しいのに、長老や真田がいなくなり、チームがなくなるとしたら悲しすぎる。いつまでも一緒にプレーしたい。そう心から思った。

私はその日も公園に行ってチームメイトと一緒に飲んだ。よほどみんな気分がよかったのか、試合に来たほとんどの人が参加していた。もちろん陽平は、さっさと家に帰った。

「あの一点は、大きかった」

ミネさんはコンビニで買ったロックアイスの袋で太腿《ふともも》の裏を冷やしながら、前半終了間際の自分がシュートを防いだシーンを振り返った。

それに茶々を入れるように、木暮さんは「あれはしょうがないよ」と言いながら、ミネさんが股《また》抜きされたシーンをしつこく再現して笑いを取った。

「でも、今日の後半の真田は、効いてたぞ」

何気ない長老の言葉だった。

「たしかに効いてた、ガンガン」

ケイさんもうなずいた。

そんな試合の話で盛り上がっているときにケータイが鳴り、真田が席を外した。ブランコのある暗がりまで行くと、すぐに引き返してきた。

「ちょっといいですか」

真田が注目を集めた。「今、リーグ戦の事務局から連絡がありました。今日の試合は、当初の通り不戦勝だそうです。オジーズの5対0の勝利が公式結果になるとのことです」

その言葉に、またみんな盛り上がってしまった。

「あたりめぇだろ！」

ミネさんが言うと、「損しちゃったね、怪我までして」と笑われた。

そのあとで長老から、今日活躍した焼き鳥屋のハッの話を聞いた。

「ハッは、小さい頃、心臓が悪くてな」

蓮見さんは言った。「だから最初はコーチ会議で、クラブとして受け入れるかどうか論議された。もしものことがあったら、責任はだれが負うのかと。ハッが来るとすれば、私が担当している学年だった。そこで私はハッの母親と話をしたのさ。母親は、休みの日にグラウンドで観て来たサッカーの話をハッから聞いて、本人に『サッカーやりたいの？』と訊《き》いたらしいんだ。ハッはそのとき、顔をくしゃくしゃにして、『やりたい』と答えたらしい。それを止める権利が、私たちのどこにあるよ。母親は、なにかあっても責任を問わない、という念書を持参してきた。ハッをクラブに入れること、それにいちばん最初に賛成してくれたのが、ミネのやつだった。ミネのやつは、保護者からの評判はいつもあまりよくない。口が悪いし、あんな顔だしな……。『同物同治』という中国の言葉があるでしょ。からだにどこか悪い部分があれば、その悪いところと同じ部分を食べる、という教えですよ。だから私はあいつに『心臓をいっぱい食え』と言った。それが効いたかどうか知らんが、あいつは卒団までサッカーをやった。最後にはチームの中心選手になっていた。そいで、あだ名が『ハッ』。おまけに焼き鳥屋になっちまった、というわけさ」

長老は言うと、静かに笑った。

午後二時過ぎ、公園をあとにし、自宅マンションの扉を開くと、狭い玄関に陽平が座り込んでいた。

「どうした？」

声をかけると顔を上げた。

「べつに」

陽平は澄ました顔で答え、スパイクをまた磨き始めた。

「ついでに父さんのスパイクも頼もうかな」

ふざけて言うと、「自分で磨けば」と返されてしまった。

陽平の口元が少しだけゆるんでいた。

「そうだ、シンガードだけど、やっぱりあれはおまえに返すわ。自分のものは、自分で買うことにするから」

私は言って、白いストッキングを脱いで風呂場《ふろば》へ向かった。

洗面所の鏡に映った自分の顔は、ずいぶんと赤ら顔になっていた。アルコールのせいかと思ったが、どうやらそうではないらしい。顔がやたらと火照っている。そういえば、今日はグラウンドで日差しの強さに夏を感じた。日に焼けたのだ。

なんだかそんなことが可笑《おか》しくて、鏡に映った中年おやじに向かって、私はにっと笑ってみせた。

Seis　第六章　串カツ

火曜日の夕方、私は厳《いか》つい体型の男と二人で酒を飲んでいた。場所は神田、出世不動《しゅっせふどう》通りの始まり近くにある立ち呑《の》み屋。カウンターには、飲みかけのホッピーと生ビールの中ジョッキ、莢《さや》だけになった枝豆、それに手のつけられていないモツ煮込みが並んでいる。ホッピーを頼んだのは私ではなく、営業部長の田辺だった。

その日、最後に訪問した書店を出たとき、マナーモードにしておいたケータイがズボンのポケットで震えた。

「はい、岡村ですが？」

「田辺だけど、今どこ？」

「あと、十五分くらいで社にもどります」

「あっ、そうか」

田辺は一瞬ためらってから続けた。「ちょっと話があるんで、神田駅の北口まで来てほしいんだ」

「えっ」

私は言葉に詰まった。

「悪いな、今日は会社にもどらなくていいから。直帰扱いにしておくよ」

いつになく穏やかな声の調子。それにずいぶんと手回しがいいじゃないか。

ケータイを切って、腕時計を見る。午後五時を回ったところだった。短いため息を吐く。おそらく会社では、しづらい話なのだろう。

「岡村君は、こういう店はあまり来ないかな？」

田辺は店の一番奥のカウンターにもたれかかると言った。たぶん私の挙動が、そう思わせたのだろう。

「ええ、そうですね」

遠慮がちに狭い店内を見回した。

「そうだよな。うちの編集の人間は、あまり酒を飲まないもんな。飲むとすれば、なにかと接待の多い相場君くらいか」

田辺は腫《は》れぼったい紫色の下唇を舐《な》めた。

実際、立ち呑み屋に入るのは初めてだった。この手の店があることは知っていた。ただ立ったまま蕎麦《そば》を急いで腹にかき込むように、酒を飲みたいとは思わなかった。それに酒がそれほど好きなわけではなかった。家で習慣的に飲むようになったのは、編集部から営業部への異動が決まってからのことだ。

驚いたことに、店はまだ午後六時前だというのに、サラリーマンらしき客の姿がちらほらと見えた。彼らはお互いに絶妙な距離を取り合って立ち、ひとりで酒を飲んでいる。ある者は競馬新聞を開きながら、ある者は文庫本に視線を落としながら、ある者は虚空を見つめながら。皆、自分と同じくらいか、少し年配のおじさんで、一様に鼠色の背広姿だった。そういえば私も部長も同系色のグレーのスーツを着ていた。

「書店回りはどう？」

田辺はそんな当たり障りのない話から始めた。私の警戒心を解くのが狙いだろうか。

「まあ、なかなか難しいです」

隠さずに答えた。

「おまえ、注文を取ろうとしてるだろ？」

「そりゃあ、もちろんです」

「だから駄目なんだよ」

「え？」

ジョッキを傾ける営業部長の意味深な言葉に首をかしげた。

「まあ、いいや。今日は、そういう話じゃないんだ」

ゆっくり首を振ると、田辺は先日集めた書籍の企画書の話を始めた。営業部の書籍企画は上層部の会議ですべて却下された、という話だったが、それはすでに斉藤君から聞いて知っていた。新しい情報としては、編集部から新書判の廉価なコンピュータ入門書シリーズの企画が上がったと聞かされた。ある編集プロダクションが持ちかけてきたその企画以外に、現状ではめぼしいものはなく、どうやらその企画が通りそうな雲行きらしい。

「どう思う?」

「ええ、まあ……」

答えようがなかった。というか、自分は答える立場にない気がした。

「それじゃあ、なにも変わらないだろ。どうなのよ、新書が売れてるからといって、サイズを変えてコンピュータの入門書を出したとこで、うちのような小さな版元が勝負できると思うか?」

田辺は太い鼻筋の立派な鼻をつまらなそうに鳴らした。たぶん鼾《いびき》もでかいだろう。

「それから企画会議のあとで、君の話題が出たんだ」

静かな口調だった。

――来たな。

と身構えた。

問題は、あの企画書にあったらしい。コンピュータ書の専門出版社でありながら、私が提出したのは、サッカー書籍の企画書だった。オジーズのコーチたちから聞いた現場の疑問や悩みをヒントにして思いついた企画だ。長年コンピュータ書を手掛けてきた元編集者が、そういう畑ちがいの企画を提出してきた。その意図が理解しがたいらしい。というよりも、元上司の相場編集長は大変ご立腹という話だった。

「岡村君はさ、今の自分の立場を理解しているよな」

田辺は枝豆の莢に話しかけるように、そちらを見ていた。

私はモツ煮込みのコンニャクに向かってうなずいたが、正直どう答えていいかわからなかった。

自分の立場という表現は、ずいぶんと広い意味がある。私は望んだわけではなく、編集部から営業部へと異動になった。当初の説明では、営業に力を貸してほしい、という話だったが、その後、社長や編集長は私との接触を一切絶った。挨拶《あいさつ》をしても無視され、相場などは薄笑いを浮かべて通り過ぎるくらいだ。

営業部に移ったものの営業の力になるどころか、今はお荷物でしかない。そんな私は厄年で、妻と中学生と小学生の二人の子供がいる。大幅に価値が下落した中古マンションのローンも残っている。そして、草サッカーにはまっている。そういう立場のようだ。

「要するに、中途半端な気持ちでああいう企画を出したとすれば、会社としては許しがたい、という話だ。なかには編集部に対する冒瀆《ぼうとく》だ、と唱えている人間さえいる。今までうちがやってきた、あるいはこれからも続けていこうとしているジャンルを否定するものだとね」

「そんな……」

私はつぶやいた。

——完全な言いがかりだ。

自然と首が、がくりと折れた。あれは編集者への起死回生の書籍企画のつもりで書いた。いわばペンに魂を込めて書いたのだ。でも、それはかえって自分の首を絞める材料にされてしまったようだ。本当に作ってみたい本などというのは、所詮《しょせん》は独りよがりにすぎない、ということか。

悲しかった。痛恨のトラップミス、いや、オウンゴール——自殺点といえるかもしれない。

「まだ、編集者に未練があるのか？」

田辺の質問に、私は答えられなかった。「ない」と答えれば嘘になる。でも「ある」と答えれば、返ってくる言葉は予想がついた。いや、答えなくても言われてしまった。

「営業に身が入らないようなら、岡村君はうちではなく、別の出版社で本を作る道を探すべきじゃないか、という声も出た。君のキャリアなら、じゅうぶんよそで編集者としてやっていける。たとえば、——そうだな、スポーツの実用書の版元とかね」

この業界を生き抜いてきた面の皮の厚い田辺の言葉は、容赦なかった。皮肉に腹が立つよりも、全身の力が抜けていった。そうくるのか、と。

注文したつまみが運ばれてきた。この店の看板メニューらしい揚げたての串《くし》カツ。その皿を田辺のごっつい手が受け取った。

「もちろん、私はかつて君がうちで作ってきた書籍を知っている。売れたよな。でも、大切なのは、そういう過去の栄光ではないんだ。編集でいえば、今、なにを作れるか。営業であれば、今、どれだけ売れるかなんだ。うちの会社には、過去の栄光にしがみついている人間が多すぎる」

あんたはどうなんだ、そう言い返したかったが、別の言葉を選択した。「どうすれば、いいですかね?」祈るような気持ちで、生ビールの中ジョッキの取っ手を握りしめた。

田辺は答えずに、串カツを手に取り、カウンターのソースの壺《つぼ》にとっぷりと浸した。

「これは忠告として聞いてほしい。生き方には二通りしかない、と私は思う。自分のやりたいように生きるか、それとも自分を捨てるか。私もそうだが、多くの者は後者を選ぶようだがね。そのほうがリスクは少ない」

田辺の言っている意味がわからなかった。自分はやりたいように生きてきたつもりなどなかった。ただ、己を捨てて、さらに屈せよ、と求められているようにしか思えなかった。

「ただね、少々疑問がある。うちの編集部だけど、なんだか覇気がないな。あいつらは、本当に本を作りたい気持ちがあるのかね。最近の企画といったら、みんな外部の編集プロダクション頼みじゃないか。自分で汗をかいてひねり出した企画ではない。そう思わないか？」

田辺は串カツを頬張ると、皿に残ったもう一本の串カツを太い指で指した。「熱いうちに食え」という意味らしかった。立ちのぼる油の匂いのせいか胸が焼けた。

「編集部員にも、営業部員と同じように、出版点数というノルマがありますからね」

私は言ってみた。

「ふうん、おまえはこの期に及んでも、編集部の肩を持つ気なのか？」

「いえ、べつにそんな」

私は力なく首を振った。それから追従を示すかのように、田辺に倣って串カツをソースの壺に浸し口に運んだ。ソースと玉ねぎの甘い匂いが鼻腔《びこう》に広がり、少しだけむせた。肉は口のなかで見つけるのが難しいくらい、慎ましかった。

編集者が年間それなりの点数の書籍を作るには、外部のフリー編集者や編集プロダクションをうまく使う方法がとられる。いつも一対一でライターと本を作っていたのでは、どうしても時間や手間がかかってしまう。要はバランスなのだが、なかなかそこが難しい。編集が外部任せになると、出版社の編集者自身は単なる進行管理役に陥ることもある。そのうちに企画さえ外部任せになる。田辺の言いたいのは、そのことなのだろう。

「いや、やはりおまえは、編集の人間にすぎないんだ」

田辺はネクタイをゆるめながら断じた。

二人ともジョッキが空になった。普通、立ち呑《の》み屋というのは、ちょいと立ち寄り、一杯ひっかけて帰る、という店のはずだ。客の回転も速いから料金も安い。だが、田辺の話はそれだけでは終わらなかった。立ち呑み屋の流儀に、サイはこだわらないらしい。その後、ホッピーを三杯と焼酎《しょうちゅう》のお湯割りを飲んだ。

私の足には週末のサッカーの試合による筋肉痛がまだ残っていて、かなり立っているのが苦しい状態になってきた。何度も腰を回して、疲れをアピールしてみせたのだが、田辺はいっこうにへっちゃらの様子だ。足腰が強いのだろうか。正直座りたかった。こんなに長丁場になるなら、最初から立ち呑み屋などに来なければいいのに、そう思った。

「企画の件は、まったくの誤解ですよ」

焼酎のお湯割りに付き合いながら繰り返した。「自分が作ってみたい本の企画を書いたまでです」

「甘いな」と田辺は言った。「おまえに残された道は、ふたつしかないんじゃないか。ひとつはあの企画について謝罪して、いっぱしの営業として認められる方法。もうひとつは、あの企画がそんな冗談や中途半端なものではない、ということを証明する。もちろん、それですべてうまくいくとは限らないがね」

「それって……」

「おまえもガキじゃないんだから、わかるだろ。企画書には、説得力が必要なんだよ。これに賭《か》けてみようっていう、根拠ってやつがさ。なぜ、今、おまえがあの企画を書いたのか。読んだ者が感動するような企画書を書き上げてみろよ」

「はい」

しかたなくうなずいた。

「ただな、これだけは言っておくぞ。相場という編集長が上にいる以上、うちの会社でおまえの編集者への返り咲きはまずない。そう思ったほうがいい」

田辺の言葉は非情だったが、わかりやすかった。でも無視をされたり、曖昧《あいまい》な態度を繰り返されたりするよりマシだ。はっきり言ってくれたほうが、自分の身の振り方も決めやすい。

私は皿の上の食べさしの冷めた串カツを手に取り、ソースの壺に浸した。

田辺は私を見ると、頑丈そうな顎《あご》を黙って横に振った。そして柱の貼り紙を指差した。

　そこには、こう書いてあった。

　——ソースの二度浸け禁止。

　私はぼんやりと、その言葉を見つめた。

　まるで私の安易な編集者への復帰願望に対する警告のように読めた。二度目のチャンスはない。それはルール違反なのだと。

　自分の現在地を思い知らされた。自分は今の会社には、必要とされていない。

「学ぶことをやめたら、教えることをやめなければならない」

　だれかの声がした。

　顔を上げると、田辺がこちらを見ていた。いつの間にか煙草に火を点《つ》けている。

「えっ？」

「おまえの企画書に、あった言葉だよ」

　田辺はくすりと笑った。

「えっ……はい」

「あれは、だれの言葉だったかな？」

「ロジェ・ルメール。サッカーの元フランス代表監督です」

「いい言葉だ」

田辺はなんだか遠くを眺めるような目をして煙草を燻《くゆ》らせた。「学ぶことをやめたら、本を作ることもやめなければならないんじゃないのか？　もちろん、営業もそうだけどな」

「そうですね……」

私はつぶやいた。

酔っていた。足が痺《しび》れて、カウンターに半ばしがみつくようにしていた。食べ残しの煮込みの鉢には、蠟《ろう》を垂らしたように脂が浮いていた。

「営業部のなかには、やはり新しいテーマに着手するべきだ、という考えもある。あの企画は、そういう意味もあって、社長に見せたんだがね……」

田辺は疲れた表情をしていた。

キリンと陰口されているのっぽの社長はもともと編集畑の人間であり、出版営業に対する理解は薄いようだ。営業がいくら注文を取ったところで、書店の店頭で実際に売れなければ、本は返品されてしまう。それでも売り上げの責任を負うのは、このサイであるらしい。

「うちらのような小さい出版社には、小さい出版社にしかできない企画がある、と思うんだがな。いわゆるニッチというやつがさ。――さて、行くかな」

田辺は欠伸《あくび》を嚙《か》み殺した。

店を出るときに私は足がふらついた。酔ったせいなのか、ずっと立っていたせいなのか定かではなかった。飲み代の勘定は割り勘だと、はっきりと言われた。田辺はまるで礼儀正しい酔っ払いのように、しゃんと背筋を伸ばしていた。

「それから、もうひとつ訊《き》いていいかな？」

神田駅の改札口で別れる間際に田辺は言った。疲れた色をした瞼《まぶた》を擦《こす》りながら。

私が了解する前に、田辺は質問を投げかけてきた。

「君はどうして月曜日の朝になると、いつも足を引きずっているんだ？」

どきりとした。気づかれていたのだ。

どう答えるべきか迷ったが、めんどくさくなって白状した。「週末に、草サッカーをやってるんです。息子もサッカーをやっていたものですから」

そう答えた。

もうどうでもよかった。たとえそれが、さらに自分の立場を窮地に追い込む材料に使われようとも……。そうさ、私はサッカーをやっている。胸を張った。

「いけませんか？」

酔った勢いで口走った。

「そうか。そういうわけだったのか」

田辺部長はつぶらな瞳《ひとみ》でつぶやくと、草原に帰っていくサイのように大きな灰色の背中をこちらに向けて、人ごみのなかに消えていった。私は草原にひとり取り残された迷えるインパラの気分だった。

金曜日、都心から離れた書店まで足を運んだ。

関塚、斉藤君の二人の営業では回りきれないエリアを引き受けることになった。店まではどうしても遠くなり、たどり着くまでに時間がかかる。交通費も高くつくわけで、手ぶらでは帰れない、そういうプレッシャーを感じた。

立ち呑《の》み屋で田辺と交わした言葉が、いつまでも心の底に、焼酎のお湯割りに入れた梅干しの欠片《かけら》のように沈澱《ちんでん》していた。不意になにかの拍子に、マドラーでかき混ぜたように、その澱《おり》のように溜《た》まった言葉が湧き上がってくる。あんなこと言わなきゃよかった。そう悔やむ。ひとりで飲んでいる限りけっして起きない感情に、たじろいだ。

あの立ち呑み屋で、ひとりぼっちで酒を飲んでいた人たちを思い出した。彼らがひとりで飲むのは、ある種の自己防衛なのかもしれない。飲んで交わした言葉に傷つき、あるいは傷つけて、あとでうんざりすることのないように。あの人たちは、そういうことを踏まえて、あの場所でひとり酒を飲んでいる、といえないだろうか。かつての苦い経験を教訓として。

東西線の終点近くの駅前にある書店を営業したあとで、あたりを見回してから、実用書の棚の前に立った。以前、斉藤君に立ち読みを発見されたが、やつもまさか千葉にまで出没することはないだろう。もう一度周囲を確認してから棚を見つめた。

実用書のスポーツの棚には、サッカー書籍はそれほど並んでいなかった。棚であれば一段半を埋めている、といったところか。それでも私の探していた本はあった。タイトルはうろ覚えだったがまちがいない。ページをめくって確信した。ケイさんの車の後部座席の下に落ちていたA5判の本だ。そのジュニアサッカーの指導書をしばらく立ち読みしたあとで、レジへ運んだ。

ボツになり批判を受けている私のサッカー本の企画は、小学生の指導者向けのガイドブックだ。本気であの企画を通そうとするならば、たしかに田辺が言うように説得力に欠けていたと思う。そのためには、いろいろと情報を揃えなければならない。

帰りの電車でその本をむさぼるように読んだ。自分は指導者でもないのに、なぜか抜群に面白かった。私の企画と同じように、小学生向けのサッカーの練習方法を紹介した本なのだが、草サッカープレーヤーの自分にも生かせる部分が随所に出てくる。子供の頃に初めて読んだ、半分マンガの入った野球の入門書のように夢中になった。本に没頭しているあいだだけ、幸せな気分に浸れた。

帰宅してから、子供たちが寝静まった頃合いをみて、自分の部屋からリビングに移動した。今日こそは、会社での今の自分の立場を妻に説明しておこうと思った。妻は録《と》りためてある海外ドラマをひとりで観ていた。キッチンでウイスキーの水割りを作り、リビングと子供部屋とを繋《つな》ぐ廊下の境のドアをしっかり閉めた。

「どうしたの？」

気配を感じた妻が、テレビから視線を外してこちらを見た。

「ちょっと、話があるんだ」

いつも家族で食事をとるテーブルの椅子に座った。

子供たちには聞かれたくない話だと察知したらしく、妻はリモコンでテレビを消し、向かいの席に着いた。

「じつは、私も話があるのよ」

妻にそう切り返された。主婦というのは話題のストックに事欠くことはない。それを聞くのが夫の務めだと、なにかの雑誌で読んだ気がする。時計を見ると午後十一時を回っていた。

「走ってるみたいよ」

話す順番を決める前に、妻が話し始めた。

「だれが？」

「――陽平よ。毎日、放課後になると、学校のまわりを何周も何周も走ってるらしい」

「なんでまた？」

「知り合いのお母さんに聞いたんだけど、サッカー部にもどるためみたい」

「あいつ、本当にもどるつもりなんだ」

自分でも驚くくらい明るい声になった。

「どうだろう。うまくいけばいいけど……。監督になにを言われたか知らないけど、三年生にもなって、ひとりで学校のまわりをぐるぐる走ってるって、どうなの？」

妻の声には落胆が滲《にじ》んだ。

「でも、あいつが決めたことだからな」

「よくわかってなかったけど、陽平のやつ、監督とうまくいってなかったのかな」

「あまり憶測で言わないほうがいいよ。陽平がサッカーをやめたのは、なにかひとつの理由とかじゃない気がする。迷うもんだよ、まだ中学生なんだから」

負けずに私も憶測で言っていた。それに、自分だって、いまだに迷っている。

「なんだろうね、体力を回復させるためとか、監督は言ってるらしいけど、ひどすぎない？　なんだか、見てたら悲しくなった」

「見に行っちゃったんだ？」

「学校にじゃないよ。グラウンドの向かいにある高台の公園からね。ちょっとだけ」

「距離を置いたほうがいいって。見すぎたり、聞きすぎたりするのも考えものだよ。知らないでいたほうが、いいこともあるんじゃないか」

「なんだか、部員のなかには、『今さらもどって来やがって』なんて言ってる子もいるらしい」

たぶんそれもほかの部員の親からの情報なのだろう。親がそう思っているからにちがいない。思わず笑ってしまった。

「なにがおかしいの？」

「だって、そりゃあそうさ。陽平がもどったら、レギュラーの座を奪われるかもしれない。心配なやつにとっちゃ面白くない。当然の話だろ」

私は誇らしげに言った。先日のオジーズのフレンドリーマッチでの陽平の活躍ぶりを、もう一度話してやろうかとさえ思った。

「そっか」

妻は少しだけ納得したようだった。

陽平にしてみれば、サッカー部をそのままやめるほうが楽だったろう。やりたければ、高校のサッカー部から仕切り直す、という方法もある。むしろ今さらもどる、という選択のほうが難儀なはずだ。なにもこの期に及んで、と思わなくもないが、それは陽平自身が決めたことだ。陽平はミネさんの言った「今」という時間の意味に、気づいたのかもしれない。

「なんで陽平だけ、そんな目に遭わなきゃならないわけ。学校に文句を言ってやるか」

妻は恐ろしいことを口走った。でも、本気ではないだろう。

うまくいくかはわからない。けれど陽平は敢えて茨《いばら》の道に踏みだしたのだ。回り道でも、その道を行くのだとしたら、それはそれで見守るしかない。

「じゃあ先に寝るわ。明日からまた陽平のやつ、朝練も出るらしいから」

妻は洗面所へ向かった。

――そうか、陽平のやつ、走っているのか……。

結局、その夜も会社での自分の微妙な立場を妻に伝えることはできずに終わった。

翌日の土曜日、桜ヶ丘小学校に出かけた。桜ヶ丘FCのコーチであるケイさんにいくつか訊《き》いてみたいことがあった。あの少年サッカーの指導書についてだ。

「めぐせぇなぁ」

ケイさんはなぜだか照れくさそうだった。練習が終わったあとで、グラウンドのベンチに座って付き合ってもらった。私はケイさんの車のなかで見つけた本と同じものを手にしていた。

「サッカーの指導者向けの本はさ、わかりやすいのが、あんまねぇんだよね。それで、これはおれの虎の巻なわけ」

「そうだったんですか」

「おれらみたいなお父さんコーチはさ、サッカーの指導経験なんてないでしょ。なかには、サッカーやったことさえねぇ人だって、いるんでね。だから、少しでも勉強しようと思ってさ」

「でもこの本、かなり前に出版されたものですよね」

「そうなんだ。そいでもこの本がいちばんいいって、みんな言うよね」

「それは、どうしてですかね？」

「そう訊かれでも困るんだけど、やっぱりほかにねぇがらでねぇが。なかなか小学生の、とりわけ低学年の指導法まで書いてあるもんはね。それに専門書になると、とっつきにくくて、難しいし、値段も張るべさ」

「じゃあ、ケイさんはどうやって、この本の存在を知ったわけですか？」

「それがさ、内緒だけど、じつは長老が持ってだのさ」

いつの間にかケイさんまで、蓮見さんを長老と呼ぶようになっていた。

「長老が？」

「そう。おれも偶然、長老のバッグさ入ってるのば、見かけてね。なんだよ、蓮見さんでも、こういうの読むんだって思って、表紙ば覚えでおいで買った。したら、けっこうこの本ば、皆知ってるのさ」

「なるほど」

「そうか、岡村さん、本屋さんだったよね」

「本屋ではないです。本を作っている出版社に勤めてます」

「それだば、新しい本、出してよ。もっといろんなトレーニングとか、ほがのチームが、どった練習してるのが、知りてぇもん」

引き続きコーチや保護者が、子供たちのサッカーの情報をどのように得ているのか、訊いてみた。ケイさんは自分の経験を交えて教えてくれた。それはとても興味深い内容だった。あっという間に昼を過ぎて、腹の虫が鳴いた。

「でも、やっぱりさ、コーチのながでいちばん勉強してるのは、真田さんだど思うよ。あの人に訊げばいい」

ケイさんはそう言うと、自分のサッカーバッグのなかをゴソゴソやり始めた。

「はい、これあげる」

ケイさんが差し出したのは、「桜ヶ丘FCだより」と書かれたクラブの広報紙だった。

「いいんですか？」

「いいよ、いいよ、だっておれが作ってるんだもん」

B4サイズの「桜ヶ丘FCだより」は、子供が学校からもらってくるプリントに近く、素人の手によるものとひと目でわかった。連絡事項や各学年別の試合結果などが、ぶっきらぼうに箇条書きで載っている。

「センスねぇべ。どうもさ、読むところも少なくて、面白みに欠けるよね。こないだだっきゃ、自分でイラスト描いだらさ、思いっきり墓穴ば掘った」

ケイさんは自嘲《じちょう》気味に笑っている。

「これなら、僕も協力できるかも」

「えっ、ほんとに？　そうだよね、岡村さん、本屋さんなんだもん、絶対できるよ。なんていうんだっけ、本とか作る人のごと？」

「編集者？」

「そうそう。そうなんでしょ、それはいいわ」

どうやらケイさんは、本当に困っているらしい。

「僕でよければ、お手伝いしますよ」

「ああ、それはありがたい。なにが駄目って、これだけは苦手。誤字だらけとか、うっせえごと言われるべ。へば、さっそくだけどさ、次号から頼みますよ。毎月頭に出すごとになってるがら」

ケイさんはまくしたてた。

妙なきっかけで、私は「桜ヶ丘FCだより」の編集を手伝うことになった。昔の自分ならきっと手伝ったりしなかったはずだ。会社では編集者ではなくなったけれど、自分のスキルが少しでも役立てば、そう思って引き受けることにした。

翌日の日曜日、ひとりで遅い朝食を食べていた。妻は娘の栞を連れて出かけるという。玄関で見送りをしてからなにげなく陽平の部屋をのぞくと、相変わらずのちらかし放題で、すでに姿はなかった。

インスタントコーヒーを飲んだあと、トイレに入り、朝刊を開く。今日は午後から天気が崩れてくるらしい。いつもは飛ばす求人欄のページが、なぜか目を引いた。「編集者募集」の文字に自然と反応する。大学の出版部の求人広告らしい。職種は、書籍編集者。資格を見て顔をそむけた。三十二歳くらいまで、とあった。

見るんじゃなかった、と後悔する。紙面に溢《あふ》れるリストラとか失業とか、自分とは関係ないと思っていた見出しが、ここのところやけに身近に思えるのは気のせいだろうか。

気を取り直して、来週のオジーズの試合に備えて走りに行くことにした。せめて肉体だけでも鍛えておこうと切り替えた。Tシャツにジャージの上下を着ていったん家を出るが、マンションの中庭で空を見上げると、どんよりとした空模様だった。雨雲が低く垂れこめている。引き返して、ジャージの上着を先週スポーツショップで買った、撥水性《はっすい》の高いウインドブレーカーに着替えた。

中庭で軽く準備体操をしてから、マンションの裏門を出た。いつもの川沿いのジョギングロードではなく、住宅地の狭間《はざま》に残る水田に通じる道を行くことにした。

しばらく、うねうねと曲がるゆるやかな坂道を下っていくと、すり鉢状の地形の底に水田が姿を現した。車がようやく一台通れるくらいの道路端に、葛《くず》の葉が生い茂り、その葉の一枚に背中に赤いワンポイントの入った緑色のカメムシが乗っていた。道路沿いの草叢《くさむら》には、駄目になった野菜や粗大ゴミがところどころ不法投棄されている。緑は多いのだが、なんともやるせない景色が続く。春に植えられた青い稲は、思春期を迎えた中学生といった感じに育ち、湿った空気の肌ざわりに入梅の予感がする。

鼻の頭にぽつり、ときた。

やがて細かい雨が降りだした。下唇に当たる雨滴を何度か舌で舐《な》めてみる。スピードは抑えて、同じ歩幅をアスファルトに刻んでいく。走り始めた頃に比べれば、ずいぶんとからだは軽く感じられた。

最初から行き先は決めていた。薄汚れたジョギングシューズは、先日、妻が話をしてくれた高台の公園に向かっていた。小高い山の斜面に枕木を埋め込んで作られた階段を上っていく。妻もこの坂道を上ったのだろうか。幾重にも重なった木々の葉叢が曇った空を蔽《おお》い、あたりは薄暗かった。雨のせいだろうか、腐葉土の匂いが立ち込めていた。

ようやく頂上の小さな芝生の広場のある児童公園にたどり着くと、視界が開けた。幹線道路を挟んですぐ正面に桜ヶ丘中の土のグラウンドが見えた。高く張られたグリーンのネット越しに見えるグラウンドでは、サッカー部と野球部が練習をしていた。こちらから見えるということは、向こうからも見えるはず。なるべく目立たないように、木陰から目を凝らした。しかし、陽平の姿は見つけられなかった。ひょっとしたら、もうあきらめたのだろうか。

しばらくそこに立ちすくんでいたら、雨を吸って黒くなった幹線道路の歩道を、青い練習着の中学生が走ってきた。なで肩の背中には見覚えのある背番号7。まちがいなく陽平だった。

休みの日まで、ひとりで走っているとは思わなかった。陽平は9番ではなく、以前つけていた背番号の練習着で走っていた。こうなったのは自分の蒔《ま》いた種なのだろうが、愚直にそれと向き合っていた。

馬鹿だよな、と思いながらも、霧雨のなかを進む青い背中を眺め続けた。

不意にその背中に向かって、「がんばれよ!」と叫びたくなった。

しかし首を振り、空を見上げた。火照った感情を、顔に降りかかる雨で冷ました。

もう少し自分も走ることにしよう。そういえば雨のなかを走るなんて、何年ぶりだろう。来た道を引き返し、田んぼまでもどったら、アマガエルが一斉に鳴きだしていた。


「ほかに何か連絡事項はあるか？」

月曜日の朝の定例会議の終わりに、いつもの台詞《せりふ》を田辺が口にした。

三人の営業担当者は黙り込み、斉藤君が席を立とうと早くも腰を浮かせかけた。

「ちょっと、いいですかね」

「なんだ？」

田辺の大きな顔のつぶらな瞳《ひとみ》が私をとらえた。

「先日提出した、書籍企画なんですけど、もう一度練り直そうかと考えています」

私が魔法の言葉でも唱えたように皆、動きを止めた。

「それで？」

田辺が短い静寂を破った。

「企画書を再提出したいんですが？」

「いいか、企画なんてものはな、いつでも出せばいいんだ。編集部だろうが営業部だろうが関係ない。うちは出版社なんだからな。本来、出せと言われて出すようなものじゃない。それくらい、わかってるだろ」

「はい」

「それ、なんだ？」

田辺は私が手にしていた本を目ざとく見つけた。

「私の企画する本の類書なんです」

田辺は手に取って、目を細めた。おそらく老眼が進んでいるのだろう。

「関塚、一緒にこの類書とやらの売れ行き調査をしてやれ」

田辺はそう言って立ち上がった。

本を受け取った関塚は、パラパラとページをめくった。彼はどこか冷めている三十前の独身男だ。物静かであまり営業向きではないように思えるのだが、部長の信任は厚いようだ。斉藤君はいったん浮かせた腰を下ろして、一緒に本をのぞき込んだ。

「斉藤、おまえはいいから、早いとこ外回りに行ってこい」

田辺の声がした。

斉藤君は恨めしそうな顔をして自分の席にもどり、しばらくして営業に出かけていった。

それから昼までの時間、私は関塚とその本について話し合った。

関塚はまず本の巻末にある奥付を開いた。奥付というのは、著者、発行者、発行所、印刷所、出版年月日などが記載された部分だ。

「書名は『少年サッカー練習メニューガイド』。出版社は実用書の老舗《しにせ》で通っている山田出版ですね」

確認するように関塚は声に出した。「一九九八年が初版、けっこう古い本ですね」

「そうなんだ」

「十二刷か……」

関塚はそこに着目した。十二刷といえば、十二回印刷されたという意味だ。最近では、最初に印刷しただけで売れずに売り場から消えていく本も少なくない。そういう意味では、この本の実力の一端を示しているといえた。

「この手の本で、ほかに類書はないんですか？」

「あることはあるんだけど、たぶんこの本がいちばんよくできていると思う」

「それは編集的に、という意味ですか？」

「まあ、そうだね」

「営業的にはどうなのかな？　まあ、そのために売れ行き調査をするわけですけどね。まずうちが契約している書店チェーン数社のデータを調べてみましょう。それでだいたいの売れ行きは、わかるはずです」

「そうだな」

会議スペースのテーブルから、いつもはだれも座っていないパソコンの前に関塚は席を移した。出版社向けに開発されたデータ管理システムが入っているパソコンだ。たとえばうちの本の単品の在庫や売れ行き状況、契約書店の売れ行きデータなどを引き出すことができる。私は座った関塚の肩越しに、画面を眺めた。

「へえ、岡村さんが見つけてきたこの本、なかなかやりますね」

関塚は慣れた手つきでマウスを操りながら、画面をチェックしていく。

「えっ、そうか？」

「うん、驚きました。けっこう前の本なのに、まだじゅうぶんに生きてる。まちがいなくロングセラーですね。こういう本って、出版社にとっては財産といえますよね」

関塚の声は少し興奮していた。

編集者としての私の勘は、まだ錆《さ》びていなかった。

「サッカーの指導書のなかでは、群を抜いてます」

関塚は抽出したデータをプリントアウトしてくれた。

午後一時を回った頃、関塚と一緒に昼食をとりに出た。魚料理のうまい和食の店に入り、私は銀ムツの西京焼き定食を、関塚は刺身定食を注文した。

「あの本、たしかに売れてますね。でも単なる二番煎《にばんせん》じじゃ、面白くないですよね」

店のテーブルに着いてからも、関塚は本の売れ行き調査の話を続けた。興味を示していることがうれしかった。

「もちろんそうだよ。うちがやるとすれば、あの本を超えるものを作りたい。それには読者の求めているものを知る必要があると思う」

「そうですね」

「本当のところ、どう思う？」

関塚はコップの水を口に含んでから言葉を選ぶように話した。「うちは、コンピュータ書の出版社じゃないですか。PCの世界は日進月歩だから、コンピュータ書は生鮮食料品みたいなもの、いわゆる生モノと一緒で、賞味期限は本としては短い。どうしても売れる期間が短くなりがちです。扱うものが生モノばかりじゃ、バランスが悪い。編集も本を作り続けるしかない。営業も次から次へと新しい本の注文を取らなければならない。だから、ロングで売れる書籍が欲しいんですよ。刷りを重ねられるような、財産になる本です」

関塚は分厚く切られたカツオの刺身を箸《はし》で挟んで揺らした。

「まあ、そうだな」

「ただ、僕ら営業はコンピュータ書の棚しか営業していないわけです。その問題はあると思います。ジャンルの異なる棚への営業の手間が増える。でも、そんなこと言っていたら、始まらない。そういうふうにも思います。岡村さんの企画には、最初は驚かされましたけど、やるだけの価値はありそうな気がしてきました」

関塚は鼻に落ちかけた銀縁メガネを人差し指で持ち上げた。

私は刺身定食ではなかったが、なぜかワサビがきいたように鼻の奥がツンとした。

「類書の報告書は、僕のほうでまとめておきます」

関塚はそう言ってくれた。

「ありがとうな」

「企画を実現させるには、あとはさらに詰めた企画書ですね」

関塚は照れくさそうに笑ってみせた。


次の日、関塚は類書調査の報告書を約束通りまとめてきてくれた。その報告書は、部長と私に手渡された。その日、外回りから帰ると残業をして、日報を書き、類書調査の報告書を読んだ。関塚というのは、なかなか数字に強い営業マンのようだ。報告書には書店での具体的な売れ行きの数字や予測値が並んでいた。彼はあまり社内では目立たず、七年目でまだ主任なのだが、人は見かけによらないものだ。報告書は最後に、「営業の見地に立ってもリスペクトできる書籍である」と結ばれていた。

うれしかった。ただ、それはケイさんが持っていた山田出版の本を評価しているにすぎなかった。

私は一服するために、編集部を抜けて非常階段の踊り場に出た。そこに灰皿が用意され、喫煙所代わりになっている。何年か前に社内は全面的に禁煙となっていた。

だれもいないと思って煙草に火を点《つ》けたら、階段の下のほうで声がした。声色からしてどうやら編集長の相場らしい。顔は合わせたくなかったが、せっかく火を点けた煙草をもみ消して退散するのも癪《しゃく》なので、月明かりの下で煙草を吸い続けた。聞くつもりはなかったけれど、相場はだれかとケータイで話をしているようだった。いい年をしているくせに、甘ったるい声を出していた。女とでも話しているのだろうか。しばらくして話が途絶え、階段を上ってくる足音が聞こえた。

相場は踊り場の私に気づくと驚いた顔を見せたが、なにも言わなかった。完全に私を無視して、そのまま通り過ぎて社内へもどって行った。まるで透明人間になったような気分だった。柑橘《かんきつ》系のオーデコロンの匂いが漂った。

ただトンビのやつもどこか疲れた顔をしていた。無理もない。いくら私を厄介者扱いしたところで、最近売れる本が出ていない編集部の責任は免れない。その責任は本来相場にあるのだ。階段の手すりに寄りかかって、高層ビルの明滅する灯りを眺めた。

煙草を二本吸い終えて席にもどると、ケータイにメールが届いた。真田からだった。

〈桜ヶ丘オジーズ各位
真田です。

次の日曜日、リーグ戦・第四節が行なわれます。対戦相手は四《よ》つ葉《ば》クローバーズ。

場所は陽光台《ようこうだい》スポーツ広場。出欠の連絡をください。車出し可能な方募集。桜ヶ丘小九時集合、乗り合いでお願いします。
　これまでの戦績。二勝一分け。首位の美浜《みはま》レッズと得失点差で二位につけています。〉
　すぐに真田にメールを返した。試合参加の表明。それから相談したい件がある旨を伝えた。メールには〈飲みに行きませんか？〉と書いた。ひとつはケイさんと話した桜ヶ丘FCの広報紙「桜ヶ丘FCだより」への協力について。もうひとつは自分が企画したサッカー書籍に対するアドバイスが欲しかった。
　しばらくしてメールの着信があった。真田からと思ったら、めずらしくミネさんからのメールだった。真田のメールに対して、送り先の全員に返信したものだった。
〈桜ヶ丘オジーズ各位
　今シーズンで引退を表明している選手がいます。一緒にプレーできるのは、残り数ゲーム。ぜひ、一緒に同じピッチに立とうぜ！
　PS　おれじゃないよ
　峰岸〉
　ミネさんはなんだかんだ言って、皆に気を遣っている。そういえば、太腿《ふともも》の肉離れは治ったのだろうか。引退を表明している選手とは、長老の蓮見さんのことだ。あるいは、真田も含まれているのだろうか。

続いてメールが来た。今度は真田からだった。

〈了解です。日曜日の試合のあと、地元でいかがですか？　勝てば祝勝会になるかもしれないですね。ケイさんから聞きましたが、クラブの広報紙を手伝ってくれるとか。感謝です。それとサッカーの本を作るとか。その話かな？　それではグラウンドで会いましょう。〉

真田はお見通しのようだった。急ぎ返信のメールを書き込んだ。

「お先に失礼します」

送信ボタンを押したとき、声をかけられた。

ケータイから顔を上げると、斉藤君がいつの間にか帰り支度を済ませ、バッグを持って立っていた。

「あっ、もう帰るの？」

すでにパート事務員の水沼さんは定時に退社し、部長と関塚もいなかった。

「岡村さん、なんだか楽しそうですね」

なぜか寂しそうな表情で斉藤君が言った。

「えっ、どこが？　いったい僕のどこが楽しいんだよ」

力なく笑ってみせた。

「だって今もケータイを見ながら、にやにやしてたじゃないですか？」

「えっ？」

　ケータイと斉藤君を交互に見た。

「類書調査のほう、どうですか？　売れてるらしいですね、あの本」

「関塚から聞いた？」

「いえ、僕の担当している書店の人に直接訊《き》いてみたんです。あの本、大抵の店の実用書の棚に入ってますね。一冊棚差しなんですけど、よく回転してるって」

「そうか、調べてくれたんだ」

「ええ、まあ少しですけど」

「サンキュー」

「じゃあ、これで」

「あっ、ちょっと待って」

　背中を向けた斉藤君を呼び止めた。前から気になっていたことが、ひとつあった。それを訊いておきたかった。

「なにか？」

「斉藤君さ、月曜日の朝、よく足を引きずってるよね？」

「えっ、それって、岡村さんもですよね？」

「ああ、そうだね」

「あれはですね――」

斉藤君は口元をゆるめて言った。「フットサルですよ」

「そうか、フットサルか。斉藤君、もしかしてサッカーとか好きなの？」

期待を込めて訊いてみた。

「冗談でしょ。僕は小学生の頃からバスケットボールですから。フットサルは誘われて、しかたなくいつも参加してるんですよ」

「友達に？」

「いえ、関塚さんです」

「えっ、関塚ってうちの？」

「そうですよ。あの人、うまくないですけど、なんか本格的にハマっちゃってますね。それに――」

斉藤君は面白くもなさそうに続けた。「サッカーといえば、田辺部長でしょ」

意外な言葉だった。

帰ろうとする斉藤君を会議スペースの椅子に座らせ、給湯室にある社員用冷蔵庫から缶ビールを数本ゲットしてきた。おそらく社長か田辺の買い置きにちがいない。

「まあ、飲めよ」

斉藤君にビールをすすめた。遠慮なく自分もプルトップを開けた。

――知らなかった。

私は何年もこの会社で働いてきたが、周囲の人間にあまり関心を持たずに生きてきたせいだろうか。編集部の人間についても、ある程度のプライベートまで耳にしていたが、営業部の人間については、ほとんどなにも知らなかった。

斉藤君の話によれば、田辺は中学、高校とサッカー部に所属していたらしい。人は見かけによらないものだ。特定のJリーグクラブのサポーターではないが、日本代表にはかなり入れ込んでいるという。だから日本代表の大事な試合がある日には、夕方になると姿をくらましてしまう、と斉藤君は呆《あき》れていた。

「でもそういえば、あまり部長も関塚さんも、会社ではサッカーの話をしませんね。どうしてだろ。駄目ですよ、本が売れてないからって、暗い話ばっかりしてちゃ」

斉藤君は呑気《のんき》にそんなことを言ったが、うなずけないこともなかった。その後、斉藤君とはすっかり打ち解けてしまった。

「じゃあ今度、岡村さんもフットサルに来てくださいよ。みんな大したことないですから」

斉藤君は冷蔵庫から追加の缶ビールを持ってきて、赤ら顔で言った。

会社で酒を飲んだのはひさしぶりだ。本が売れているときは、仕事をサボって酒を飲んだ時代もあった。あの頃は相場ともうまくやっていた気がする。斉藤君と夜の十一時過ぎまで話し込んでしまった。


家に帰ると、眠たげな目をして妻がまだ起きていた。

妻の話によれば、陽平はその後も毎日学校のまわりを走っているらしい。部活動の時間の許す限り走り続ける。それが監督の課したサッカー部にもどるための暗黙の条件のようだ。そうでもしなければ部員に示しがつかない、と考えたのだろうか。どれだけ走ればいいのかは、本人も知らされていない。夕飯のときに妻が訊くと、平然と話していたそうだ。

「しかたないだろ」

陽平は言って、ご飯を三杯おかわりした。最近はよく食べるようになった。

妻は今日も高台の公園へ散歩に出かけたそうだ。公園から眺めていると、陽平の走る姿を見つけた。でも今日の陽平はひとりぼっちではなかった。陽平のまわりには、キャプテンの五十嵐をはじめ、同じ三年生のサッカー部員たちの姿があった。彼らは夕暮れの道を長い影を曳《ひ》きながら、黙々と走り続けていた。

「青春だよね、ちょっと泣けたよ」

めずらしく缶チューハイを飲んでいる妻が教えてくれた。

どうやらそのことを言いたくて、私の帰りを待っていてくれたようだ。

Sete　第七章　退場

リーグ戦・第四節、四つ葉クローバーズ戦でのことだ。

後半の開始から左のミッドフィルダーで出場した私は、これまで経験した試合のなかでいちばんボールに絡むことができた。長老の教えを守り、走り込んできた賜物だろうか。動くのが苦にならず、息も切れなかった。先日、風呂《ふろ》に入る前に体重計に乗ってみると、サッカーを始める前と比べて五キロ落ちていた。

対戦した四つ葉クローバーズは、第三節まで三連敗中の最下位チーム。私が対峙《たいじ》した敵の右サイドの選手は、さほど手強《てごわ》さを感じさせなかった。サッカー経験者のようだったが、走りに力がない。ボールを持った相手への寄せも緩慢だ。敵のチームは全体的に選手の年齢が高いように見受けられた。「お互い無理はやめておきましょうよ」という感じで、試合は和やかな雰囲気で経過していった。

スコアは前半を終わって1対0。桜ヶ丘オジーズがリードしていた。決めたのは真田の右足。蓮見さんからのスルーパスに反応して、二列目からタイミングよく抜けだした。敵のセンターバックをシザースと呼ばれるボールをまたぐフェイントでかわすと、きっちりゴール左隅にシュートを決めた。試合開始早々の得点だった。

ただ、この日は若手のハツや木暮さんが参加しておらず、追加点がなかなか奪えなかった。試合前、ミネさんは十二人しか集まらないメンバーに舌打ちをしていた。

後半十分過ぎ、長老から左サイドに開いた私にパスが来た。

「フリー！」

ケイさんの声に背中を押された。

右足のインサイドでボールを受け、ルックアップ。前にはスペースがあった。馴染《なじ》んできた三九八〇円の黒のスパイクの先でボールをつつく。白髪まじりの髪を七三に分けたディフェンダーがマークにくる。

——この人なら、抜けるかも。

そう思った私は、ボールを右足のスパイクのアウトサイドで押しだした。プロのサッカーの試合を観ていると、一対一の攻防で「なんで勝負しないんだ！」と叫ぶ自分が、いざそういう立場に立つと、いつも逃げていた。私が相手を抜こう、と決めたのは、たぶんこのときが初めてだ。

前半から出場していた髪が七三分けのディフェンダーは、すでに顎《あご》が上がっていた。なかに入っていくとみせかけて、外に持ちだすと、あっけなくかわすことができた。これが、ドリブルというものか、と胸が躍った。

再びフリーとなった私は、ドリブルのスピードを上げた。風を切り、前に進み、顔を上げる。左サイドからグラウンドのなかを見ると、敵のグリーンのユニフォームの選手のあいだに、白地に黒の縦縞《たてじま》の味方選手が走り込んでくる。そんなふうにゴール前の状況をピッチの上で冷静に見られたのは、初めてのことだ。パッと視界が開けたような感じがした。チームメイトが皆、左サイドの自分に注目しているのがわかった。サッカーでは、ボールを持った者が、主役なのだ。

一気に主役の座に躍りでた私は、突破した左サイドでボールを右足に持ち替えた。

「放り込め！」

ミネさんの濁声《だみごえ》が聞こえたような気がした。

思いきりよく左足をボールの横に踏み込み、すばやくセンタリングを上げるつもりだった。が、ボールを蹴《け》る体勢に入る途中で、からだのバランスが崩れた。左の足首がぐりんと内側に曲がると、あっけなく転んでしまった。まるで車を運転していて、不意に縁石に乗り上げてしまったような感じだ。目の前に芝生の地面があり、少し先をボールが転がっていく。芝生の葉先が、頬にチクチクした。

すぐに立ち上がろうとしたが、駄目だった。せっかくドリブルで運んだボールは、敵のセンターバックにさらわれた。瞼《まぶた》から伝った汗が、やけに眼に沁《し》みた。

——やっちゃった。

踝《くるぶし》のあたりにズーンという鈍い痛みが走った。

外回りの営業マンとしては、負ってはならない怪我のはずだった。

「ひねったみたいだけど、だいじょうぶ？」

敵のチームの七三分けのディフェンダーが、右手を差し出してくれた。さっきドリブルで抜いた人だ。額に汗を滲《にじ》ませ笑っていた。

「ありがとうございます」

と言って、私はその手につかまりなんとか立ち上がった。

ファウルを受けたわけではなく、だれが悪いわけでもなかった。自損事故というやつだ。ひとりで勝手にひっくり返ってしまったのだ。

奪われたボールは、グリーンのユニフォームの選手たちによって、小気味よくパスで繋《つな》がれていった。「ボールは疲れない」というサッカーの名言は、年配者のサッカーではまさに至言となる。私のセンタリングに合わせようと、攻め込んでいた仲間たちは、もどりきれなかったようだ。

「あっ、入っちゃった」

近くに立っていた七三分けの選手の声がした。

桜ヶ丘オジーズは逆襲を受けて、あっけなくゴールを決められてしまった。どうみても、私のミスからのカウンターによる失点だった。

ひとり敵陣深くに取り残された私は、審判に了解を得て、右足のケンケンでいったんピッチの外に出た。左の足首がジンジンと痛んだ。

「どうだ、駄目かい？」

ケイさんが声をかけてくれた。

私はベンチに向かって両手で×のサインを送った。そんなところだけはいっちょまえにJリーグの試合から学んでいた。後半十三分、私は負傷退場の憂き目に遭った。

代わりに前半出場していた山崎さんが再び試合に出てくれ、ベンチにもどった私はひとりになった。スパイクとストッキングを慎重に脱ぐと、踝のあたりが腫《は》れてきた。なにか冷やすものはないかとチームの救急箱を漁ったが、応急処置用のコールドスプレーは空っぽで、袋の口が開いたままの干からびた湿布薬くらいしかなかった。しかたなく、タオルに冷えたスポーツ飲料水を染み込ませて踝に当てた。

試合は結局そのまま引き分けに終わった。相手チームは勝負を度外視してサッカーを楽しむ、というスタイルのようだった。けっして味方同士で罵《ののし》ったり、厳しい要求をしたりしない。それは見ようによっては和やかだが、人によってはぬるいと感じるかもしれない。相手チームは、今シーズン初めて取った勝ち点1を大いに喜んでいる様子だ。サッカーは年齢とともに、楽しみ方も変わるのかもしれない。

逆にそういう最下位チーム相手に勝ち点1に終わったせいか、真田は納得のいかない表情をしていた。最近の真田は、やけに勝敗にこだわるようになった気もするが、気のせいだろうか。

家に帰ってから、陽平が以前世話になったという接骨院にすぐに向かった。娘は心配そうにしていたが、妻は呆《あき》れ顔だった。診断の結果、骨に異状はなく、軽度の捻挫《ねんざ》とのことだった。ひとまず安心した。怪我をした状況について先生に訊《き》かれたとき、走っていてひねったと答えるにとどめた。サッカーをしていたとは、なんだか言いづらかった。捻挫はクセになるから、しっかり治しなさいと言われた。

真田のケータイに連絡を入れ、予定通りその夜は一緒に飲むことにした。場所は地元の居酒屋「安」。私と真田は二人でカウンターに並び、今日の試合を振り返った。

「惜しかったですけどね、怪我をしたシーンは」

真田はそう言ってくれた。

「右足に持ち替えたまでは、よかったんだよなー」

私も自画自賛する。

「陽平は左利きだけど、お父さんは右利きだもんね」

「そうなんですよ」

「もう左サイドじゃなくて、いいですかね」

「いいですかねって、真田さんが決めたんじゃないですか。息子と同じポジションをやらせて、困らせようと思って」

「そうじゃない」

「でも同じポジションをやらせて、どんなに辛《つら》いか思い知らせるためでしょ」

「それはちがう。陽平と同じポジションに立ってほしかったんです」

真田の言っていることは、よくわからなかった。

「そういえば、陽平のやつ、サッカー部に復帰しました」

「らしいですね」

真田は知っていたようだ。

「その後、陽平がサッカー部をやめた本当の理由は、はっきりしたんですか？」

「いえ」

私は首を振った。「でも、それはもういいんです」

「サッカー部に復帰したから？」

「そうじゃなくて、息子は息子、自分は自分、なんとなくそう思えるようになったからかもしれません」

「子離れしたって、こと？」

「まあ、そんなところですかね」

私は笑ってみせた。

そのあとで、「桜ヶ丘FCだより」の件を話した。

「いいんですかね、僕なんかが手伝っても」

「ありがたいですよ。ボランティアでやっていただけるなら、大歓迎です」

「それはもちろん」

「ケイさんが、会長のミネさんにも話していたからだいじょうぶ。広報関係の予算もありますから、一緒に面白いのを作ってください。個人的には、こんなサッカークラブなんだ、という色が出せるといいと思います」

「今は一枚のペラじゃないですか、ページを増やせますかね？」

「問題ないでしょ。一枚じゃ、できることも限られているし」

「カラーページなんていうのは、どうですか？」

「うん、それも面白いですね。刷る枚数は百セット程度ですから、二人で相談して、会長に了解を得れば可能です。さすがに、やるとなると本気モードだ」

「役に立てればうれしいです」

私は左足の痛みも忘れて生ビールをおかわりした。捻挫にはアルコールはよくないのだろうが、気にしなかった。

「そうそう、それからサッカー本の話があったでしょ」

真田は店に来たときに提げていた紙袋の口をカウンターの下で広げた。

「それは？」

「僕の持っているサッカーの指導書です。参考になればと思いまして」

「それはありがたい」

「いろいろありますよ。古いものもあるし、大きいサイズの本や、翻訳モノもある。それからビデオもいちおう持ってきました」

「えっ、ビデオ？」

「エッチなビデオじゃないですよ」

真田の柄にもないジョークに私は笑った。

「ほら、これ、洋ものです。サッカー先進国のトレーニングは、参考になりますからね」

「すごいコレクションだ」

「やっぱり勉強はしないとね。ジュニアのサッカークラブは最近たくさんできています。子供の奪い合いになっている、といっても過言ではない。そういう意味では、桜ヶ丘FCも生き残りがかかっています。そのための方策はいろいろ考えられるけど、いちばんには、子供に対するコーチングの質が問われると思う。それにはまず、コーチが勉強しようと」

「ボランティアの身で、大変ですよね」

「まあ、そうですけどね。でもコーチになったら、お金をもらっているとか、もらってないとか、関係ないですよ。コーチとして、子供を預かっているのは同じですから」

「僕が作りたいのは、プロのコーチに向けた本ではないです。たとえば、読者はこれからコーチになる人や、ボランティアコーチをやっているけど、もっと勉強したい人。あるいは自分の子供と練習したい親とかね。情報を必要としている人です。その点については、どう思われますか？」

「あまりコーチの役割がマニュアル化されるのは、よくないだろうけど」と前置きをして、真田は話を聞かせてくれた。

「子供たちの練習をみていると、どうしてもうまくいかない場面が出てきます。原因はいろいろです。参加している子供の技術レベルより高いものをコーチが求めてしまっている場合や、子供の気持ちが乗ってないとき、同じ練習で飽きている、なんてこともある。そういう場合でも、コーチがトレーニング・メニューの〝引き出し〟をたくさん持っていれば、状況を変えることができる。練習メニューは、それこそ数え切れないほどあるんだろうけど、なかなか知る機会はないですよね」

私はうなずいた。

「やはり練習メニューですか」

それから真田は持ってきた一冊の本を取り上げて、あるページを開いた。それはサッカーで相手を抜く際に使うフェイントを紹介したページだった。フェイントを使って相手を抜き去るやり方が、十二枚の連続写真で解説されている。

「岡村さんはこれを見て、このフェイントのやり方がわかりますか？」

私は本を受け取って、順番に写真を見比べていった。カウンターの下で自分の足を動かしてみたものの、途中で混乱した。

「わかりにくいですね」

「僕にはわかります。なぜなら、このフェイントを知っているから。でも知らない人間からすれば、やっぱりこの見せ方では親切じゃない」

「かもしれませんね」

「練習メニューというのも、イラストや写真だけではわかりにくい。見せ方というのは、大事じゃないかな。最近はフェイントなどの個人技術のＤＶＤの付いた本はたくさん出ている。でも練習メニューのＤＶＤとなると、やっぱり指導者向けになるせいか、ほとんど見かけないですよね。あっても高額だったりする」

真田の話は興味深かった。想定読者からどんな本を読みたいかを直接聞ける機会は、ありそうであまりない。その後もサッカーの指導現場で求められている情報について、聞かせてもらった。

「でも、さすがですね、趣味を実際の本作りに生かそうなんて」

「いえ」

と私は言った。「じつはね、今は編集者じゃないんですよ。外回りの営業に回されたんです」

「そうなんですか、コンバートというわけだ」

「というか、リストラ要員みたいなものです」

虚《むな》しく笑った。

その夜も、最後まで真田は自分について語ろうとはしなかった。真田の去就について問い質《ただ》したい気持ちもあったが、やめておいた。明日は月曜日なので、早めに切り上げることにした。

家に帰ってから、借りた本にひと通り目を通し、ビデオを少し観た。とくに興味深かったのは、海外のビデオだ。映像は素人が撮影したような作品もあったが、たしかにわかりやすかった。トレーニングの内容は、英語音痴の私でも映像を観るだけで理解できた。やはり映像の力を感じた。自分の書籍企画書のなかで、うまくいけばいろいろなものが繋《つな》がっていく気がした。

月曜日の朝、いつもより少し早く家を出た。左足首の腫《は》れはだいぶ引いたが、まだかなり痛む。靴紐《くつひも》を最大限ゆるめて、足首をサポーターで固め、左足を革靴にねじ込んだ。本当はサンダル履きが楽なのだが、そういうわけにもいかないだろう。左足はつま先に重心をかけ、そろりそろりと歩いた。

出勤すると、怪我はすぐに見破られてしまった。

「サッカーでやったのか？」と田辺に言われた。

素直に認めるしかなかった。

「ったくよ」

舌打ちされたものの、しつこく責められたりはしなかった。

近くで聞いていた斉藤君がにやついていた。

会議の終わりに、大幅に書き直した書籍の企画書を再提出した。その場で田辺は斉藤君にコピーを取らせ、企画書を配った。

「あっ、もう一部コピーしてくれ」

追加で取ったコピーは、営業事務のパートである水沼さんに手渡された。

不思議に思っていると、田辺が言った。「水沼さんのところはね、息子さんが少年サッカークラブに入ってるんだ」

「へえ、そうなんですか」

「ええ、まだ三年生ですけどね」

水沼さんは照れくさそうに笑ってみせた。

「読んだら感想聞かせて。企画書は要返却ね。企画内容は、社外秘だから」

田辺がクギを刺した。

サッカーに関わっている人がけっこう身近にいたんだなと思った。

十時半を過ぎた頃、関塚と斉藤君が書店回りに出かけた。昼前に田辺部長も姿を消した。

十二時を回り、そろそろ昼食にでも行こうかと思った頃、水沼さんがパソコンを操作しながら話しかけてきた。

「うちの息子、こないだ、初めてスパイクを買いに行ったんですよ」

「へえ、そうなんですか。お子さん、喜んだでしょ」

「でもね、困ってしまいました。どれがいいのか、さっぱりわからなくて」

水沼さんは首をかしげて微笑んだ。

「スパイクか、――たしかに初めてだと、迷いますよね」

自分の経験からしても、そう思った。

「そうなんですよ。主人は野球の人だったんで、サッカーのことはさっぱりわからなくて。些細《ささい》なことだけど、けっこうそういうので悩んでる親御さんも、多いみたいですよ」

「なるほど」と私はうなずいた。

「わかってる人は専門用語を使っているけど、わからない人にはまるでなんのことやらって感じなんですよね」

そんな他愛《たわい》もない会話だったが、考えさせられた。選手や指導者向けの本はあっても、保護者に向けた本は少ないのかもしれない。

水沼さんは持参のお弁当を食べ始めた。

私は受話器を取って内線番号を押した。

「はい、もしもし」

同じフロアのパーティションで仕切ったすぐ向こう側で眠たそうな声がした。

「あっ、保坂《ほさか》君ですか？」

「ええ、そうですけど」

「私、営業の岡村です」

「あっ、はい」

「ちょっと教えていただきたい件があるので、昼飯でもどうですかね？」

「あっ、僕でいいんですか。今、出社したばかりですけど、腹は減ってるんでかまわないですよ」

私は、この春、編集部に中途入社した保坂を食事に誘った。昨日、真田から借りた資料のなかのビデオを観るまでは、保坂というまだ一度もまともに話したこともない編集者と、昼飯をともにしようなどとは思いもしなかった。保坂はいくつかの編集プロダクションを経て、うちに来た。私が編集部を出るとすぐに、入れ替わるように入った人材だ。食事の誘いにすんなり顔を出したのも、私を先輩と思う意識が少しは働いたのかもしれない。

会社の近くにある「光楽飯店」で食事をした。保坂が注文した中華丼は私が御馳走《ごちそう》し、そのあとコーヒーに誘った。

喫茶店に会社の人間がいないことを確認してから、観葉植物の奥のテーブルに着いた。三十前の保坂は、すでにメタボの健診でいえば、「積極的支援」の段階にあるように肥えていたが、案外気持ちのいいオタクで、うちの会社は秋葉原に近いから選んだと話した。

「それでさ、保坂君はAVに強いって聞いたんだけどさ」

私が言うと、「岡村さん、AVって言っても、アダルトビデオじゃないですよ」と保坂はだらしなく口元をゆるめた。

くだらない冗談に調子を合わせ、場を和ませたあとで本題に入ることにした。

「たとえばさ、保坂君はDVDの編集とかって詳しいの?」

「だれから聞いたんですか?」

「なにが?」

「僕、前のプロダクションで、じつは美少女アイドルの撮影とかもやってたんです」

「なんだよ、アダルトビデオに近いものがあるじゃない。へえ、そうなんだ」

「まあ、だからＤＶＤの編集は、もちろん経験あります」

保坂は鳩のように胸を張った。

「撮影とかってさ、安くできないかな？」

「ひょっとしてアイドル物ですか？」

「いや、そうじゃないけど」

「知り合いのカメラマンならいいのがいますよ」

「やっぱり」

「それに業者も紹介できます」

「安い？」

保坂は二重顎《あご》でうなずき、右手でＯＫサインを作ってみせた。

ＤＶＤの撮影から編集、オーサリング、プレスまでの工程などについて保坂から教えてもらった。今度の書籍にＤＶＤを付録として付けられれば、と目論《もくろ》んでいた。そうすれば山田出版の本とは、大きな差別化がはかれるはずだ。

「ＤＶＤの企画でしたら、ぜひ、僕にも協力させてください」

保坂はそう言ってくれた。

結局、捻挫《ねんざ》で一週間外回りを休んでしまった。でもその間を有効に使うことができた。私の書籍企画について営業部内で話し合いが何度か持たれた。田辺部長、関塚、斉藤君、私、そしてパートの水沼さんも参加して会議は進められた。

「編集部から出てるシリーズ企画よりか、こっちのほうがいいっすよ」

斉藤君は右手に持ったシャープペンをくるりくるりと回してみせた。

「隙間としては、面白いと思いますね」

関塚はうなずいた。

「四十過ぎたおやじが、なんで今さらサッカーに夢中になっているのか知らねぇけど、今度の企画には、現場感がある。なにか賭《か》けられそうな気がするな」

田辺はちらりと私を見た。

営業部としては、新たに私が企画した「ジュニアサッカー・コーチングガイドシリーズ」を支持する、という趨勢《すうせい》になった。決め手となったのは、もちろん付録のDVDだ。これまでイラストや写真で解説していた部分を、映像で観せるアイディアが受け入れられた。

関塚が取次会社へ行って、DVD付きの書籍の取引条件などを調査してくれた。コンピュータ書にはCD‐ROM付きの書籍が多く、その点は問題なさそうだった。問題はこの本をだれが編集するのか、という点だった。企画書は再度社長に提出される運びとなった。

捻挫はかなりよくなっていた。完治するまでは、激しいスポーツは医者から禁止されていたので、今週末のリーグ戦・第五節は休むことにした。

ただ、「桜ヶ丘ＦＣだより」の打ち合わせを急ぎする必要があった。担当する内容を決めなければならない。そこで土曜日の低学年の練習後に、ケイさんとグラウンドで会う約束をした。

今回は発行までの時間があまりなかったが、それでもインパクトのある紙面改訂を目指したかった。学年別の試合結果や連絡事項をケイさんにまとめてもらい、夏場の給水の大切さを訴える記事とコーチの紹介欄、それにコーチが主体のチームである桜ヶ丘オジーズの活動報告を、私が担当することになった。

「なんが、わりぃね。でも助かるよ」

ケイさんはタオルで汗を拭《ふ》きながら言った。

「じゃあ、紙面の変更点の了解をミネさんにお願いしますね」

「だいじょうぶ、まかせとけ」

「配布は、七月の中旬過ぎでいいですね？」

「オッケーだよ」

ケイさんはベンチで背伸びをした。

別れ際にここだけの話だけどと前置きをして、ケイさんが教えてくれた。真田は、やはり桜ヶ丘オジーズを今季で去るらしい。いつもは口をとがらせる癖のあるケイさんが、そのときだけ唇を強く結んだ。

「あの人、いい人なんだけどさ、どっかとらえどころがなくてさ。なんていうの、やっぱ、どっかサッカー馬鹿っていう感じもするのよ。ほら、馬鹿っていうのは、悪い意味じゃねぇのよ、どうにもハマっちまって、まわりが見えないって感じかな。家族とかもほったらかしで、夢中になっちゃうみたいな」

午前中の練習が終わって人のいなくなったグラウンドを眺めながら話を聞いた。

「じゃあ、家族とうまくいってないとか？」

「真田さんは、自分の子がクラブに入っているわけでねぇ。そういう意味では、本当のボランティアコーチだよね。なんがさ、娘さんが東京の中学校へ通ってるらしいけど、どうやら別居してるみたいだな、家族と」

「それが、やめる理由ですか？」

「わがんねぇけど」

ケイさんはサッカーバッグのベルトを肩にかけた。

「すいませんでした、昼時に。明日の試合、がんばってください」

「ああ、そっか、まだ出られねぇもんね。へば、岡村さんもお大事にね」

ケイさんが手を挙げた。

ひとりベンチに残ってグラウンドを眺めていた。風に煽《あお》られた砂が、子供に磨き上げられた泥団子のような乾いた地表を滑っていった。鼻先を蜜蜂《みつばち》がぶうんと翅音《はおと》を鳴らして掠《かす》めていく。子供たちがいない六月のグラウンドは、やけに静かだった。

真田は、このグラウンドで大切な何かを見失ってしまったのだろうか。あんなにサッカーが好きな人間がチームをやめて、サッカーから離れていってしまう。なにかやりきれない思いがした。

だれかが忘れていったサッカーボールが、白いゴールポストの脇に転がっていた。それはずいぶんと使い込まれたボールだった。ベンチを立って手にすると、空気が抜けている。もしかすると忘れものではなくて、捨て置かれたのかもしれない。

「サッカー馬鹿か」

そう、つぶやいてみた。

翌日の夕方、真田からのメールが着信した。

思わずガッツポーズをとった。参加できなかったリーグ戦・第五節は、逆転で我らオジーズが勝利したとのこと。これで通算成績は三勝二分け。依然二位につけている。

Oito　第八章　最後の夏

七月第一週の金曜日、編集部と営業部での合同会議が開かれた。場所は会社でいちばん広い会議室。壁際の書棚には、自社のこれまでの出版物がずらりと並んでいる。合同会議といっても零細出版社の営業部は四人、編集部は社長を含め五人の計九人が参加したにすぎない。

私はこの会議にある覚悟を持って臨んだ。大袈裟《おおげさ》にいえば、戦い抜くのか、敗走するのか。元編集者である四十一歳の営業マンとしての決断だった。議題のひとつに、自分が企画した「ジュニアサッカー・コーチングガイドシリーズ」が挙がっていた。

「今日、集まってもらったのは、今後の社運を賭ける、といってもいい書籍シリーズの企画について話し合うためだ。知っての通り出版業界はまことに厳しい局面にあり、我が社も例外ではない。各自の意見を聞きたいと思う。ただ、決裁については責任をもって私が下す」

社長が長い首を左右に振って社員を睥睨《へいげい》した。

「それではまず、営業部から出た企画について話を進めたい。営業部としてはこの企画を推す、ということで、いいんだな」

いつもそうするように社長が議長役を務めた。

「そうですね、市場調査も終わってます」

田辺が答えた。

「シリーズになっちゃったんだ」

おどけるように言ったのは、編集部の松浦だ。私が編集部を抜けたあと、副編集長という肩書きを得た、と最近になって知った。禿《は》げ上がった額に手を当て、いかにも編集者が掛けそうな丸メガネの奥の目をしばたたかせた。ネイビーの半袖《はんそで》のポロシャツから出ている腕が、私と比べ、明らかに白かった。

大きな襟の付いた白地にグレーのストライプのシャツに、麻のジャケットできめた相場編集長は黙ったままだった。すでに読んだからか、企画書には目もくれない。

比較的若い二人の編集者は、うつむいたまま企画書に視線を置いていた。このあいだ昼飯を一緒に食べたオタクの保坂は、まるで死んだふりでもしているみたいに動かなかった。企画会議のこの沈黙の間が、昔から苦手だった。沈黙を破るのは、いつも決まっていた。

「どう思うかね、編集長は？」と社長が言った。

振られた相場は不敵な笑みを浮かべた。

「企画書はさすがによく書けてる、と思いますよ。それは認める。ただね、この企画はサッカーに関する専門書ですよね。だれが編集するのか、という問題にまずぶちあたる。編集者が門外漢となる企画は、リスクが大きすぎると感じます」

相場は右手で左腕の肘《ひじ》を支えるようにして話した。

「たしかに、ジャンルが異なるね」

社長がつぶやいた。

「それにDVDが付録と簡単に書いてあるけど、どこの編プロに頼むつもり？」

私を見ないで相場は言った。

「いえ、内部での編集を前提にしています」

紺のスーツにネクタイを締めた私が答える。相手の出方を見据えて、私はドリブルを開始した。サッカーでいえば、ボールを持ってつっかけていった、と表現できるかもしれない。

「自前でやるって、だれが撮影のディレクションやら、編集をするのよ。ビデオ撮影のスタッフだけじゃなく、手本を見せる選手、指導を受ける子供、それにグラウンドの手配だって必要だぞ。どれだけお金がかかるか。この企画はそういう意味では、まさに絵にかいた餅《もち》じゃないか」

相場の瞼《まぶた》の下がひきつった。

「できそうにない、という意味ですか？」

「編集長。ですが、できそうもないものを実現するからこそ、売れるんじゃないですか？」

そう言ってやった。相手の嫌がるプレーというやつだ。

「なんだと？」

相場の声に不快感が滲《にじ》んだ。狭い会議室に緊張が走った。

「今までになかったものを作るから、書店員や読者も興味を持つのだと思います。それに我が社には、コンピュータ書制作のノウハウがあります。それを生かせば、ほかのジャンルの書籍であっても、低コストで実現できるはずです」

相手の挑発には乗らずに、冷静に私は一対一に臨んだ。

「君は以前もそうやって編集の出版方針について文句を言ったけど、どういうつもり？　うちにはうちのやるべきジャンルってものがあるんだ。とにかく編集部では、この企画は受けられないよ。やらない」

相場はめずらしく興奮していた。

「田辺君は、どうなの？」

社長が穏やかな口調で尋ねた。

「まずうちの現状からいうと、なにかを変えなければいけない、ということだけはた

「そういうこと」

しかです。そういう状況にきている、と営業部では認識しています。今期の新刊で増刷を見込める本は今のところありません。先月は書籍の納品数より返品数が勝っている。これ以上同じ経過を繰り返すわけにはいかない。もちろん売り上げだけでなく、各セクションでコストの見直しや無駄の削減に取り組んでいるはずです。しかし、このままじゃうまくない。大袈裟に言えば、座して死を待つより、打って出るしかない、そういう状況まできているということです」

「それはここ最近の書籍の企画に力がない、ということ？　それとも営業に問題があるのかな？」

田辺はテーブルの上で両手を組んでから口を開いた。「両方ではないですか。ただ、今まではそれで食っていけた時代だったのかもしれません。もうそれじゃ、駄目なんです」。言ったあとで首を振り、苦渋の表情を浮かべた。

「企画の話にもどそう。岡村君の企画について、なにか意見は？」

社長はうつむいた社員たちに視線を送った。

「なんでまた、サッカーなんですかね？」

にやついた顔で松浦が口を開いた。

「それはですね……」

私が口ごもると、関塚が挙手をして話し始めた。

「日本のサッカーの競技人口について、営業部で調査しました。年々増加しておりまして、現在では推定七百万人を超えております。本企画の対象となるジュニア世代の選手数は、選手登録者だけで五十万人を超えています」

「へえ、そんなに」

思わせぶりに斉藤君がつぶやく。

「パソコンのユーザーだって飛躍的に伸びているじゃないか。それに競技人口が多いといえば、野球だってそうだろ」

相場が口を挟んだ。

「企画の類書調査も行ないました。類書の筆頭に挙げました山田出版の『少年サッカー練習メニューガイド』は版を重ねておりまして、現在もロングセラーとして売れ続けています。ちなみにこの本には、DVDは付属されておりません」

「うん、売れてますよ」

斉藤君が合いの手を入れる。

「また、興味深い話なんですけど、サッカーをやっている高校生以上の学生のなかでは、将来プロのサッカー選手になりたい、という者よりも、指導者を目指したい、という者のほうが多いという調査もあります。これはもちろん現実的な選択、といえるのかもしれませんが。――そうですよね、岡村さん？」

そうなんだ、と思いながら、あたかも知っていたかのように、大きくうなずいてみせた。関塚のサッカーでいう二列目からの飛び出しに感謝した。

「それと、なぜ、サッカーなのかといえば」

私はタイミングを見計らって口を開いた。

左サイドでクロスを上げる直前のように、全員が私に注目した。

咳払《せきばら》いのフェイントをひとつ入れて続ける。「それは、私が……サッカーを好きだからです」

会議室は沈黙した。思いがけないプレーに静まり返った。

独りよがりのヒールパスに落胆を表すように、相場が肩を揺すり、息を短く吐いた。その眼は、馬脚を露《あら》わした者を見る色をしていた。

「おいおい、好きだから本を作りたいなんて、今さら青臭いこと言うなよ。冗談じゃない」

相場は周囲に同意を求めるように、両手を広げた。不当なレフェリーの判定に抗議するように。

「営業に異動になって、外回りをしてみてわかりました」

私は相場の言葉を無視して続けた。「書店で本の注文を取るのは、たやすいことではありません。出版不況と言われてひさしいですが、それでも本の出版点数はさほど減っていない。そんななかで読者が手に取ってくれる本を作るのは、至難の業と感じました。だからこそ、原点にもどろう、そう思いました。本当に作りたいものを作る。売りたいものを売る。それがいちばん情熱を注げると気づいたんです。作るにしろ、売るにしろ」

「なにを言ってるんだよ、たかだか子供のサッカーだろ。どうかしてるな」

吐き捨てるように相場が遮って立ち上がった。いつも編集部でそうしているように、テーブルのまわりを歩きながら、私の企画に対する独自の批判を展開し始めた。さすがに社長の後ろは回らなかったが、それでもトンビが空を旋回するようにぐるぐると歩き回った。企画の立案者を「サッカーにうつつを抜かす輩《やから》」と言わんばかりだ。

ようやく相場が席にもどり、長い沈黙が会議室を支配した。

言いたいことは言ってしまった私は、会議室に掛けられたカレンダーを眺めていた。七月、八月の暦のページには、エメラルド色の海の前にたたずむ少年の写真が大きくはめ込まれている。おそらくは南の島の浜辺なのだろう。会議中だというのに、陽平の夏の総体がいよいよ始まる、とわくわくした。昨日、対戦相手が決まったと妻が教えてくれた。初戦の相手は、去年準々決勝で敗れた黒川中。昨年の準優勝校。厳しい戦いが予想された。

陽平は学校のまわりを走ることからようやく解放され、練習試合でも少しは出番をもらっているらしい。ポジションは左サイドハーフ。自分のこだわっていた場所に、ようやく帰ることができた。

「わかりました」

沈黙を破ったのは、田辺だった。「編集部で受けられないというのであれば、営業部の企画は取り下げます」

全員が田辺のほうに首を振った。

なにか言いたげに、斉藤君が背筋を伸ばした。

「それが賢明でしょうな」

会議室の旋回をやめた相場の口元がゆるんだ。

私はうつむかなかった。

すると田辺の低く威嚇するような声が、会議室に轟いた。

「この本は、営業部で作らせてください」

あっけにとられた相場の顔を私は見た。たぶん私の顔も同じような表情ではなかったかと思う。少しの間を置いて、だれかの笑い声が大きく響いた。声に出して笑ったのは社長だった。

「面白いじゃないか、それなら営業部に一冊作ってもらいますか、ねえ、編集長」

「社長……、無茶ですよ」

相場が乗りだすように抗議の態度をとった。

「まあ、意見も出尽くしたようだし、この企画については、今日はここまでにしておこう」

社長が言った。「ただし、営業部のサッカー書籍の検討を続けるためには、具体的な書籍の原価の割り出しが必要だ。ＤＶＤを付録にするというが、コストが高すぎるようじゃ、実現は難しい。妥当な初版部数で出版できるのか、その根拠を示してもらう必要がある」

「できそうか？」

田辺が顔を動かさずに私を見た。

「やってみます」

私はうなずいた。

「それから、相場君」

社長は静かに語りかけるように言った。「好き、というのは、案外大切なことじゃないかな。私がコンピュータ書を作りたい、と思ったのも、やはりコンピュータが好きだったからだよ」

相場はなにも言えなかった。

「あのう……」

保坂がのっそりと顔を上げると言った。「DVDに関しては、僕が」

「いいから、君は黙ってなさい！」

相場が唾《つば》を飛ばして遮った。

私は田辺部長を見た。グレーのスーツに身を包んだまま平然と両腕を組んでいた。絶体絶命のゴール前のピンチを田辺のクリアが救ってくれたような気がした。私の無謀なドリブル突破による敵のカウンターの最大のピンチを……。

その後、編集部の松浦により、新書判のコンピュータ入門書シリーズの企画説明があった。私はカレンダーの少年のように呆然《ぼうぜん》と会議室の壁を眺めていた。発言者の言葉は、まるで潮騒《しおさい》のように透明な音となって、私の耳を通り過ぎていった。

その後、社長は編集長と営業部長だけ残るように告げ、会議は閉幕した。会議室から出るとき、斉藤君がこっそりVサインを送ってきた。


七月中旬、桜ヶ丘中サッカー部の総体の初戦は、ホームグラウンドで組まれた。午前九時キックオフと陽平から聞いたので、試合開始の二十分前に着くように、妻と一緒に自転車で出かけた。グラウンドでは、サッカー部の出もどり息子の親ゆえに、応援に集まったチームメイトの保護者の一団からは、少し離れた場所で観戦することにした。

「桜ヶ丘中のスタメンは、全員三年生らしい」

妻はそう言っていたが、試合前に組まれた先発メンバーの円陣のなかに、陽平の姿はなかった。ユニフォームとは色ちがいのオレンジ色のビブスを着て、ベンチに座っていた。この大会で監督に与えられた陽平の背番号は15だった。

まだ梅雨明け前だったが、青い空はすでに夏の雲を宿し、ゴール裏の木立では蟬が激しく鳴いている。朝のテレビのニュースでは、今日明日にも、関東地方は梅雨明け宣言が出される見込みだと伝えていた。午前中から気温は高くなりそうだ。

私はひさしぶりにグラウンドでカメラを手にしていた。古い一眼レフには、陽平が小学生の頃に中古で購入した500ミリの望遠レンズが装着されている。試合に息子が出ない場合、文字通り無用の長物でしかなかった。

グラウンドの上空をヘリコプターが通過した直後に、黒服の主審のホイッスルが鳴り、前半の三十分が始まった。その笛に合わせて、デジタル腕時計のストップウォッチのスタートボタンを押した。

対戦相手の黒川中は、聞きしに勝る強豪だった。去年の雪辱を誓って臨んだ桜ヶ丘中だったが、前半の五分過ぎにコーナーキックからあっさり先制されると、前半終了間際にも、ディフェンダーの連係ミスから追加点を決められる厳しい展開となった。

選手同士で声をかけ合っているものの、なす術《すべ》のない時間帯が続いた。

どうしても親としては、息子の出番を期待してしまう。いつの間にか、味方左サイドのミッドフィルダーの選手と陽平を比べていたりする。その選手は陽平が背負っていた背番号7を付けていた。なぜ監督は陽平を出さないのか、と苛立《いらだ》つ気持ちを抑えながら前半終了の笛を聞いた。木陰に入っていたが、それでも暑い。でも、もっと暑くてもかまわないから、近くで試合を観たいと思った。

ハーフタイム、陽平はチームメイトに濡《ぬ》れタオルを渡す役を買って出ていた。先発した選手の肩を叩《たた》くその顔には、笑みがあった。一度はチームを離れ、再び舞いもどった選手。そんな陽平にチャンスは与えられないのだろうか。陽平がアップをする気配はなかった。後半も引き続きベンチのようだ。

「選手交代は、何人までかな？」

妻が隣でつぶやいた。

「公式大会だから、いつもと同じだろ」

「じゃあ、三人ってことね」

私は両腕を組んでベンチを見つめた。チームに三年生は十五人。その三年生は全員ベンチに入っていた。交代枠をすべて三年生に使ったとしても、少なくとも三年生のなかで、ひとりは試合に出られない計算になる。このまま試合に負けてしまえば、陽平の中学サッカーは今度こそ本当に終わりを迎え、スパイクを脱ぐことになる。

再びベンチ前で円陣が組まれ、後半戦が始まった。太陽は中天に駆け昇り、日差しがますます強くなった。この炎天下でボールを追うことがどういう行為なのか、サッカーを始めた今の自分には、少しはわかるような気がした。だから軽々しく、彼らのプレーを批判する気にはなれなかった。

後半開始から、桜ヶ丘中はフォワードのひとりをまず交代した。

「二年生の林《はやし》君。次期キャプテン候補らしい」

「そうなんだ」

答えたものの、正直どうでもよかった。

これで選手交代のカードは残り二枚。いきなり二年生をピッチに送り込んだということは、三年生も二年生も分け隔てなく試合に出す、というメッセージとも受け取れる。戦況を見つめながら、陽平の出るチャンスについて考えた。陽平は二年生のときでさえ、三年生に交じってこの大会に出場していた。実力でいえばまちがいなくレギュラー候補といえた。チームに陽平の力は必要なはずだ。

試合に出られない理由は、チームを一度離れたからだろうか。でも、それは学校のまわりを走ることで償ったのではなかったか。世の中には理不尽なことはいくらでも転がっている。そんなことは知っている。でも、なにもそれを中学生の陽平が、今、ここで学ぶ必要があるのだろうか。あるいはグラウンドに一歩入れば、そこは実力の世界ではないのか、などと勝手な理屈をいくつも持ちだしては、ため息を漏らした。それこそチームのだれかが怪我でもすれば息子が出られる、そんな不埒《ふらち》な考えさえ抱いてしまう自分がいた。

後半十分、監督が動いた。桜ヶ丘中は選手交代の二枚目のカードを切った。が、陽平ではなかった。三年間真面目に部活に参加した山本《やまもと》君だと、妻が解説してくれた。そういえば小学生時代もよくベンチを温めていた子だった。ずいぶんと背が高くなっていた。

でも、ここは山本君じゃなくて、陽平だろう、と声に出したくなった。

「あとひとり、交代できるんでしょ？」

妻が声を落とした。

「できるよ。でも、交代枠の最後の一枚は、不測の事態に備えて取っておくもんだよ」

「不測の事態って？」

「たとえば、ゴールキーパーが怪我をするとか」

「そんなこと言ったって」

妻は身を硬くして、ベンチの陽平を見つめた。

腕時計を見る。残り時間が刻一刻と短くなっていく。

後半二十分、ピンチの連続を凌《しの》いだ桜ヶ丘中に遂《つい》にチャンスが訪れた。ペナルティーエリアでパスを受けた二年生の林君が倒されたのだ。相手の不用意なファウルで、桜ヶ丘中にPKが与えられた。

「決めてくれ、決めてくれ」と私は念じた。そのPKをキャプテンの五十嵐君が冷静にゴール右隅に流し込み、ホームグラウンドが歓声にわいた。これで試合はわからなくなった。あと一点。もう一点入れれば、同点となり、試合は振り出しにもどる。

ベンチに座っていた三人の選手がアップを開始した。そのなかに陽平の姿もあった。あきらめかけていた試合に、突然希望の光が差し、声援も大きくなった。そうであれば、一刻も早く最後の切り札を切るべきではないのか。

時計を見る。残り八分しかなかった。

私の瞳《ひとみ》には、ピッチのなかで戦う少年たちの姿があった。強烈な日差しの下で、彼らは懸命にボールを追っていた。走り、蹴り、跳び、叫び……。相手のゴールに、より多くのボールを運び入れたほうが勝ち、という単純なゲームに没頭していた。タッチラインの向こうから、彼らの息遣いが聞こえてきそうだ。

――ああ、いいな、
と思った。こんなふうに、自分も中学生時代を過ごしたかった。あの頃にしかできなかったことを、もっとしておけばよかった。後悔とまではいわないが、うらやましくなった。がんばれよ、がんばれよ、と声には出さずに応援していた。

残り、七分、

……六分、

そして、……五分。

腕時計を小刻みに見たが、もう期待はしなかった。ただ彼らの戦いに見入っていた。陽平の仲間を応援しよう、そう気持ちを切り替えた。

不意に脇腹を肘《ひじ》で小突かれた。

「痛てっ」

と言って隣を見る。妻が顎《あご》をしゃくった。

ベンチ前に視線を移すと、ビブスを脱いだ陽平が、ユニフォームをパンツのなかに入れながら監督の指示を受けていた。出るのだろうか。

ボールがタッチラインを割ったとき、副審がフラッグを両手で水平に掲げる選手交代の合図を出した。陽平がタッチラインに立った。

「陽平君、頼むよ！」

チームメイトの保護者から声がかかった。

私はその女性の前へ行き、両手で握手を求めたいくらいだった。

腕時計を見る。残りは三分。背番号7の左サイドハーフの選手との交代だった。退場する選手と片手を合わせ、陽平は反対サイドへと急いだ。

「がんばって、陽平」

妻が、私にだけ聞こえる声で叫んだ。

主審のホイッスルでスローインから試合が再開された。だが、なかなか味方ボールにならない。

再び腕時計を見る。液晶画面に00：28の文字が浮かぶ。残り時間は二分。ロスタイムは、どのくらいあるのだろうか……。

青のユニフォーム、桜ヶ丘中がボールを奪う。両チームとも足が止まってきていた。左腕にオレンジ色のキャプテンマークを巻いた五十嵐君が、左サイドにボールを展開した。

その瞬間、私はピッチに立っていた。まるでカメラが切り替わるように、ピッチの風景が脳裏に映しだされた。乾いたグラウンドの照り返す日差しの熱に、むせかえるような緊張が走った。

左足でボールを受けると、すばやく前に仕掛けた。その最初の一歩目で、敵のミッドフィルダーを置き去りにして、サイドを駆け上がった。タッチライン沿いに、細く道が続いている。首を振ると、息を吹き返したチームメイトがゴールに向かって走り込んでくる。その期待を裏切ることなく、切れのよいサイドステップで、さらにディフェンダーを抜き去る。左サイドを深くえぐったその場所から、左足でクロスを上げた。

ゴール前、敵の黒と黄色の縦縞《たてじま》のタイガーカラーのユニフォームと、味方の青のユニフォームが交錯する。海面を割る魚たちのように、陽平のボールに合わせて、選手たちが跳んだ。

「うっ！」

思わず、たるんだ腹に力が込もる。

だが、ボールは無情にも敵に跳ね返された。

「左を使え！」

キャプテンの五十嵐君が叫んだ。

——そうだ、そうしろ！

心のなかで私も叫んだ。

交代したばかりの陽平の動きだけが、ほかの選手とは異質に見えた。強く可能性を感じた。

ロスタイム、再びボールが陽平に渡る。

間合いを取った陽平は、からだを倒すようにして相手に向かっていった。引っかかるようなステップで相手を引き出し、強引に抜きにかかる。敵はすでにゴール前を固めていた。

主審が、腕時計を確認するのが見えた。

「早く早く、時間がない!」

両手の拳《こぶし》に力を込めた妻の声が、悲鳴になる。

一瞬の間合いで敵をかわし、深く軸足を踏み込んだ。陽平の左足から放たれたクロスが、ゴール前を鋭く巻いていく。ゴールキーパーが飛び出したが、ボールにさわれない。だれかのからだにボールが当たり、弾む。そして混戦のなか、五十嵐君が右足を振り抜くのが見えた。

砂埃《すなぼこり》が舞った。

グラウンドが一瞬静まり返る。

鋭いシュートは決まったかに見えた。が、ゴールポストの左に惜しくも外れた。

それが、最後のチャンスとなった。

主審が両手を挙げて、ホイッスルを三度長く鳴らした。試合終了の笛。

シュートを外した五十嵐君の顔がゆっくりと歪《ゆが》み、両手で顔をつかんだ。歓喜する黒と黄色の縦縞のユニフォームの傍らで、青色の選手たちが次々にグラウンドに崩れ落ちた。勝ったチームの親たちの歓声が、反対サイドで上がった。

——終わった。

グラウンドに倒れ込んだチームメイトの向こう、左サイドにぽつんと陽平の姿が見えた。腰に両手を当てて、その場所に立っていた。陽平は、泣いてはいなかった。たぶん、泣くわけにはいかなかったのだ。うなだれることなく、唇をすぼめるようにして、じっと動かなかった。その姿に、息子の成長を感じた。

おれは、まだできる、そう言いたげだった。

チームは初戦で敗れたけれど、最後まであきらめない姿勢には、月並みな言葉だけれど胸を打たれた。もう少し時間があれば、そんなふうにも思った。でも、陽平は与えられた時間を精一杯戦ってくれた。短い時間だったけれど、輝いていた。

左サイドを駆け抜け、ゴール前にクロスを上げた陽平。あのとき、私にも見えたような気がした。サイドを突破してクロスを上げる陽平の見ている風景が——。

このあいだの試合でよく似た場面があったせいかもしれない。でも、その左サイドからの景色は、私自身がピッチに立たなければ、きっと眺めることはなかったはずだ。

息子がなぜサッカー部をやめたのか知りたい、と言った私を、真田はサッカーに誘ってくれた。えぐるような腹の痛み、喉《のど》の渇き、とてつもなく重く感じる自分というからだ。最初はなんで四十過ぎになって、グラウンドでこんなに辛《つら》い思いをしなくちゃならないのか、と正直思った。でもこの年になって、息子と同じ場所に立てたことがうれしかった。それが真田の言っていた陽平と同じポジションに立つ、という意味だったような気がした。同じグラウンドの風景をピッチに立って眺めるということが。

きっとこのグラウンドのどこかにいる真田とは、会わずに帰ることにした。

結局、グラウンドでは、持参したカメラのシャッターを一度も切らずじまいだった。帰り道、児童公園の紫陽花《あじさい》が見事に咲いていた。今日の空を水で溶いたような青い花の玉をたくさんつけている。

「おい、ちょっと」

妻を呼び止め、紫陽花の前に立たせた。

望遠レンズなので、ずいぶん離れた場所に私は立ち、シャッターを切った。長押しして、連写してみる。妻だけを撮るなんて、何年ぶりのことだろう。妻がためらいを見せたのも無理はない。

「お父さんも撮ろうか?」と言われたが、遠慮しておいた。


「いいクロスだったな」

家に帰って来た陽平に、それだけ言った。

陽平は黙ったまま私をちらりと見た。その瞳《ひとみ》は、「それが、父さんにわかったかい?」と言っているような気がした。

「いいんじゃない」

ミネさんは夏休みに入った土曜日のグラウンドで、できあがった「桜ヶ丘FCだより」を手にしていた。練習の最中だったが、時間を割いてくれた。

「なんだか見ちがえるね。読みやすくなったし、内容もずいぶんと垢《あか》ぬけた感じ」

「んだべ？」

ケイさんは何度もうなずいていた。

「やっぱり、まだまだ、いろいろとやりようはあるんだよな」

「そうですね、何事もね」

うれしくなって私も相槌《あいづち》を打った。

紙面は手作り感を残しつつ、縦組みのフリーペーパー風に大幅にデザインを変えた。記事には見出しとリードをつけて、興味をひくコピーをなるべく使った。写真の点数も増やした。

改訂第一号の「桜ヶ丘FCだより」のコーチ紹介は、会長のミネさんにお願いした。顔写真入りのプロフィールには、出身地・生年月日・血液型・サッカー歴のほかに、ニックネームや趣味、影響されたサッカー選手、好きな女優なんていうのも載っている。コーチに親しみを覚えてもらうような内容にしたかった。ちなみにニックネーム「ミネさん」の趣味は、「サッカー」だった。

桜ヶ丘オジーズのコーナーもある。選手紹介とメンバーの募集告知、それに今シーズンの戦績と今後の試合スケジュールも載せておいた。チームの集合写真は、私がケータイで撮った画像を使った。白地に黒の縦縞のユニフォーム姿のオジーズのメンバーが、プロのサッカーチームよろしく二列に並び腕を組んでいる。みんなやけに真面目な顔をしているところが、笑える。

「ただね、一回きりじゃ困るよ。クラブの広報紙なんだから、このクオリティーを維持していってよね」

ミネさんは会長らしく念を押した。

「わかってますって」

ケイさんが言い、私はうなずいた。

ミネさんは練習にもどるため、広報紙に目を落としながらグラウンドを歩いていった。そのお尻《しり》に子供の蹴《け》ったボールが命中した。「だれだ、コラ！」と振り返って怒鳴った。

「ミネさんのプロフィールに、『性格は大人げない』って入れておくか？」

ケイさんが言ったので、二人で笑った。

広報紙の最後にある編集委員の欄に、ケイさんが私の名前を入れてくれていて、ちょっとうれしかった。

今後はサッカーに馴染《なじ》みのない保護者のために、素朴な疑問に答えるコーナーなども用意したい。自分も関わったこの広報紙が、クラブの子供たちを通して、それぞれの家庭に運ばれるかと思うと、ささやかな喜びを感じた。

夕方まで練習を眺めていたら、ミネさんに声をかけられた。足の具合を訊《き》かれたので、もうだいじょうぶと答えた。すると練習後に、コーチと親を交えてミニサッカーをやるから、と誘ってくれた。遠慮せず、一緒に参加させてもらった。飛び入りのお母さんも何人か参加した。

グラウンドにいなかったオジーズのメンバーがひとり、またひとり、姿を現した。どうやらケイさんがケータイで連絡を入れたらしい。低学年のコーチの真田とマッチャンがすぐにやって来た。少し遅れてOBコーチの長老と木暮さんも来た。人数が増えると賑《にぎ》やかなゲームになった。Tシャツのみぞおちのあたりに、すぐに汗染みができた。

「じゃあ、アイスクリームを賭《か》けて試合をやろうよ」とだれかが言い出し、すぐにみんなが話に乗った。大人たちはチーム分けのジャンケンをした。人数が多かったせいか、なかなか決まらず、自然と笑い声が起こる。ようやくチームが決まった。

試合開始早々、真田に一点を先制された。ミネさんが本気で悔しがっていた。私は息を弾ませてボールを追った。左の足首は問題なさそうだった。

グラウンドを囲んだ桜の木にとまった蟬が鳴いている。夕暮れまで、時間はまだじゅうぶんにある。いつの間にか遊びに来ていた子供たちが見物していた。走りながら、こんなことなら履き慣れてきたスパイクを持参するのだったと、少しだけ後悔していた。

Nove　第九章　コーチ

猛暑の八月、リーグ戦は一時中断となり、九月から再開された。

九月中旬に予定されていたオジーズの試合は、またもや相手チームのメンバーが揃わず、不戦勝となった。ミネさんの話では、毎年二試合くらいは不戦勝で勝ちを拾うのだそうだ。過去にはシーズンを通して二勝しかできず、その二勝が不戦勝だったなんて散々な年もあったらしい。チームは作ったものの試合当日にメンバーが集まらない、社会人草サッカーチームの哀しい笑い話だ。

その後、リーグ戦は毎月一試合のペースでゲームが組まれた。予定では十二月の中旬に最終の第九節を迎え、10チームでのリーグ戦は幕を閉じる。サッカーは冬場のスポーツと言われるが、Jリーグの年間スケジュールからもわかるように、寒いと人が集まらない。人とは、Jリーグでは観客のことだが、我々のリーグでは、どうやら選手まで集まらなくなる懸念がある。

十月初旬、リーグ戦・第七節。オジーズはベストメンバーが揃った。人数も十五名と集まった。試合は2対1で勝利。ケイさんが豪快なミドルシュートの決勝ゴールを決めた。興奮したケイさんは、オレオレ詐欺のように自分で自分を指差し、「オレ、オレ、決めたのオレ！」と叫びながらグラウンドを走り回った。センターサークルあたりで仲間に取り押さえられ、手荒い祝福を受けた。オールバックにした髪の毛が落ち武者のように乱れていた。

これでオジーズの通算成績は、負けなしの五勝二分けとなった。順位は六勝一分けで首位を走る美浜レッヅに続く二位。残りは二試合。だれもまだ優勝の二文字は口にしないが、次の試合に向けた練習には余念がなかった。週末になると、午後の高学年の練習が終わる頃、涼しくなったグラウンドに、オジーズのメンバーがからだを動かしに集まるようになった。

日曜日の夜、不思議な場所に私は立っていた。正面の長押《なげし》の上には、歴代の自治会長なのか、額縁に入ったいかにも偉そうな人物の古い肖像写真が並んでいた。私の隣には、いつもの紺色のジャージ姿のミネさんがいた。地元の児童公園に隣接した桜ヶ丘自治会館の一室だった。

部屋を仕切っていた襖《ふすま》が外された十二畳の座敷には、茶色い座卓の会議テーブルが「コ」の字形に配置され、あぐらをかいた桜ヶ丘FCコーチの面々が顔を揃えている。いつもオジーズの試合のときに顔を合わせているチームメイトもいれば、初めて見る人もいた。色はちがうものの全員申し合わせたようにジャージを着ていた。総勢十五名のクラブのスタッフが、ジーンズにジャケット姿のどこか場ちがいな感じの私に注目していた。

「そんなわけで、オジーズのメンバーである岡村さんが、本日より桜ヶ丘FCのコーチに就任しましたので、ご紹介します。岡村さんには、これまでもクラブの広報紙作りの協力をいただいておりましたが、正式に当クラブの広報担当に就任します」

「よっ！」

　というケイさんの声がかかり、コーチたちの拍手が湧いた。

「えー、岡村と申します。すでに卒団しましたが、以前は息子の陽平がこちらでお世話になっていました。私なりにできることで、お役に立てればと思っています。どうぞよろしくお願いします」

　私は深く頭を下げた。

　引き続きテーブルの一番端に座り、初めての会議に参加した。

　頭のなかがぼうっとしていた。とうとうクラブにまで首を突っ込んでしまった。ミネさんから誘われて、受けることにした。でも自分はどこかで、それを望んでいたような気もする。

　私がサッカークラブのコーチになることについて、妻は反対しなかった。「楽しいなら、やればいいじゃない」そう言ってくれた。来年、陽平は高校生、栞も中学生だ。

陽平は最後の夏の大会までサッカーをやったことで吹っ切れたのか、今は塾にも通い始め、受験勉強に励むようになった。私が桜ヶ丘FCのコーチになると告げたところ、「へえ、そうなんだ」となに食わぬ顔をしていた。娘の栞には、「がんばれよ、コーチ!」と冷やかされた。

自分もそろそろ子離れする頃かもしれない。仕事以外の自分の世界を持つべきだ。なにも仕事や家庭だけがすべてではない。子供の頃は将来の夢を職業で答えるものだが、職業だけに夢があるわけではない。そのことにはもう気づいていた。自分の人生を生きるべきなのだ。生きる歓《よろこ》びというやつを求めるなら、案外身近なところに転がっているのかもしれない。それは真田たちと一緒にサッカーをやって感じたことのひとつだ。

ケイさんと一緒に編集した「桜ヶ丘FCだより」の紙面改訂は好評だった。最近クラブでは、これまでの様々な取り組みについて議論がなされている。要は、変えたほうがよいものは、変えようじゃないか、という話のようだ。ただやみくもに変えるのではなく、なぜそういうやり方を今までとってきたのか検証することから始める、と会長であるミネさんは言った。桜ヶ丘FCは小さなクラブながら歴史がある。今後も地域に根差したクラブとして存続させるために、それは意味のある取り組みのように思えた。

「桜ヶ丘FCは、多くのボランティアコーチで成り立っています。運営には、サッカーの指導者だけが必要なわけではありません。いろいろなスキルを持った人が、クラブには必要です。これからも協力いただける仲間を増やしていけるように、皆さんも心当たりのある方に声をかけてください。ご存じのようにサッカークラブは少子化の問題もあり、存続が危ぶまれるクラブも少なくありません。桜ヶ丘FCにとっては、これまでこのクラブに関わってきた人たち、桜ヶ丘FCを卒団した子供たち、その子供たちの保護者、そして元コーチ、彼らこそが財産ではないでしょうか。今は離れているそういう人たちにも、応援してもらえるクラブに育てていこうじゃないですか」

会議の終わりにミネさんは言った。

コーチたちはグラウンドだけでなく、こんなところでも戦っているんだな、と私はあらためて思った。

会社のほうでは書籍の企画に関して、その後新たな展開があった。編集部から再度シリーズ企画が提出されたのだ。企画は外部からの持ち込みではなく、立案者は編集長の相場だった。相場自身の企画書を見るのは、ひさしぶりのことだ。月曜日の営業会議で、その企画について田辺部長から説明があった。

「なんすか、これ？」

配られた企画書のコピーを手にした斉藤君がつぶやいた。

「DVD付きの書籍企画のようですね」

関塚が銀縁メガネの奥の目を細めた。

「なんだよ、岡村さんの企画のパクリじゃん！」

斉藤君の声に、会議には参加していないパートの水沼さんが思わず顔を上げた。

「しっ、おまえ、声がでかいぞ」

田辺が人差し指を大きな鼻の上に載せて睨《にら》んだ。

時刻は午前九時過ぎ。パーティションで仕切られた編集部は、まだだれも出社していないのかひっそりとしていた。

「だって、そうじゃないですか」

斉藤君は声のトーンを落とした。

「パクリと簡単に言うな。同じ社内の人間なんだぞ」

田辺は諭すような口調になった。

相場編集長の書籍企画は、DVDを付録にするという点では、たしかに私の企画と同じだった。だが、あくまでパソコンのガイドブックだ。わざわざパソコン教室に足を運ばなくても、テキストとDVDで自宅に居ながらにしてパソコンの基本を学べるシリーズ企画だった。工夫されているのは、従来の堅苦しいパソコン教室ではなく、ドラマ仕立てになっているという点だ。ドラマには若手の脚本家を立て、人気のお笑い芸人を起用する構想らしい。

「面白そうじゃない」

素直な気持ちが声になった。

「そうですね」

関塚もうなずいた。

「でも、人気のあるお笑い芸人とか、ほんとにつかまえてくるんですかね」

斉藤君は信じられない様子だ。

たしかにその点は同感だ。これまでの本作りにおいて、編集部ではなにかと妥協する傾向が強かった。それは予算の問題もあるが、第一に編集者が自分で動こうとしなかった。自分が編集部にいたときから、そうだったからよくわかる。やっかいなことは外部の編集プロダクション任せにしがちになる。

「すべてを評価はしない。が、新しい試みなのかとは思う」

田辺部長は言った。

その後、相場の書籍企画に社長の決裁が下りた。シリーズではなく、まずは一冊出すことが決まった。再び開かれた全体会議の席で、相場編集長は自分の企画について、営業部の岡村企画からヒントを得たものだと認めた。そして前言を撤回し、DVD制作のノウハウを社内で培ったのち、もう一度サッカーのＤＶＤ付録本を編集部で検討させてほしい、と締めくくった。

その日の相場は、服装もどこか大人しく地味にまとめた感じで、トンビのように会議室を旋回することもなかった。

この時点で、営業部での書籍制作の話は幻となった。本の編集に興味を示していた斉藤君はがっかりしていた。でも、それはそれでよかったのだと思う。相場編集長の企画は、ＡＶに詳しい保坂が担当することが決まった。人懐こい保坂は営業部にちょくちょく顔を出しては、本の進行状況を説明したり、ときには営業部員の雑談に加わり意見を交換したりしていった。


全体会議の数日後の夜、田辺部長に誘われ、以前二人で行った立ち呑《の》み屋に入った。店の暖簾《のれん》をくぐると、温かそうなモツ煮込みの匂いがふわりと寄せてきた。田辺はそこが指定席なのか、前に来たときと同じカウンターに陣取った。

「最近、どうなんだよ、調子は？」

田辺は生ビールの大ジョッキをダンベルのようにしっかり握った。

「ええ、そうですね。一本調子の注文を取るためだけの書店営業はやめにしました。それよりも担当者の意見をなるべく引き出すような、そういうスタイルに変えています」

私は中ジョッキを傾けた。

「そうじゃないよ、サッカーの話だよ」

「ああ、なんだ、サッカーですね」

自然と口元がゆるんだ。

この夏、息子が中学校のサッカー部を引退したこと。自分が参加している地元のチームが現在リーグ戦で二位につけていること。遂《つい》にはサッカークラブのコーチになってしまった話をした。

「ハマってるなぁ。まあ、おれもそんな時代があった」

田辺は懐かしい匂いでも嗅《か》ぐように、頭をもたげた。それから高校時代のサッカー部の話を聞かせてくれた。今は厚顔なサイのような風貌《ふうぼう》の田辺だが、当時は先輩が怖くてしかたなかったらしい。昼休みに部室に呼び出されては、何度もサッカーをやめようと思ったと笑った。

「ポジション、どこだったんですか？」

「おれは中学の頃から、ずっとセンターバック」

「やっぱり」

「なんだよ、その、やっぱりっていうの」

「わかりますよ。持って生まれたタイプというかね」

「そうかな」

「ほら、血液型の本とか売れてるじゃないですか。サッカーのポジション占いとか、どうですかね?」

「どういうの、それ。そんなの売れねぇよ」

「ですかね」

私はちょっと面白いと思った。営業はフォワード型の人間がいいとか、編集者は献身的に上がったり下がったりできて、なおかついいクロスを上げられるサイドバック型とか……。

それから揚げたての串《くし》カツを食べながら、サッカーの日本代表の話になった。田辺は日本代表を愛してやまないサポーターだ。最近負けが続く代表について嘆いていた。けれど田辺のもの言いは、批判に終始するのではなく、どこかあたたかい。

ただ、ワールドカップで上位を狙うと公言する今の代表より、弱くても毎試合必死に戦った昔の代表を見ていたときのほうが、なぜかワクワクしたと言った。それは代表のサッカーを長年見てきた田辺なりの愛情、あるいは過ぎ去った時代への郷愁なのかもしれなかった。

「ドーハの悲劇のときな、おれは大阪に出張してた。本当は試合会場のあるカタールに出張したかったんだけどな」

酒も入り、田辺の口調は滑らかになった。

「忘れもしないよ。梅田《うめだ》のビジネスホテルで、ひとり寂しくテレビで応援していた。勝てばワールドカップ初出場。日本が一点リードして、ロスタイムに入った。イラクはショートコーナーできやがった。ラッキーだと思った。もう時間がないんだからな。カズがイラクの選手のフェイクに惑わされ、右足を精一杯伸ばしたけど、わずかに届かなかった。センタリングを頭で合わせられ、キーパーの松永《まつなが》が見送ってゴールが決まった。あの瞬間、おれはホテルの部屋で大声を張り上げた。そしたら両隣の部屋からも、同じような絶叫が聞こえてきたんだ。さすがにあのときは、涙が出たね。なんでだよって。なんで、そうなるんだって。

あのヘディングシュートの放物線は、日本にとって届きそうで届かなかったワールドカップとの微妙な距離だったような気がする。日本サッカーは、あの日のことを忘れちゃいけないんだ」

田辺はビールの残り少なくなった大ジョッキを呷《あお》った。

そういえば、その頃の私は、サッカーとはまるで無関係に生きていた。

「ワールドカップ、どうですかね?」

私が何気なく言うと、田辺はじろりと睨《にら》み、「勝ってもらわなきゃ、困るだろ」と答えた。

サッカーの話題が終わると、仕事の話になった。でも以前この店で話したような重たい雰囲気にはならなかった。そういえば最近、私は自分の部屋にこもってひとりで酒を飲まなくなった。寝つけない夜も減り、睡眠導入剤の世話になることもなくなった。

「会社というのはよ、業績が悪くなると、その原因探しをするわけだ。上はその矛先を個人に向ける。そうせずにはいられないんだろうな。しょっちゅう、そんなことばかりやってる。だれだって、そんな標的にされるのはごめんだが、だれかが選ばれるまで犯人探しは終わらない。今回は、それが君に回ってきた。そういうことだろうな」

田辺はつまらなそうにひとつ咳《せき》をした。

私は黙ったまま、割りばしで串からやきとんの肉を外した。

「これは、だれにも言うなよ。編集長の相場だけど、ちょっと問題になってな」

「なにがですか？」

「あいつ、毎月の交際費をこのところかなり使っていたらしいんだ。大手出版社の役員じゃあるまいし、なにを考えていたのか」

「だれと飲んでたんですか？」

「それが、どうやら編集プロダクションの若い女に入れ込んでたらしい」

「へぇ〜」

「馬鹿なやつだ」

田辺はそっけなかった。

「それで？」

「おれの専門はセンターバックだからな。会社のゴールは、どんなことがあっても守らなければならない。けじめをつけるよう、がつんと言ってやったさ」

「社長はご存じなんですか？」

「もちろん知ってる。相談されたんだ、どうすべきか。今回はイエローカードにとどまったけどな」

「寛容ですね」

「まあな。会社の金を使って洒落《しゃれ》た店で若い子と遊んでたんだ。たっぷり働いて返してもらわないと困るだろ」

「そういうことですか」

「まったく、こっちは割り勘で、しかも立ったまま飲んでるっていうのに」

田辺の言葉に、私はくすりと笑った。

「おれたちは、今日も割り勘だかんな」

田辺はそう言うと、以前とはちがう笑みを浮かべた。

カウンターにもたれながら、店の客を眺めた。常連らしき背広姿の男たちが、静かに酒を飲んでいた。このあいだは気づかなかったけれど、会話の邪魔にならない音量で低く演歌が流れていた。店の端のほうで笑い声が起きるが、すぐまた静かになった。不景気という割には、いや不景気だからこそ、立ち呑み屋は繁盛しているのだろう。心地よい酔いがからだに回り始めた。

「ところで、編集部にもどりたいんじゃないのか？」

田辺はそんなことを口にした。

ビールの中ジョッキを握ったまま、すぐに返事はできなかった。このまま元の部署にもどることが、自分にとって意味のあることになるのか、わからなかった。編集長の相場は好きではなかったが、仕事について教えられた部分もある。コンピュータ書に対する愛情は、私よりも相場や社長のほうが上のような気もした。

「四十過ぎですからね。自分のこれまでの経験は生かしたいです。ただ、今は営業というポジションを経験するのも、それはそれでいいのかと思ってます。編集の気持ちを持って、営業してますから」

そう言ってみた。

「なんだか、売れる本が作れなくなった言い訳にも聞こえるぞ」

「そうですかね」

私は笑ってごまかした。

「まあ、がんばるんだな」

「でも、また書籍の企画は出しますから」

「もちろんだ。なんだか知らねえけど、まあ、それはそれでいいじゃないか。うちくらいの小さい出版社は、一発ヒットが出れば、すぐに元気になるんだ。そうなれば、吹いてる風向きも変わるさ。出版には、やっぱり夢がなくちゃいけねえよ」

田辺はそう言って、厚い唇の端に爪楊枝《つまようじ》をくわえた。


十一月中旬、リーグ戦・第八節。桜ヶ丘オジーズは富士見川《ふじみがわ》パパサンズと対戦し、1対0で勝利した。前節の試合同様にメンバーが揃い、オジーズのベンチは盛り上がった。試合会場には、桜ヶ丘FCの子供たちと保護者の姿があり、声援を送ってくれた。期待にこたえるように、ゴールキーパーのタクさんがファインセーブを連発し、フォワードのマッチャンが倒されてもらったペナルティーキックを、真田がきっちり決めてみせた。

「なんでわかったんだよ？」

応援に来てくれた子供に、小笠原さんがフェンスの金網越しに訊《き》いた。

「だって、しんぶんに載ってたじゃん」と答えた子がいた。どうやらひと役買ったのは、私とケイさんで編集した「桜ヶ丘FCだより」のようだ。「コーチもお父さんも戦ってるぞ！」と題して、オジーズのコラムを書いた。残り二試合の試合予定と、応援サポーターを募集したのだ。

「どうしちゃったんだよ、今年は」

試合後、ミネさんがおどけてみせた。

「おれたちも、やるときはやるんですよ」

ここ数年下位に甘んじていたチームの快進撃に、みんな誇らしそうに笑った。

快進撃には、やはりそれなりの理由がある。山崎さんの分析によれば、それは〝長老効果〟ということだった。今シーズンで引退を表明している蓮見さんの最後の花道を飾ろうと、長年付き合いのあるミネさんや須藤さん、長老の教え子である若手のハツなどが奮闘していた。今シーズンの途中で木暮さんが復帰したのも大きかった。そしてなにより、今季で桜ヶ丘FCを去るという真田の存在があった。

すべての選手が、最初から優勝を目指して試合に臨んでいたわけではない。勝ち点が積み上がっていくなかで、もしかしたら、という希望が芽生えていった。二人の最後のシーズンに、選手たちのひとかたならぬ思いが重なっていった。真田自身が優勝を置き土産にしたがっている。私はそう感じてもいた。

これで十二月の中旬に行なわれるリーグ戦・最終節は、勝てば優勝、敗れても準優勝が確定した。いずれにしてもオジーズ史上、最高のシーズン成績らしい。

試合後、私はミネさんたちとグラウンドに残って、次の試合を観戦することにした。次節で優勝を争う美浜レッズと四つ葉クローバーズの一戦だった。四つ葉クローバーズは、サッカーを楽しむ姿勢を前面に出している最下位のチームだ。第四節でオジーズが引き分けたチームで、私はその試合で左足首を捻挫《ねんざ》し、負傷退場した。この試合で美浜レッズが万が一敗れれば、首位はオジーズと入れ替わる。

「まあ、期待はできないな」

試合前にミネさんが言った通り、開始早々から赤のユニフォームの美浜レッズの攻勢が続いた。何度か決定的なシーンもあったが、四つ葉クローバーズはゴールのポストやバーに救われるなどして、ピンチを切り抜けていた。

「決定力は、あまりないな」

ミネさんが美浜レッズを評すると、「けど、守備は堅いですよ」と真田がグラウンドを見つめながらつぶやいた。

「そうなのか？」

「美浜レッズは、今シーズン、まだ失点してないんです」

「ほんとかよ」

守備の人であるミネさんが両腕を組んで唸《うな》った。

私の目から見ても、たしかに美浜レッズのディフェンスは統制がとれていた。若くはないが、体格のいい経験者が揃っている感じがした。

「スリーバックだな」

「そうですね。上がってくる怖さはないけど、背の高いのが揃っています。ゴールキーパーの守備範囲も広い」

「うちは引き分けじゃあ、駄目なんだよな？」

「勝たないと」

「じゃあ、点を取るしかないわけだ」

ミネさんの言葉に、真田は静かにうなずいた。

試合のあったその日、夕食後に、玄関に腰を下ろしてスパイクを手にした。スパイクはひどく汚れていた。靴紐《くつひも》にまで泥がこびりつき、乾燥している。これまで手入れを怠っていた。

このスパイクを買った日のことは、よく覚えていた。あのときはこんなに世話になるとは思ってもいなかった。今ではずいぶんと足に馴染《なじ》んできた。サイズが少々きつめではあるものの、最初の頃のように足の指にマメはできなくなった。そのぶん靴の先端が傷み、裏の突起の部分がすり減って、くたびれた印象を受ける。

まずは湿った雑巾《ぞうきん》で黒い合成皮革の部分の汚れを丁寧に拭《ふ》いた。靴底にこびりついた土は、毛先が開いてしまった古い歯ブラシを使ってこそげ落とした。靴クリームを均等に塗り込んで、ブラシをシュッシュッとかけてやる。するとどうだろう、黒光りがよみがえって、ワゴンセールで買った安物のマイスパイクは見ちがえるようになった。

できることなら初めて買ったこのスパイクで、記念すべきフルコートでの初ゴールを最終戦で決めたい。

――頼むぞ。

とスパイクに念じた。

今日の出場は前半の二十分。今の自分にできるのは、サボらずに精一杯走ること。でも走っている割には、ボールにあまりさわれなかった。敵を追いかけている時間のほうがよっぽど長かった。

試合のあとで長老からかけられた言葉を思い出していた。

「大切なのはポジショニング。要は、フィールドのどこに立つのか。自分がそこにいる意味を考えられるかどうか。自分の立ち位置をしっかりと知ることだよ」

長老の言葉はいつも深い。そうだよな、走っていればいいってもんじゃない。

「どうすれば、初ゴールを決められますかね？」

私がそんなベタな質問をしたら、長老は顎鬚《あごひげ》を撫《な》でながら面白い話を聞かせてくれた。

蓮見さんが言うには、チームではシュートを決める人間が必ず決まってくる、というのだ。それは多くのチームに言えることで、それに気づいたのは子供の指導をしていたコーチ時代だという。子供は低学年の頃から特定のプレーヤーがゴールを決めるようになる。高学年になれば、ほぼその選手は固まってくる。自分の経験ではそうだった、と言っていた。

でも、それはなにも子供の世界だけではなくて、大人のチームでも同じらしい。ゴールを決める選手は決まってくる傾向にある。もちろん試合でのポジションは重要な要素だけれど、はじめにポジションありきではなくて、ゴールを決められる選手が前線に立つのだと言われた。

たしかにオジーズでもそうだ。今シーズンは真田がいちばんゴールを決めている。真田はフォワードではないが、どうやらそういう特別な選手という気もする。

「なぜ、シュートを決める選手が決まってくるんですかね？」

「なぜだと思う？」

「やっぱり、テクニックですか」

「それもある。でも技術的なことより、もっと単純なことかもしれない」

「と、いいますと?」

「私が思うに、ゴールという体験じゃないかと思う。小さい頃になるべく早くゴールという成功体験をすると、ゴールは特別なことではなくなる。ゴールを決めたことは、自信に繋《つな》がる。次も決められるような気持ちになる。たとえばミドルシュートを決めた人間は、その成功体験に基づいて、ゴールから遠い地点からでも再びシュートを狙おうとするだろう。フリーキックを決めた選手もそうだ。でもゴールを決めたことのない人間にとって、ゴールは未知なんだよ」

「たしかに、そうですね」

「それといちばん大切なのは、信じられるかどうか、だと思うね」

「なにをですか?」

「それこそ、いろんなものさ。自分自身、チームメイト、わずかな確率や可能性、そういうゲームにおけるすべての要素。よく言われることだが、サッカーではなにが起こるかわからない。そういう予測の難しい不確定要素の多いスポーツだからこそ、信じることは大切になる。そして信じていれば、そのチャンスは選手にとって偶然ではない。あわてる必要はない。あとは技術があれば、決められるはずだよ」

「信じること」

「そう。案外、サッカーは信じる者が救われるスポーツのような気がする。サッカーのボールは、最後には強い気持ちを持った者のほうに転がってくる、と言うけど、それもそのことを信じていなければ意味がない。最後まで信じる者にサッカーの神様は微笑む。だからこそ感動的なゲームになるんじゃないかって、私は思うね。さっき言った成功体験は、人に信じる力を与えるのかもしれない。サッカーを教えるうえでは、どれだけ多くの成功を子供たちに体験させられるか、それが大事じゃないかな」

長老は穏やかに、まるで人生について語るように、サッカーを語った。

「そうなんだよなぁ、きっと」

スパイクを磨きながらつぶやいた。

そのとき玄関脇にある部屋のドアが開いて、陽平が顔をのぞかせた。

「どうした？」

「いや、勉強してるんだけど、ぶつぶつうるさいからさ」

「すまんな、スパイクの手入れをしてた」

私は磨き上げたスパイクに両手を突っ込んで振ってみせた。

陽平は呆《あき》れ顔でため息をついた。「本気で磨くなら、靴紐を一度全部外せばいいんだよ。そうすると、すごくきれいになるよ」と言われた。

なるほど、そういう手もあるのかと感心した。陽平が部屋にもどったあと、ついでに会社に履いていく黒の革靴も磨くことにした。

十二月、最初の日曜日、自治会館で開かれたコーチ会議に参加。今回は私もほかのコーチに倣って、ジャージの上下で出席した。

会議では早くも来季の体制などの話が出た。会長をはじめとしたクラブを運営する事務局の人事、各学年のコーチングスタッフ。それらを年内に固めておく方針らしい。配られたプリントには、来季の構想案が記されていた。

会長は来季もミネさんの続投らしい。保護者コーチは担当する学年が自分の子供と一緒に一学年ずつ繰り上がる。一年生の保護者コーチは二年生の保護者コーチに、というふうに。六年生の保護者コーチは、多くの場合、自分の子供と一緒に卒団する。自分の子供が卒団したあとも、コーチとしてクラブに残る人はまれであり、ミネさんや真田のような純粋なボランティアコーチは、クラブにとって貴重な存在のようだ。来季の構想案には、真田の名前はどこにも見当たらなかった。

会議の終わりに、できあがった「桜ヶ丘FCだより」の十二月号を配った。今回は「優勝なるか!?」の見出しで、オジーズの特集ページを設けた。最終節で対戦する美浜レッズの横顔も載せておいた。

優勝を争う美浜レッズは、美浜FCという海に近いジュニアサッカークラブ関係者のチームで、昨年度の覇者である。美浜FCはジュニア年代の強豪らしく、聞くところによると、桜ヶ丘FCの子供たちは試合でいつも悔しい思いを味わっているという。そんな子供たちに自信を与えるためにも、桜ヶ丘オジーズとしてはなんとしてもここは勝ちたいところだった。

広報紙を手にしたコーチたちの話題に上ったのは、やはり次の日曜日に予定されているオジーズの最終戦についてだった。オジーズは桜ヶ丘FCのコーチとクラブ員の保護者を主体としたチームであるから、優勝すれば桜ヶ丘FCにとっても快挙だ、とミネさんが言った。

一方でそんなオジーズの勢いに水を差すような話がないわけではなかった。最終節、勝てば優勝という試合の前に、リーグ戦に優勝したチームの栄誉と義務に関する確認があった。優勝チームには優勝カップと賞状が贈呈される。と同時に、来季のリーグ戦運営の幹事チームになることが義務づけられている。

「そりゃあ、やっかいだぞ。グラウンドの確保やら、試合日程の調整、各チームの責任者への連絡なんかも当然あるんだろ」

「準優勝で、いいんじゃないの」

冗談とも本気ともつかない、そんな声も上がった。声の主は、オジーズの試合には顔を出さないコーチたちだ。

会議が終わり、オジーズのメンバーは居酒屋「安」へ向かった。空いていた畳の座敷に上がり込むと、「馬鹿言ってんじゃねぇよ」とミネさんが言った。私は真田やケイさんたちと同じテーブルを囲んだ。

「リーグ戦の幹事チームはごめんだから負けろ？　そんなことできるかよ」

ミネさんはいらだたしそうにテーブルを拳《こぶし》で小突いた。

生活指導の先生に叱られてでもいるように、チームメイトは黙り込んでいた。

「ああいう言い方をされちゃうとね」

小笠原さんが肩をすぼめた。

「んだなぁ」

ケイさんがうなだれる。

「子供たちに、いつもなんて言ってんだ。大人は『負けるな、負けるな』って、言ってんじゃねぇのか」

あぐらをかいたミネさんの膝頭《ひざがしら》がせわしなく揺れている。

「まあ、しかたないですよ。大した考えもなく、口が滑ったのかもしれない。あまり気にしないことにしましょう」

真田が言ったとき、ビールの大瓶五本とグラスが運ばれてきた。

「それもそうだな、飲もう」

ミネさんが膝を叩《たた》き、ビールの栓を抜いていった。

「それにしても来季のコーチングスタッフは厳しいですね。予想通り六年生の保護者コーチはだれも残らないし、真田さんもいなくなっちゃうとなると……」

小笠原さんの言葉で、座は再びしんみりとする。

お疲れさまの乾杯をしたあと、がらりと引き戸を開けて客が入ってきた。ミネさんが連絡を入れた長老だ。白髪の長老は白いベンチコートを脱いで席に加わった。その少しあとで山崎さんもやって来た。

メンバーが揃ったところで、次の日曜日に地元の運動公園で行なわれる最終戦の話になった。前の試合のあとで、対戦する美浜レッズを偵察した話を、ミネさんが面白おかしく語った。

「いいか、相手の戦術は言ってみればカテナチオよ。イタリアの伝統的な守備的なサッカーと同じだ。おれは好かないね、ああいうの。わかるか、カテナチオとは、イタリア語で、ええと、なんだっけ？」

「かんぬき。または、鍵《かぎ》をかける」

真田が解説を入れる。

「そう、それそれ。なんといっても美浜レッズは、今シーズン無失点。守って、守って、カウンターっていうサッカーだからな」

「でも、うちもミネさんを中心としたディフェンスラインが強力ですもんね」

山崎さんがお愛想を吹いた。

「そりゃあ、そうよ」

「じゃあ、うちの守備の戦術ってなんだの？」

訊《き》いたのは一緒にディフェンスラインを組んでいるケイさんだ。

「そりゃあ、あれだよ、――マケナチオよ」

ミネさんが得意そうに言ったので、大爆笑になった。

真田も腹を抱えて笑っていた。

店の時計の針はすでに午後十一時を回っていた。グラスの酒はビールから焼酎《しょうちゅう》のお湯割りに変わっていた。

サッカークラブのコーチになってわかったのは、コーチをやっていても自分ではサッカーをやらない人が案外いることだ。以前はやっていたが、今はやらないという人や、もともとやらないという人もいる。とくに最近は桜ヶ丘FCのコーチであっても、オジーズに参加しない人が増えているらしい。

「どうしてですかね？」

そのことについて尋ねると、「知らねえ」とミネさんはそっけなかった。

「コーチは忙しいからね。ただでさえ、週末のどちらかはクラブの練習が入るし、試合が入って土日サッカーで潰《つぶ》れることもしょっちゅうある。サッカーをやっていない兄弟がいる保護者コーチの場合、たまの休みの日は家族サービスも必要でしょ」

コーチ経験者である山崎さんの意見はもっともだった。

「そりゃあそうだ。みんながみんな、ミネさんだの真田さんみたぐ、人生のすべてばサッカーに捧《ささ》げられねぇもん」

「そうですね、僕みたくなっちゃ困りますよね」

真田が自嘲《じちょう》気味に笑った。

その意味深長な言葉を聞いて、酔っ払いたちの目がオジーズの10番に集まった。

「ところで、なんでやめちゃうんですか？」

私が何気なく口にした言葉は、まさにみんなの訊きたいところだったらしい。

クラブから離れるという真田に関しては、様々な憶測が飛び交っていた。私も妻を通して耳にしていた。最も有力だったのが、夫婦不仲説。サッカーばかりやっている亭主に奥さんが愛想を尽かし、別居したというもの。同じ不仲説でも、父親と中学生の娘との折り合いが悪いなんていう説もあるらしかった。しかし本当はそうではなくて、桜ヶ丘FCの指導方針に納得できず、理想を求めてほかのクラブのコーチになる、という新説もあった。指導に関して保護者と衝突したのが原因という噂なども。

「まあ、それは聞いておいたほうがいいよな。なんだか理由もはっきりせずに、サヨナラというのもな」

ミネさんがあぐらをかいた足の裏をいじりながら言った。

「知ってるとは思うけど、かみさんと娘とは別居中なんですよ」

真田は努めて明るく話し始めた。テーブルを囲んだみんなが、なぜか居住まいを正した。

「ほら、うちは娘だけでしょ。サッカーやってる子もいないのに、自分のサッカーだけでなく、子供に教えるコーチまで始めちゃったわけです。それでかみさんの不満が溜《た》まっちゃってね」

「やっぱりそうかい？」

「ええ、それもあるんですけどね」

「別居してるって、奥さんど娘さん、どごさ住んでるの？」

「東京のかみさんの実家です。まあ、ちょっとした家庭の危機ですよね」

真田はうつむいて首を揺らした。

――ショックだった。

噂は本当だったのか、と思った。

「なぜなんですか？」

私はつぶやいた。「おかしいよ、そんなの」

「まあまあ、岡村さん」

山崎さんが私をたしなめようとして、テーブルに残っていたグラスのビールをこぼしてしまった。どうやら股間《こかん》のあたりを濡《ぬ》らしたようだ。山崎さんは薄くなった頭頂部を惜しげもなく晒《さら》していた。ケイさんがおしぼりを渡してあげた。

「だっておかしくないですか。好きなサッカーを続けて、その好きなサッカーを子供たちに教えて、それで幸せになれないなんて」

なぜだか感情を抑えられなかった。たぶん酔っていたのだと思う。でも私だけでなく、みんなもかなり酔っていたはずだ。

「まあ、聞いてくださいよ」

真田は、そんな私の不遜《ふそん》な態度を許す、とでも言うように、薄く笑みを浮かべた。

「まあさ、みんな飲みながら聞こうよ」

ミネさんが真田のグラスに焼酎を注ぎ足した。

その言葉で肩に入った力が、すうっと抜けたような気がした。

「今年の春のことです。思いがけない電話がかかってきたんです」

真田は少し赤みを帯びた目尻《めじり》に、しわを寄せて話した。「高校サッカー部の同期のやつからでした」

「サッカーの名門、山吹高校の？」

「そうです。ひさしぶりになんの話かと思ったら、新しいチームを立ち上げるって言うんです。だからまた一緒にやらないかって、誘われました。シニアの四十代で、本気で全国を狙うチームにする、という話でした。メンバーは全員同じ高校のサッカー部だった連中です」

　その話に、みんなは「へえ」と顔を見合わせた。

「そうなのか」

　ミネさんがグラスを持ったままつぶやいた。

「正直、うれしかった。同じ年代で、まだそんなふうに思っているやつらが、いたってことが。簡単に言えば、もう一度、サッカーの真剣勝負がしたくなったんです」

　真田の瞳《ひとみ》は、少し潤んでいるように見えた。

「でも今やってる草サッカーがいちばん好きだって、真田さん、言ってたじゃないですか」

　私はそう言ってみた。この男と別れたくなかった。

「そうだけど、それは嘘じゃないけど、もう一度、勝負にこだわりたくなった。同じ年代の相手と、そういうサッカーをやってみたくなった。それが本音です。ずっと、燻《くすぶ》っていたものがあってね。高校時代、サッカーにすべてを捧げるような生活をしていたけど、報われなかった。こんなにがんばっても、駄目なのかと思って、サッカーから離れていった」

中年の男たちは、自分の青春時代を思い出したように、しばらく黙り込んだ。

「ほら、陽平のやつが、オジーズの試合に来たじゃないですか。あのとき、ミネさんが試合のあとで陽平に言った言葉。今しかできないサッカーがあるんだって。ミネさんのあの言葉は、もちろん陽平に言ったものだけど、なんだか自分もね、すごく響いちゃったんですよ。やっぱり、今しかないんだって」

長老は、さっきからひとりちがう方向を見つめて、静かに真田の話を聞いていた。

「それでかみさんに話したら、最初は呆《あき》れられたけど、最後には『やればいい』って言ってくれたんです。あんたは、あんたの好きなことをやれと。かみさんには、自分の母親の介護をしたい、と言われました。認知症なんです。娘は一緒に実家に住んで、そこから中学校に通っています。

それと、さっきのミネさんの話じゃないけど、僕らコーチは、子供には『負けるな』と言う。『がんばって勝て！』と求めるけど、自分たちが草サッカーをやるときは、『怪我をしないように、楽しくやろう』って言いますよね。もちろん、年だし、働いてる身だから、無理できないのはわかる。でもどこかで本気のサッカーをもう一度やってみたい気持ちが、僕のなかにある。それをたしかめてみたくて」

「そうなんだ」

「へば、離婚とかで、ねぇんだね？」

「それは、ないです」

真田はきっぱりと答えた。

「なんだよー、またケイの早とちりかぁ？」

ミネさんが苦笑した。

「いや、でもさぁ」

「いやいや、実際危ない時期もありましたよ。だけど、その時期はもう脱しました」

「がんばりなさい」

長老が不意に声を出した。そして真田に右手を差し出した。

真田はその手を握り返すと、「ありがとうございます」と答えて、うなずいてみせた。自分の分までがんばってくれと、長老は言っているような気がした。

「じゃあ、真田君の今後の活躍を祈念して、乾杯しよう！」

ミネさんが音頭を取ると、全員立ち上がった。

「やれるところまで、やってみます」

真田は言った。

「また、もどって来てくださいね」

私は胸が熱くなった。

「それじゃあ、日本一のサッカー馬鹿おやじである、真田達郎《たつろう》君の前途を祝し、

――乾杯！」

「かんぱ～い！」

酒の残ったグラスを全員で持ち上げた。

「小学生もおやじのチームも同じさ。勝ちたいやつもいるし、楽しみたいやつもいる。本当はあんまりやりたくないやつ、なんていうのもいるかもしれない。でも、もちろん本気のやつもいる。そういうものかもしれない」

長老は煙草をくわえると、真田にも一本すすめた。

「いや、じつはやめたんです」

「おいおい、そこまでマジなのかよ」

ミネさんが眉根《まゆね》を八の字に寄せて大袈裟《おおげさ》に言った。

真田がやろうとしていることは、たぶん私たちの年ではだれもができることじゃないだろう。人によっては、物好きにしか見えないかもしれない。でも私はそんな中年男を応援してやりたくなった。

「とにかく、オジーズの次の試合をがんばりましょう」

真田は言って、照れくさそうに笑った。

夜の零時を過ぎ、店の厨房《ちゅうぼう》の明かりが消えた。白い襟なしの白衣姿の安さんが、額に巻いていた豆絞りの手拭《てぬぐ》いをほどいて、ぼんやりと暗がりのなか煙草をふかしていた。

「それでは、撤収！」

ミネさんが声をかけ、みんなが重い腰を上げた。

「あんたらもサッカー飽きないね。家族を大切にしなよ。じゃあ、また来週」

店主の安さんは店の外まで送ってくれ、我々に向かって勝利のVサインを作ってみせた。

Dez　第十章　ラストマッチ

グラウンドに立った選手たちの吐く息が、まるでマンガの吹き出しのように白くなった。

十二月中旬。リーグ戦、最終節。桜ヶ丘運動公園球技場には、優勝を決める一戦ということもあり、両チームの関係者の姿が目立った。

美浜レッズの選手たちは新興のクラブチームらしく、専用のクラブバスでやって来た。チームカラーの赤を基調とした服装の応援団が、続々と駐車場から枯れ芝の斜面になだれこんだ。「二連覇」なんていう手書きのポスターやチームの赤い横断幕を手にしている人もいた。

桜ヶ丘オジーズの応援も負けてはいなかった。「桜ヶ丘FCだより」のオジーズ特集ページの効果もあってか、あるいは地元会場のせいか、クラブの子供たちや関係者が大勢応援に駆けつけてくれた。元オジーズのメンバーという年配の男性もいた。妻と娘の栞も初めて私のチームの試合を観に来た。

グラウンドからフェンス越しに公園を見ると、小高い土手の上にベンチがある。今年の春、図書館に行くつもりだった私は、途中にある酒屋の自動販売機で缶ビールを買って、ふらふらとこの場所にやって来た。そしてそこのベンチに腰かけて、缶ビール片手に、大人たちの草サッカーの試合をぼんやり眺めていた。

サッカーに興味があったわけではない。中学校のサッカー部を突然やめてしまった息子のことが気になっていた。

陽平はサッカー部でのポジションが、小学校時代から慣れ親しんでいた左のハーフから突然フォワードに変わった。どうやらそれをきっかけにして、サッカー部をやめる決断に至ったようだ。一方、私はといえば、会社で編集部から営業部に異動になった。だからといって、じゃあ、辞めます、というわけにもいかず、今思えば、岐路に立たされていた。そして本当に知るべきだったのは、息子のことではなく、自分自身についてだったのかもしれない。

その日、冬枯れしたグラウンドで試合をしていたのは、白地に黒の縦縞《たてじま》ユニフォームの桜ヶ丘オジーズだった。自分とはまるで接点のない中年男たちの集まりだった。試合後、真田に声をかけられた。そんな偶然から始まり、今、私はこうして、彼らと同じユニフォームを着てピッチに立っている。

目に映る白地に黒の縦縞のユニフォームの選手たちも、赤いユニフォームの選手たちも、きっとなにかを抱えて走っているはずだ。私と同じように。いったんピッチに立てば、職業や会社の肩書きなんて関係ない。ひとりのプレーヤーとして何者であろうかと表現するしかない。下手糞《へたくそ》な私でさえ、すべてを忘れてボールを追いかけられる。夢中になれる自分の居場所が、ここにある。

前半が終わりに近づいた頃、長老は丁寧に自分の足首に黄ばんだバンデージを巻き始めた。長老がその使い込んだバンデージを器用に巻くのも、本当に今日で見納めだ。時折、顔を上げて戦況を見つめるが、今日の長老は口数が少なかった。いよいよ蓮見さんの草サッカー最後のハーフタイムが、始まろうとしていた。

前半終了の笛が鳴り、選手たちがベンチにもどって来た。私はベンチから出て、健闘を称《たた》える拍手で迎えた。前半を終わって0対0。両チームとも決定的な場面はほとんどなかった。やはり優勝がかかっているせいか、お互い硬さもあり、ミスも目立った気がする。オジーズの攻撃では、惜しくもバーの上を越えた木暮さんのミドルシュートくらいしか見せ場はなかった。守備ではセンターバックのミネさんがいつものように大声を張り上げ、若いハツと一緒にゴールをしっかり守っていた。

出場した選手たちは顔を赤く火照らせていた。スポーツドリンクをゴクゴク飲んでいるミネさんの顔も赤鬼のようだ。なぜだかみんな寡黙で、思いつめたような表情をしていた。それは美浜レッズから得点を奪うことの難しさを、暗示しているかのようだった。

真田は乾いた唇を舐《な》めながら、黒のバインダーを手にしていた。バインダーにはチームのフォーメーションが記されている。おそらく交代のメンバーを思案しているのだろう。バンデージを巻き終わった長老がユニフォーム姿になって、ピッチサイドでゆっくりとアップを始めた。

「いいですか。後半、山崎さんと西牧さんがアウト。蓮見さんがトップ下に、右のサイドバックに須藤さんが入ってください」

真田の声に名前を呼ばれた選手が応《こた》えた。

「岡村さんには、後半の途中で入ってもらいます。準備しておいてください」

サッカー経験者ではない山崎さんや西牧さんは、すでに前半に出場していた。だとすれば、私と交代するのはだれであってもサッカー経験者になる。言わば私より巧《うま》い人ということになる。このゲームに、そこまでして私を使う必要はないはずだ。

「あのー、真田さん」

私は選手兼監督に声をかけた。

真田は高度な数式でも解くように、真剣な表情でバインダーに視線を落としていた。

「この試合、優勝かかってますよね。すごく大事じゃないですか。だから、僕よりうまい選手を使ってください。自分はぜんぜん、それでいいし」

私は言ったが、真田はこちらを見ようともしなかった。

ベンチの前では、後半を戦う選手たちが声をかけ合っていた。

真田がバインダーをパタンと閉じて、私を見た。「岡村さん、あなたはもうコーチですよね。コーチがそんなこと言っちゃいけない。サッカーの楽しみはゲームです。その楽しみを自分から放棄するなんて、おかしいですよ」

「試合に出なくても、ベンチで戦いますから」

私は屁理屈《へりくつ》で抵抗を試みた。

「もしあなたが監督をしているチームの子供に、そう言われたらどうしますか。自分が出て負けるより、うまい子が出ればいいと考えたら。僕ならきっとこう言います。『負けたっていいじゃないか、勇気を持って出ろよ。おれたちはチームで戦っているんだ』ってね」

そう言うと、真田は口元をゆるめた。

「どうした、怖《お》じ気づいたのか？」

私と真田のやりとりを見ていたミネさんが、近づいてきた。両方のもみあげから、汗が幾筋も流れた跡がついていた。戦う男の顔をしていた。それでもどこか目は笑っている。

「いや、そうじゃないです」

でも、そうかもしれなかった。もし、自分が大切な試合でミスでもして失点したら、そう考えてもいた。

「今日は、青パンツじゃないよな」

ミネさんが言うと、その一件を知っているチームメイトが笑った。

「ほんとにだいじょうぶか？」

「だいじょうぶですよ」

私は陽平から借りた黒のベンチコートを脱いで、白のパンツを見せた。寒さのせいか緊張のせいか、太腿《ふともも》に鳥肌が立った。

「よし、しっかり準備しとけよ」

ミネさんに肩を叩《たた》かれ、私はうなずいた。

子供たちが小学三年生で初めてフルコートの試合を経験するときは、こんな気持ちだろうか。それとも上級生の試合に呼ばれて、試合に出るときだろうか。あるいは補欠だった子供が、仲間の怪我で突然の選手交代を言い渡されるときだろうか。私はそんな想像をめぐらせながら、試合への準備をした。

「岡村さん、監督の指示には従わねばね。だいじょうぶ、このチームは優勝よりも、一緒にみんなで戦うことが大切なんで。そのことは、みんなわかってる」

ケイさんも、そう言ってくれた。

「ピッチから合図を出しますから、そのときは速やかに交代してくださいね」

真田はもう一度念を押した。

後半の始まる前に、選手全員が集まりベンチ前で円陣を組んだ。

「いいですか、後半攻めましょう。相手は引き分けでも優勝ですから、引いてくるかもしれない。ゴールが必要です。勝負しましょう」

真田がきっぱりと言った。

「ディフェンスもチャンスのときは上がれ。おれが守ってやっから、攻めろ！」

ミネさんの声は、すでに前半でつぶれてしまっていた。

真田のかけ声で気合いを入れた選手たちがピッチへ飛び出していった。ベンチ裏から子供たちの声援が聞こえた。

試合は後半もこう着状態が続いた。敵はフォワードをひとりにして、中盤を固めているようだった。オジーズは中央から真田、木暮さん、長老で攻め込んでいくが、フィニッシュのひとつ手前で敵のディフェンスに阻まれていた。

後半の十分、ピッチの真田から私に声がかかった。この日は左の中盤に入っていた小笠原さんとの交代だった。

「岡村さん、がんばって！」

ベンチの山崎さんと握手をして、私は選手交代を副審のところに告げに行った。胸の鼓動が高まっていく。心臓の位置がどこにあるのかわかるほどに。

ボールがタッチラインを割ったとき、主審が笛を鳴らした。

「オジーズ、8番アウト！　12番入ります！」

第四審判が叫んだ。

白いラインをまたぐときに、小笠原さんと両手でタッチを交わした。藁半紙《わらばんし》色の枯れた芝生のピッチに立つと、冬の匂いがした。緊張を解くために鼻から息を強く吸い込んだら、冷気で鼻腔《びこう》の奥が痛くなった。地面は霜柱が溶けだしたせいか、ところどころぬかるんでいた。

「だいじょうぶだよ、後ろは任せろ」

いつものケイさんの声が聞こえた。

それからはもう夢中になってプレーした。

私は春の頃に比べれば格段に走れるようになっていた。長老に練習するように言われた、試合でいちばん使うインサイドキックも少しは上達していた。戦況を見つめて、ポジションどりを考え、ボールを受けたらルックアップすることを心がけた。気がつけば、仲間と声をかけ合って戦っていた。せっかく磨き込んだ黒いスパイクは、水を吸い、すぐに泥にまみれていった。

真田の予想通りだった。美浜レッズは残り時間が少なくなると、いっそう引き気味に守ってきた。敵のスリーバックは背が高く、体格もしっかりしている。ロングボールを単純に入れても跳ね返されるだけだ。中央からでは崩し切れない。サイドからの攻撃が有効かもしれなかった。敵の選手は、左サイドの私をまるで無視するように放置していた。前節でこちらの戦力は偵察済みなのだろう。自分がマークされないことが、正直、腹立たしかった。

後半の残り時間もわずかになった頃、中盤でボールを奪われ、カウンター攻撃を受けた。そのときだけは赤いユニフォームが一斉に炎のように味方ゴールに迫った。ゴール前に残ったミネさんは、ドリブルで仕掛けてくる相手に対峙《たいじ》して動かない。その姿は、まるで騎馬武者と刺しちがえようとする槍《やり》を手にした足軽のようだった。

ミネさんは相手の足からボールが離れる瞬間を見逃さなかった。ミネさんのスパイクの先にさわったボールを、カバーしたハツが大きくゴールから遠ざけ、ピンチを脱した。

私は懸命にボールを追った。相手に少しでもプレッシャーをかけ、ミスを誘い、偶然でもいいからボールを奪いたかった。ゴールなどという贅沢《ぜいたく》は言わない。少しでもチームに貢献したかった。

しかし相手の動きに翻弄《ほんろう》され、転んだ拍子に膝《ひざ》をすりむいてしまった。スパイクだけでなく、ストッキングまで泥だらけになった。呼吸を乱しながら、それでも走り続けた。私にとってサッカーは、もはや週末の冒険といえた。

ボールが繋《つな》がって、中盤の真田に渡った。そのとき、左サイドの私を追い越してケイさんが駆け上がっていった。

「上がるがら、後ろ頼みます」

すれちがいざまに、声が聞こえた。

そんなことをケイさんから言われたのは、初めてだった。まだケイさんもあきらめていなかった。敵の三枚の守備陣はゴール中央に集まっていたので、両サイドにはかなりスペースが広がっている。ケイさんの走り込もうとするその前へ、真田が絶妙のスルーパスを通した。

私がケイさんのポジションに下がろうとしたら、「いいから、おまえも上がれ！」と怒鳴られた。ミネさんの声だ。左サイド深く流れたボールに、なんとかケイさんは追いついた。ケイさんのクロスは敵にクリアされたが、コーナーキックを奪った。

主審が思わせぶりに腕時計を見るのがわかった。

「ここ、最後だから。集中なっ！」

敵のややメタボ気味のゴールキーパーが声をかけた。

桜ヶ丘オジーズは、キーパーだけを残して全員ゴール前に上がった。

長老の言葉を思い出していた。

——ゴールを奪える者は、信じられる者。

試合終了の笛が鳴るその瞬間まで、あきらめない。私はコーナーに近いゴール前のニアサイドに立った。振り返ると、チームメイトの姿があった。真田には長身のセンターバックが両手を広げてマークしている。木暮さんにも、やはりしっかりとマークがついていた。

「さあ、ここで決めましょう！」

真田が叫んだ。

ボールをセットした長老が右手を挙げた。

そのコーナーキックは、長老のオジーズでのラストキックとなった。バンデージで固められた魂の右足インフロントキック。ボールは鋭く弧を描き、ゴール前の私の頭上にカーブを描いた。

ヒューッという、自分が息を吸い込む音が聞こえた。恐れずに私はそのボールに自分の額を差し出した。そしてテレビで観ているプロのストライカーがするように、ボールが額に当たる瞬間、ゴールに振り向くように首をひねった。

振り向いた私の瞳《ひとみ》には、真田の姿が映った。ジャンプした真田と敵のディフェンダーが激しく交錯する。ボールは私の頭にかすりもしなかった。真田のヘディングシュートは惜しくもバーを叩《たた》いて、グラウンドに跳ね返った。そのあとはわからなかった。

ボールは選手たちの密集地帯からクリアされたかに見えた。

と、そのとき、「うおーっ！」という獣が吠《ほ》えるような声が聞こえた。

そして、大きな歓声が上がった。

入った瞬間はわからなかった。

ボールは、いつの間にか敵のゴールのなかにあった。

ゴール前で、ぬかるんだ地面に膝を突いたミネさんと木暮さんが抱き合っていた。

決めたのは、どうやらセンターバックのミネさんのようだ。ミネさんの顔面は、急に黒子《ほくろ》が増えたように、泥の飛沫《ひまつ》をここかしこに浴びていた。バーから跳ね返ったボールを、ミネさんが捨て身のダイビングヘッドで決めたのだった。この人も最後まであきらめていなかったのだ。信じていたのだ。私は満面の笑みを浮かべたミネさんと、がっちり握手をした。

残り時間はどれだけあっただろうか。相手ボールでのキックオフ。センターサークルからの怒濤《どとう》の赤い攻撃を、オジーズはなんとか耐えた。

試合終了の笛が鳴ったとき、我々は最高の笑顔で勝利を喜び合った。

相手チームと向き合って挨拶《あいさつ》する際、自分の前に立った選手と握手をした。相手の選手は悔しさを滲《にじ》ませていた。けれど握った手は温かかった。

「ゴールを破られたの、ホントひさしぶりですよ」

ミネさんと握手をしたセンターバックの選手が、釈然としない表情のあと、「負けたぁ」と言って笑った。

試合後の表彰式で、オジーズのメンバーは、まるでチャンピオンズリーグを制したように喜んだ。真田が受け取った優勝カップを観客に向かって高々と持ち上げると、みんなでバンザイ三唱をした。たかが地元の草サッカーのリーグ優勝、と言われそうだが、私にとってはかけがえのない栄誉だった。応援に来てくれた人たちと喜びを分かち合うために、一緒に記念撮影をした。妻と娘にも入ってもらった。

「こいで、次の『桜ヶ丘FCだより』の一面は、決まりだべ」

ケイさんが口をとがらせて言った。

最後に長老をみんなで胴上げした。真田も胴上げしようとしたが逃げられた。

「そいじゃあ、ついでにおれを胴上げしてくれ」

言ったミネさんを、しかたなくみんなでしてあげた。なんだかおかしなチームだ。でも、サッカー馬鹿でいいじゃないか、と思った。サッカー馬鹿に誘われて、サッカーを始めた私も、今はもう同類のような気がした。言いたいことを言い合える仲間なんて、そういるもんじゃない。私はチームメイト全員と握手を交わした。

その日の夜は居酒屋「安」を借り切ってのクラブの忘年会だったが、オジーズの祝勝会を兼ねることになった。優勝カップを真田が持参し、ミネさんが早くもA4判に引き伸ばしたチームの優勝写真を店主に渡し、店に貼るよう説得していた。

「ほんとに、あんたらでも優勝できたんだね」

安さんは妙に感心しながら、日本酒の一升瓶を気前よくサービスしてくれた。

クラブの忘年会の乾杯を済ませたあと、優勝カップにビールを注ぎ、みんなで回し飲みをして盛り上がった。

「一度でいいがら、これぼしたがったんだよなぁ」

両手でカップを持ったケイさんが、だらしなく笑った。

それから今シーズンの優秀選手の表彰があった。MVPはチームの得点王であり、監督も務めた真田に、引退することになった長老に功労賞が、それぞれ贈られた。

「なんだよ、決勝ゴールのおれじゃないのかよ」

ミネさんがわざとらしく言ったが、だれも相手にしなかった。

そして真田が去ったあとの、来季のオジーズの監督が発表された。指名され、寄せ鍋《なべ》から立ちのぼる湯気の向こうに立ったのは、なんと長老ではないか。

「はい、監督は私です」

蓮見さんが笑った。

「だったら選手もやればいいじゃん」などという声も上がった。

拍手のあと、蓮見さんは就任の挨拶をした。前監督の真田の手腕を褒め称《たた》えることを忘れなかった。

「それから、ひとつここで訂正をしておきます。みんなうちのチームをおじさんの集まりのような名前で呼んでるけど、それは勘ちがいです。チーム創設からいる私が言うんだから、まちがいない」

「それって、どういうことだの？」

「チームの名前だよ。どうも誤解があるようだ」

「え、桜ヶ丘オジーズじゃないんですか？」

私も思わず声を上げた。

「真田君、アップのときにやるブラジル体操で、かけ声をかけるよね？」

蓮見さんは笑みを浮かべて言った。ブラジル体操というのは、桜ヶ丘ＦＣのウォーミングアップにも取り入れている、サッカーでよく使われるリズム体操のことだ。

「ええ、子供たちにも、かけ声はポルトガル語でやらせてます」

「じゃあ、ポルトガル語で、一から十まで言ってみてくれ」

蓮見さんのリクエストに応《こた》え、真田は体操のときと同じテンポで声を出した。

「ウン」

「ドィス」

「トレース」

「クワトロ」

「スィンコ」

「セィス」

「セッチ」

「オィト」

「ノーヴィ」

「デース」

つかえることなく真田が言うと、「おー」という感嘆の声がコーチたちから漏れた。

「じゃあ、サッカーは何人でやる？」

「そりゃあ、十一人でしょ」

小笠原さんが答えた。

「じゃあ、真田君、ポルトガル語で十一は？」

「ええと、――オンズィ」

真田は答えた。

「そうだ、正式名称は桜ヶ丘オンズィなんだよ。よく覚えておくように」

「へえ、そうだったんだ」

「じゃあ、桜ヶ丘イレブンというわけだ」

驚きの声が次々に上がった。

私もてっきりおじさんのオジーズだと思っていた。やはり長老はクラブの生き字引的な存在なのだ。

「ミネさん、知ってましたか？」

私が訊《き》くと、早くも顔を赤く染めたミネさんは、「やっぱ、人生最高のゴールだったわ」と言った。

「まあでも、こうしてあらためてメンバーを見渡すと、このままオジーズでいいのかもしれないな」

長老の言葉に、どっと笑いが起こり、賛同の声が上がった。

Onze　第十一章　春

　翌年の三月の土曜日、私は自宅にあるパソコンに向かっていた。「桜ヶ丘FCだより」の編集に続いて、クラブのホームページの立ち上げに着手したのだ。ホームページであれば、プリントの必要もなく、ページ数やカラーの扱いも気にすることはない。広報紙との連動もいくらでも可能だ。

「ねえ、いいじゃん。ちょうだいよ」

　リビングで陽平が妻と話をしている声が聞こえてきた。

「なにに使うのよ？」

「スパイクを買いたいんだよ」

「なあんだ。やっぱり、高校でもサッカーやるの？」

「あたりまえだろ」

　陽平は怒ったような口調で言った。

「だったら、父さんに相談しなさいよ」

　少し間があって、「嫌だよ」と小さくなった声が聞こえた。

「どうして？」

「だって、一緒に買いに行こうとか言いそうじゃん」

第一志望の公立高校に合格した息子は、調子に乗ってそんなことを言っていた。その高校には県の2部リーグに所属しているサッカー部があり、どうやら練習も見学してきたらしい。

「おーい、父さんも新しいスパイクが欲しいんだ。一緒に買いに行くか?」

声をかけると、「ほらね、冗談じゃないよ」と声がした。

陽平がなぜ中学時代にサッカーをやめたのか。それについては、その後、意外な事実が判明した。それは今年の成人の日に、高校サッカーの決勝戦を家族でテレビ観戦していたときのことだ。

「そういえばさ、去年、おれ、国立に行ったんだよな」

陽平はふと思いだしたようにつぶやいた。

それは三年生に進級する前の成人の日のことだった。陽平はサッカー部の仲間と一緒に、全国高校サッカー選手権大会の決勝戦を国立競技場へ観に出かけた。ひさしぶりに地元の高校が決勝まで勝ち進んでいた。だが、陽平が応援していたその高校は、惜しくも優勝を逃した。その試合の帰り道のことだったらしい。

「なんかさ、決勝戦が大したことなかったとか、サッカーのスタイルが気に入らないとか、みんなでグダグダ言いやがってさ。それで頭にきて、おまえらのほうがよっぽどへぼい、正直にそう言ってやったんだ。そうしたら喧嘩《けんか》になった。悔しかったら、もっとうまくなれって言ったら、おれらはそこまで本気でやってるわけじゃない、とか言い返されてさ。なんだか、すげーブルーになった」

陽平はそんなことを話した。ポジションを変えられたことだけでなく、監督の指導方針とか、いろいろあったらしい。ようやく話す気になったのかもしれない。

「そんなことかよ」と私は思ったが、黙っていた。たぶん人には、それぞれ許せない領域があるのだ。

最近、私はクラブでは広報担当なのだが、コーチが足りないときには、低学年の練習の手伝いにも駆り出される。なにができるというわけではないが、時間があればグラウンドへ足を運ぶようにしている。

先日は、練習に参加しない子がいて、その子の面倒をみた。しかし、なかなかうまくはいかない。困ったときは、こんなとき、真田だったらどうするだろう、そう考えるようにしている。

「一緒にサッカーしようよ」

私はチームの練習に背を向けたその子に声をかけた。彼はFCバルセロナのメッシのユニフォームを着ていた。

「ぼく、サッカーを始めたのが遅いから、うまくないって、ママに言われたんだ」

少年は目を合わせないでつぶやいた。

「へえ、そうなんだ。みんないつから始めてるの?」

「幼稚園や一年生から」

「君は?」

「二年生から」

「なんだ、早いじゃない。コーチがサッカー始めたのは、去年だよ」

私は腰を下ろして、同じ高さの目線になって彼に言った。

「何歳?」

「四十二歳」

「へえ、うちのパパより大人だね。でも、うまいの?」

「ずいぶんうまくなったよ。リフティングだって三十回できるようになった」

「——すごいね」

そんな言葉を交わした。

彼はその後もなかなか練習に参加することはできなかった。でも練習の終わりが近づくと、ようやく自分からみんなの輪のなかに入っていった。小さなメッシのユニフォームの背中を見つめながら、私は仲間のコーチとうなずき合った。そんな些細《ささい》なことだけれど、幸せを感じられる瞬間がある。私のグラウンドでの役目は、うまい子に教えることではない。一緒にサッカーを楽しむことのような気がしている。

四月、桜ヶ丘オジーズの新しいシーズンが始まった。私はその試合におろしたてのユニフォームを着て出場した。「背番号は空いている番号から、好きな番号を選べよ」とミネさんに言われて、背番号付きのメンバー表を渡された。若い番号はすでにだれかしらが使っていた。ただ真田が使っていた10番は空いていた。もちろん畏《おそ》れ多くてそんな特別な番号をいただくつもりはなかった。もらった背番号は「41」。私がサッカーを始めた年齢、厄年の番号を選んだ。

リーグ戦初戦では、早くも昨年優勝を争った美浜レッズと対戦した。試合は0対5という大差で敗れた。美浜レッズは去年の敗戦がよほど悔しかったのか、かなりメンバーを補強してきた。オジーズは、真田と長老の抜けた穴がやはり大きかった。初勝利を飾れなかった新監督の長老は、「引退撤回するかな」とぼやいていた。

試合後、公園の桜の木の下にブルーシートを敷いて、みんなでわいわいと花見を楽しんだ。満開の桜は春の風に吹かれ、花びらをおやじたちの肩に惜しげもなく散らしてくれた。

翌日の日曜日、私は妻と一緒に、真田が新チームで出場する県のシニアリーグの試合観戦に出かけた。真田は後半からの出場だった。地元のサッカー少年なら一度は憧《あこが》れる、山吹高校サッカー部と同じ山吹色のユニフォームを着て登場した。背番号は14。真田の愛するヨハン・クライフと同じ番号だった。

大きな声で真田の名を呼んだが、たぶん彼は気づかなかったと思う。私が試合中に叫ぶたびに、妻に「お父さん」とたしなめられた。いいじゃないか、応援に来てるんだから。

ピッチの上の真田は、真剣な表情でボールを追っていた。倒れそうになりながらも、懸命に前に進もうとパールホワイトのスパイクを踏み出した。その姿にはかなり胸が熱くなった。元オジーズの10番は、新しいチームで戦っていた。

県のシニアリーグは、私が参加しているリーグとは、やはりレベルがちがっていた。ただ真田たちのチームが目指しているのは、その先の関東大会、全国大会のはずだ。

試合終了間際、ゴール前にふわりと上がったボールを、真田は無理な体勢から強引にからだを反転させてシュートにいった。その四十三歳のバイシクルシュートが、私の目に焼き付いて離れない。シュートは惜しくもバーの上に外れたけれど、ボールの描いた放物線はやけに美しかった。

倒れ込んだ真田にチームメイトが手を貸そうとすると、彼は拳《こぶし》で芝生を何度も叩《たた》きながら、少年のように笑っていた。真田のチームは、危なげなく初戦勝利を飾った。

球技場をあとにするとき、不意に妻が立ち止まって私のジーンズのベルトを引っ張った。視線の先には、笑いながら話している母と娘らしい二人連れの姿があった。

「あれが、真田さんの奥さんと娘さん」

そう教えてくれた。


「まずまず、売れてるよ」

コンピュータ書の量販店の望月さんは、私の顔を見ると言った。先月発売になった我が社の新刊についてだった。相場編集長の企画した例のパソコン書籍だ。

「DVDの付録は、僕のアイディアなんです」

得意げに言ってみせた。

「うん、それが売れてる理由でしょ。おれはあまり好きじゃないけど。本なんだから、文章で勝負しろよ、なんて思うけどさ。まあ、そういう時代でもないんだろうね」

「そういうの、僕もわかります」

「追加注文で五冊入れて」

以前は指定配本で一冊しか注文をくれなかった望月さんが、そう言ってくれた。

「ありがとうございます」

「岡村さんって、編集にいたんだって？」

「本はさ、ときとして、読み手の人生に影響を与えるものでしょ。そういうものを扱えることに、おれは喜びを感じている。本を売っている人間はさ、やっぱり本の作り手の狙いが知りたいんだよね。営業の人には、そこを伝えてもらえると、ありがたい」

「ええ、そうです」

別れ際に最近自分で作り始めた「オカムラ営業ニュース」を望月さんに手渡した。それはA4サイズのミニ新聞で、私なりに調べた、他社も含めた売れ行き良好書や、自分勝手なオススメの一冊などを掲載したものだ。

「懐かしいね」

望月さんは「オカムラ営業ニュース」を手にすると相好を崩した。

「どうしてですか？」

「昔はさ、こういう手作りの新聞を持ってくる営業マンがけっこういたんだよね」

「そうでしたか」

私はちょっと照れくさかった。でも、新しいことじゃなくても、続けてみようと思った。

「ありがとね」

望月さんは言うと、バックヤードへと去っていった。

会社にもどると、この四月から営業部の係長となった関塚が、斉藤君と一緒に社内のフットサルチームを立ち上げようと張り切っていた。社長に直談判をしたところ、「最近は社員旅行も行ってないからな」と言って、ポケットマネーでチームのユニフォーム代の一部をカンパする約束をしてくれたそうだ。そのかわりユニフォームの背中に、うちの会社の名前を入れろ、と言われたとか。すでにチームには営業の田辺部長、それに編集の松浦と保坂も入ったらしい。

「岡村さんも、ぜひ」

関塚キャプテンに誘われた。

「まあ、とりあえず頭数には入れときますよ」

四月から編集部に異動になった新人編集者の斉藤君は、生意気な口をきいた。

「監督だったら、やってもいいよ」

編集長の相場はそう答えたらしい。相場は自分の企画した書籍が売れたことで、最近また調子に乗っている。お洒落《しやれ》おやじを気取って、再び編集部での旋回を始めたらしい。保坂が営業部に来て嘆いていた。

よく、なにかを始めるのに遅すぎることはない、というけれど、半分本当で、半分は嘘のような気がする。子供の頃、若い頃、あるいは今しかできないこと、というのもあると思う。でもたぶん、自分が始めたいと思ったそのことは、その人にとって、始めるのに遅すぎることはない。そんなふうにも思う。

金曜日、神田すずらん通りにある書店の営業を終え、ケータイで会社に連絡を入れた。

「岡村ですが？」

「おう、どうした？」

不運なことに、田辺部長が出てしまった。

「今日はこのまま、直帰しようかと思うんですが？」

いつもと変わらない調子で言ってみた。

「そうか、明日休みだから、立ち呑《の》み屋で一杯と思ったんだけどな」

残念そうな声色だった。

「だったら、関塚を誘ってやってください。フットサルチームのユニフォームのデザインのことで、悩んでましたから」

「おお、そうだな。じゃあ、お疲れ」

サイはそう言うと、あっさり電話を切ってくれた。

ケータイを閉じ、ネクタイをゆるめた。

週末はリーグ戦の第二節を迎える。今シーズンになって、選手のポジションがかなり変わった。左のミッドフィルダーにはケイさん、入れ替わるように左のサイドバックに私が入ることになった。新キャプテンに指名されたセンターバックのミネさんに、いろいろとご指導を賜っている。引退した長老は、早くも現役復帰を示唆した。

五叉路《ごさろ》の交差点、横断歩道の信号が青に変わる。本の注文書が詰まったショルダーバッグを右手で押さえながら、ゆっくりと走りだした。

街ゆく人の服装は、もうすっかり春めいている。週末を前にしてすれちがう人たちは、いつもよりどこか幸せそうに見えた。特別なにかいいことがあったわけじゃない。でも、どこか心が浮き立つような気分になるのは、きっと春という新しい季節のせいだろう。風がネクタイをなびかせた。

そうだ、今度はサイズをひとつ上げて、カラーはパールホワイトにしよう。靴底のスタッドは取り外し式を試したい気分だが、やはり固定式がいいのかもしれない。試し履きには持参したストッキングをはいて、サイズをたしかめるつもりだ。安売りのワゴンの型落ちはやめて、ニューモデルの通気性のいい、天然皮革のものを飾り棚から選ぼう。

営業先の書店から直帰することにした私は、週末の試合を前に、ひさしぶりにあのスポーツショップへ向かっていた。

自分らしく戦うための、新しいスパイクを買いに。

あとがき　書きはじめた頃

はらだみずき

『スパイクを買いに』は、僕が初めて書かせていただいた文芸誌の連載小説になります。本作の「Um　第一章　スパイクを買いに」が掲載されたのは、『野性時代』の二〇〇八年五月号。特集は「『春』を味方に。」。今も仕事場の本棚に並んでいます。取り出して本誌を物差しで測ってみたところ厚さは三・五センチに及び、目次には錚々《そうそう》たる作家陣の名前が並んでいます。そのなかに、僕の目からすれば恐縮するように、ひらがなの自分のペンネームが佇《たたず》んでいます。——表紙にまでも。

「『野性時代』に連載をしませんか？」

最初に声をかけてもらったとき、僕は本を出していたとはいえ、さして売れておらず、文芸誌に作品を発表した経験もなく、無名のいわば草小説家に過ぎませんでした。そんな書き手にいきなり連載を依頼するなんて、と驚きました。

おそらく小説家を目指している人であれば、千載一遇のチャンス。しかし当時勤め人だった僕は、連載は難しいとお断りしました。とはいえ、小説家になりたくなかったわけではありません。新人賞への投稿は大学時代に一度したきりでしたが、ブランクはあったものの書き続けていました。

僕のデビュー作にあたる『サッカーボーイズ 再会のグラウンド』を偶然書店で手に取り（このこと自体、まさに僥倖《ぎょうこう》だと今でも思う）、連絡をくださったのは編集者のKさんでした。もちろんとてもうれしかったです。小説家としての実績のない人間を、純粋に作品を読むことだけで認めてくれる編集者がいる。そんな出版の世界には、やっぱり夢があると思うことができました。

その後、僕は小説を書き続けようと決め、より多くの人に作品を読んでもらうために、人生の舵《かじ》を大きく切ることにしました。僕からその決断を聞いた家人は、よもや連れ合いがこのタイミングで小説家になると言い出すとは思っていなかったはずです。それでもかつての僕の夢を知っていたからか、すぐに「そうすればいい」と言ってくれました。

僕らには三人の子供がいたし、当時書いた本が売れていたわけでも大きな賞をとったわけでもなく、四十歳を過ぎてそのような選択をした僕に、周囲の人は懐疑的でした。僕を見るだれもが気の毒そうな眼差《まなざ》しをしている気がしたのは、あながち錯覚ではなかったように思います。だから決して手放しで祝福されるスタートではなく、僕自身、小説を書ける喜びに溢《あふ》れていたとはいえませんでした。

それでも僕に小説を書く場所を提供しようと事務所の鍵《かぎ》を貸してくれる人や、小説とは別の仕事の協力を申し出てくれる人、酒を飲ませてくれる人などがいて、とてもありがたかったです。

当初は自分ができる仕事をしながら小説を書くつもりでしたが、具体的な仕事のあてがあったかといえば、たしかなものは何もありませんでした。自分ができるはずだった小説以外の仕事はことごとくうまくいかず、人を落胆させ、あるいはあるはずだった仕事は陽炎《かげろう》のように跡形もなく消えてなくなり、いわば途方に暮れました。

すべてを失ったような喪失感のなか、何をやってもうまくいきそうにありません。仕事場として借りた実家の二階に、ぽつねんと置かれた机の前にひとり座っているとき、自分はもう小説を書くしかないと気づかされました。そうするべきなのだと。

そんなさなか、連載を断った編集者のKさんがもう一度声をかけてくださり、書くことができたのが本作の第一章です。じつをいえば「スパイクを買いに」は当初〝読切短篇〟という扱いでした。

原稿を書き終えたとき、うれしさもありましたが、これで小説の仕事は当面なくなったと我に返り、背筋に冷たいものを感じました。『サッカーボーイズ』の続編を書くという意志はありましたが、具体的な締め切りというものが、僕にはもうありませんでした。

数日後のことです。作品を読んでくれたKさんから連絡があり、「はらださん、この話には続きがありますよね？」と言ってくれました。その言葉のおかげで「スパイクを買いに」の隔月連載が始まり、「Dois　第二章　サッカーパンツ」以降を書き、一冊の作品にまとめることができたのです。

自分自身、一時はかなり落ち込んでいましたが、生きている限りすべてを失うことなどできないのだと、穏やかに受け入れたのを覚えています。めでたく『スパイクを買いに』の単行本が出版される際には、生意気にも献辞を入れさせていただきました。

サッカーが大好きな息子、

サッカーがそれほど好きではない娘と妻、

そして、チームメイトに。

献辞を入れさせてもらったのは、当時の僕には感謝を表す手段が限られていたからです。

本作を書くにあたっては、入っていた草サッカーチームの先輩に話を聞かせてもらいました。残念ながらチームはその後自然消滅してしまいましたが、知人の紹介で別のチームに入ることができました。見ず知らずのサッカー好きが集まったそのチームには、ケイさんの東北弁の指南をしてくれた、青森県出身のカキさんも一緒にいます。

文庫化に際しては、この献辞はとることにしました。彼らに謝意は伝えた、という思いもあり、この本を読んでくださる読者の方にこそ捧《ささ》げたいと思ったからです。

振り返ってみれば、小説家としての一歩を踏み出させてくれた長編小説です。

ストーリーの終わりと同じように、今年もまた春がやって来ました。サボっていたランニングを再開しましたが、先日は一キロも走らないうちに、今日はもうやめておこうかと弱気の虫が耳元でささやきます。かなりペースを落とし、あと少しだけ、あと少しだけ、と自分に言い聞かせ八キロほど走り続けました。なんだか、主人公の岡村になったような気分で。

当時も今も僕は仲間たちと草サッカーを続けています。最近はご無沙汰《ぶさた》気味ですが、中学生になった次男とボールを蹴《け》るなりして、コンディションを整えています。今はその次男のサッカーチームの試合を観るのも楽しみのひとつです。

最初に書いた『サッカーボーイズ』はその後シリーズとして、全五巻の長編に育ちました。

そして今も小説を書いています。

二〇一四年　春

本書は二〇一〇年三月に小社より刊行された
単行本を加筆・修正して文庫化したものです。

スパイクを買《か》いに

はらだみずき

平成26年 4月25日　初版発行
令和6年 10月30日　4版発行

発行者●山下直久

発行●株式会社KADOKAWA
〒102-8177　東京都千代田区富士見2-13-3
電話　0570-002-301(ナビダイヤル)

角川文庫 18516

印刷所●株式会社KADOKAWA
製本所●株式会社KADOKAWA

表紙画●和田三造

●お問い合わせ
https://www.kadokawa.co.jp/(「お問い合わせ」へお進みください)
※内容によっては、お答えできない場合があります。
※サポートは日本国内のみとさせていただきます。
※Japanese text only

ISBN978-4-04-101318-2　C0193